机关师

之 玄玉归藏

白拂 宸烟词 著

江苏凤凰文艺出版社
JIANGSU PHOENIX LITERATURE AND ART PUBLISHING, LTD

目录

第一章 隐居的机关师

夜，生惊雷，起浮霜，透骨三寸凉。悬于天际的月，旖旎的时候，是文人笔下的月依朱楼，漠然的时候，则又成了月黑风高。

种田的王二狗，就死在一个月黑风高的长夜里。袭击他的黑色利箭撕裂夜空，来不及听见惨叫声，他膝头一软，就踉跄扑倒在黄沙里。墨羽箭透胸而过，后背渗出的黑血，漫上了他半截身子，将那衣裳上原本醒目的“囚”字，都浸泡得看不清了。

不远处，一个兵士模样的人纵马上前，将尸体踢了个仰面，“呦呵，老杂碎，跑得倒快！”他一脚踩住王二狗身子，抓住他背上的箭狠命一拔，“扑哧——”被溅了一脸的黑血，箭上倒钩尚带出了些零星碎肉。

此时远处，传来声拖得长长的“国师到——”

兵士来不及擦脸，便亦步亦趋地迎上去，扑通一声跪下，“下官恭迎国师大人，国师……”那神态，活脱脱一副小人品相。

被称为国师的，坐在由一群官员簇拥的轿子里，一颠一颠。轿子通体漆黑，棱上绘着些旁人看不懂的金色花纹，诡异、狰狞。轿前伺候的小太监，白袍长靴，看装束是个得宠的，他可没给那兵士持续谄媚的机会，径自将个银盘给递过去，兵士忙不迭，将手中利箭往盘上恭敬一搁。

“墨羽机关箭督造，是你？”轿中人开口询问。

“下官……正是。”

“箭如何？”

“回禀国师，不错，挺、挺锋利的，不知……”

风过，掀得轿帘半卷，轿中人似乎瞥了那箭一眼，又似乎是没有，轿帘后伸出一只纤细的手，女人般白皙柔嫩，“你身上的战甲，如何？”

那兵士的谄笑登时僵在了脸上，他不知国师此话何意，只茫然答，“不、不错……”

话音未落，轿中便有一物闪电样蹿出，迅速穿透他胸前铠甲，一击掏心。那兵士几乎是眼睁睁看着自己心脏掉在地上的，在泥土里“怦怦、怦怦”跳得一阵血淋淋，他一个冷战，直挺挺倒了下去，毙命时的震惊尚留在脸上。轿中人收手回袖，白皙手指上一滴红都不曾沾到，而细细看去，方才从轿中射出的，却不是那人的手，而是他袖中藏着的诡异一物，五爪张开，似恶龙，明晃晃的，瞧着有些瘆人。

“喵……”轿里蹿出一只黑猫，阴恻恻叫了一声，贪婪舔舐着地上的一摊血。

“这、叫不错？”轿中声音，似一潭死水，听不出任何情绪。他咧嘴一笑，发出的笑是不似人类的诡异沙哑，他轻蔑瞥了尸体一眼，“能杀死你的，才是真正的机关。”

侍奉太监手中银盘底部，已渐渐变黑了。这迹象很明显，盘中箭，有毒。侍奉太监“咣当”甩下银盘，向面前突然跪了一地的机关师们挑起兰花指，“王上要你们这些机关师们打造的，是一击毙命的机关箭，你们竟拿加了倒钩的毒箭来滥竽充数，大逆欺君，该当何罪！”

尖利的声音刺透耳膜，众人都低头跪着，大气不敢出一声。轿中人突然用力地干咳起来，侍奉太监的目光随之一凛，“都杀了！赏金不是白拿的！”

轿夫们抬着轿子转向，背后刀光剑影，夹杂着绝望的哀号，嫣红的血一道道溅在黑轿上，鲜艳刺目。而轿中人只接过下人递上的帕子，轻描淡写，“王上她最瞧不上施毒这种小人伎俩了，没事就不要给她添堵。”

不远处的王二狗大张着嘴倒在黄沙里，双目死死地圆睁着，数个时辰前，他还很清醒地知道他并不是什么囚犯，只是个种地的庄稼汉，被官差带过来套了件衣裳推来搡去，后来脑子就开始糊涂了，再后来不明不白的，就什么也不知道了。

围场里，一群鬣狗慢慢地近逼过来，死死盯着这天上掉下的新鲜“食物”，眼睛在夜色里绿莹莹的像鬼火，忽然四蹄一蹬——发起冲锋。

此间唐末，乱世烽火，盗贼层起，稍稍有点势力的，都想占山为王，称霸一方。所有人都试图在这飘摇乱世里，分上那么一杯羹，要是能有幸名垂青史，无疑是千秋万代的声望。在这般局势里，那些所谓的“豪杰”，倒是什么也干得出了。

位居南方的楚国，尚巫，千百年来都不怎么强盛，小国而已。在大梁、西戎、北姜等强国的夹缝中苟延残喘了许多年，女君李长歌继位时，国力更是积贫积弱。却不料李长歌独出机杼，收服位居梁国的机关门派“黑水宗”，并大力招揽擅长机关术的人才，很快便主持造出了当世罕见的攻防武器，连弩车、转射机……不过数十年的工夫，南楚国力已达三百年来的顶峰，大肆吞并周遭小国，一跃而成为南疆霸主，并同中原诸国分庭抗礼。

只是攻防武器的制造，建立在不断试验的基础上，而在这试验的过程中，同王二狗命运一般的人，有多少？许多年后，依然无法估计，毕竟乱世里，最不值钱的，就是人命。

这诡异轿里坐着的，是楚国国师苗半金，他是楚君李长歌的左膀右臂，权势熏天，地位无人可及。平日里，机关武器的事，也是他一手主持。只是这么些年来，顶级的机关师，当真是越来越难遇到了，滥竽充数、浑水摸鱼的人，越来越多。

处理了围场的事，苗半金的轿子正优哉游哉地转回，忽听林间一声尖啸，抬头望去，是楚君李长歌用来传讯的机关木鸢，通体血红。苗半金咧嘴一笑，青铜指环上光芒现出时，那木鸢便降落在他肩头，张开嘴，吐出一封以金丝镶嵌的信来。苗半金瞧着那金丝，恍惚愣了半晌，接过下人递来的小帕擦干净手后，方细心展开。

是他能认出的，楚君李长歌的字迹，右下角盖着艳红艳红的玺印。瞧着瞧着，苗半金的目光便越发凝重了起来，待落到“归藏玄玉”“机关师”“国祚”几字，倏忽一个战栗，沉声道，“九瑶。”

话音未落，一个蓝色的纤细身影从林间现出，恭敬跪好，“义父。”

是个姑娘，名唤苗九瑶。她一身蓝衣，衣带当风，面容姣好，可那姿态却是绝无仅有的清冷，眼睛像悬于天际的一弯凉月。她是苗半金麾下的一名杀手，其实要论杀手，苗九瑶是排不上号的，可是有些事，他只放心让这最为亲近的义女去做。

轿帘掀开，依稀可见，青铜面具遮住苗半金的半边脸，他咯咯笑了两声，“打仗要靠武器，王上十九年前就教会了我们这个道理，我们楚国厚待的是真正的机关师，而不是冒充机关师的废物。这世上，要说顶级的机关师，就只有梁国的鲁渊一人，只是，闻说他已退隐多年了，”苗半金目光一凉，停在苗九瑶脸上片刻，“半月后，我要他站在我的面前。”

苗九瑶垂头恭敬，“此人何处？”

“大梁都城，锦凉。”苗半金指尖遥指，末了微微一顿，“说来烟娘也在锦凉城，你可去瞧瞧她，若遇差池，也好有个照应。”

远处，没来由地起了云霭沉沉，转眼间已成风云之势，眼看是山雨欲来。恍惚中一声惊雷当空劈下，轰隆——夜空中，皓月不见，刹那乌云漫卷，急雨当下。

而在同一时刻，距离梁国都城锦凉三十里外的偏僻山村里，却是艳阳高照，惠风和畅。苗半金口中言说的“顶级机关师”鲁渊，此刻正脚踏木屐，身着长袍，手拿一柄脱了毛的羽扇站在一石磨旁打量着推磨的木驴。他极舒心地捋了捋胡须，向那木驴道，“好徒儿，这磨推得不错！”

这时一后生模样的，闻言就从当头的柳树上，“唰啦”跳了下来，他口衔一根青草，“怎样，死老头，小爷我做的这机关木驴，不错吧？它可以夜以继日地推磨，可比真正的驴子，能干很多呢！”

话音刚落，木驴旁就聚拢了各色各样的父老乡亲，纷纷点头附和，

“对、对，鲁大师，您这位高徒啊，天资聪颖，为我们解决了磨粮食的问题，当真百年难遇！是时候放他独自出村，见见世面啦！”

那后生口衔青草，笑得十分得意，却不料鲁渊拍拍木驴的屁股，“是啊，我这徒弟，推的一手好磨，既然如此，就出村去吧。”于是在木驴屁股狠劲一打，“驾——”

它一颠一颠地，竟好似是真正的驴子般，撒着蹄子跑开了。

再看那后生，他整张脸都绿了起来，敢情鲁渊口中会推磨的好徒弟，是这木驴？后生登时气不打一处来，“嗖”地跳起来，牙齿咬得咯咯响，“死老头，你说什么，你再说一次！”

鲁渊斜睨了他一眼，轻摇羽扇不慌不忙，“推磨的木驴是三国时诸葛孔明的夫人黄氏所发明，你不过是拿了图纸仿作而已，这种活计，随便一个工匠就会做，你算什么机关师？也好意思对外言说是我鲁渊的徒弟？”说着，在那后生肩头一点，颇有语重心长的架势，“公输启啊，我的乖徒儿，安心学，晚十年再出村吧！”

被称作公输启的少年郎一听“十年”，登时就打了个哆嗦，今年他十九岁，再过十年便是二十九了。至今桃源村他都未出过几回，那寥寥无几的几回出村，鲁渊也都像个跟屁虫似的，阴魂不散，集市上，想看个大姑娘都得小心翼翼，提防着鲁渊那鹰隼般的一双眼。真等到二十九……早都错过最年富力强的时候啦！

“想走，为师也没拦着你啊，你这就走。”鲁渊斜眼，看出了他的心思。他随手向村口一指，一条弯弯曲曲的，不知是通向何处的小路，就在公输启眼前展开了，黄沙漫漫的，路口卧着一只大黄狗，于烟尘里冲着公输启汪汪地狂吠。

公输启几近绝望地苍凉笑笑，这里是桃源村，机关遍布，要出去，谈何容易。

据传，二十八年前，为避世间战乱，黑水宗宗主鲁渊安顿一批百姓来到了这桃源村，正如它的名字，柳绿花红，流水潺潺，真是个世外桃源般的所在。并且鲁渊以精湛的机关术在桃源村外部修建起了护村机关，弓弩、吊石、铁锁……花样频繁而不重复，让整个村子都与世隔绝，易守难攻。村里土生土长的人倒是知道离开的方法，也能够循着规律自由出入，可公输启他足足是个外人啊！为解这桃源村的护村机关，他细心鼓捣了十几年，可到今日，依然是一筹莫展，而那鲁渊好似是故意的，撺掇了村里人，愣是不将出村路线告诉他。

是以公输启十分绝望，一颗狂野的好奇心，愣是被这冷冰冰的机关给圈禁了十几年……若定要深究，那公输启当是被个风姿绰约的美妇给“拐卖”到这桃源村的，美妇口中所谓的“山明水秀”，在他眼中一直都是穷山恶水，所谓的“顶级机关师”鲁渊，也一直是个脏兮兮的邋遢老头子。而此时这邋遢老头瞧见公输启无可奈何的落魄样，竟心满意足地背着手，徜徉去了。

忽然，公输启嘴角邪邪一笑，径自在怀中拿出一块诡异的圆铁，用刀刮去其上的封蜡，对着鲁渊那么一吸——那鲁渊竟是整个身子都不受控地向公输启走去。夏日微风吹起鲁渊的宽大长袍，依稀可见长袍下空荡荡的，原本该有腿的所在，如今只剩了两根细长的杆儿，精铁所制，而公输启手中的圆铁，也不过是经过改造了的磁石而已，这一来一往的，鲁渊自然不得不顺着公输启的方向挪了去。

那鲁渊原就是个残废，不知因何原因，失了两条胳膊一条腿，后来机关术大成，以惊人的方法改造自身，方才能同常人般行走无异，而这秘密，约莫只有公输启一人知晓。于是公输启自然就大摇大摆地拿着磁石向出村的小路上走，身后跟着的是迈着诡异步伐，无奈前行的鲁渊。这一路上，鲁渊是骂骂咧咧，“狂徒、卑鄙、胜之不武、龌龊、逐出师门……”委实是什么词儿难听，就骂着什么词儿。

公输启回头一笑，“师父，解铃还须系铃人，徒儿无能，跟您老人家学了这么多年，桃源村的护村机关都破不了，也出不去，就麻烦您老人家帮帮忙，帮我解开啦！否则，您看您跟走在这一路的，我死，对您也没有多大好处吧！”

那鲁渊就“呸呸”地边前行边往地上吐唾沫，眼睛瞪得有铜铃那么大，“孽徒！你是什么个狗东西！”

公输启低着头，只是笑，他这鲁渊师父，可惜命得很！他舍不得死！鲁渊被他逼迫前行的这么一路上，虽然万般不情愿，但也不得不教他如何避开机关，不得不带他出村，而这一路上，自然是叫骂声不绝于耳。

瞧着这桃源村离自己是越来越远了，公输启远远做了个“再见”的手势，将鲁渊顺势往村口的大柳树下一丢，“师父，徒儿无能，摆平不了您老的机关术，就只好摆平您老啦，哈！”

这话说完，他整个人就像一匹脱缰的野马，整片天地里纵横驰骋了起来。

自、由、啦！

第二章 赌场风云

却说那公输启费了九牛二虎之力，甚至是干下了“欺师灭祖”的勾当，方才连滚带爬地逃出了桃源村。他此番来到了极尽繁华的大梁国都锦凉城，匆忙之下，那是“两袖清风”——口袋里一两纹银也不曾带着。

这可如何是好？“有钱走遍天下，无钱寸步难行”，公输启小时候从话本子里就学到了这样的道理，此番不过是眼花缭乱地溜达了半晌工夫，他的肚子就开始“咕咕”地抗议了。

钱哪——钱哪——此时公输启的眼睛，都要变成澄澄的黄金色了。

锦凉城一家名叫“吉祥”的地下赌坊，内中是一贯的乌烟瘴气，粗布麻衣的壮汉们光着膀子，紧紧盯着桌上的骰盅，眼珠子都好似要瞪出来。

“大、大、大……”一群人跟着，狂风暴雨般起哄。骰盅开启的那刻，天际恍若有一声惊雷，“轰隆”砸在了他们头上。骰盅一开，瞪着那三个为“一”的红点儿，其中一个壮汉两腿一蹬，直挺挺地晕了过去。

“我就说，押小咯，你们愣是不相信，肯定得有点苦头吃咯……”众人循声望去，但见一个后生模样的跷着二郎腿坐在太师椅上，优哉游哉的，生得倒也清秀，眉目之间的青涩之气未褪，瞧来虽不及弱冠，身形倒也壮实。细细看去，这后生不是旁人，正是方才饥肠辘辘的公输启，此时他正摇着一把折扇，摊着手吹嘘。

望着店小二将钱财全都推到那自称公输启的后生面前去，壮汉着急了，三下五除二“嗖”地揪起他领口，瞪着血红的一双眼。

“怎么，输不起？”公输启理了理衣领，轻蔑道。

壮汉仿佛被挑起斗志一般，“砰”地在案上再砸明晃晃的一锭白银，“再来一局！老子就不信了，这大梁国的好运气，还能都让你给占了去！”

如是，数不清有多少回……

几炷香之后，公输启依旧摇着折扇，风轻云淡，而众人的信念却不住地被击溃，那骰盅里的点数，摇来摇去，愣是摇不到自已押的那一回。却没有人注意到，那公输启总是不自觉的，拿帕子擦擦手上的青铜指环，而那醒目的指环上，镶嵌着一颗湛蓝澄明的宝石。

输的人，自然怨气极大，瞅着公输启将大把大把的银票装进个粉色的绣着荷花的布兜里，便尖酸讽刺了去，“呦，我说公输启啊，这么脂粉气的钱袋子，是哪家青楼的阿姑绣给你的？啊哈哈哈——”

众人一听，这话虽然有些下作，但恰戳中了“人性”的某些部分，于是也都跟着哄笑了开去。公输启却是拉下了脸，他合了折扇，飞起一拳就砸在那挑衅的人脸上，那人不经打，门牙被砸掉了两颗，捂着嘴倒地叫得嗷嗷凄惨。公输启冷着脸，冲那嗷嗷叫的，狠踹了几脚，“小爷我平生最不爱听的，就是今儿你说的这话。”

众人瞅着他这般激动，权当是说中了，都翻着白眼装聋作哑。本是随意的争端，奈何发生在赌坊里，输了钱的人急红了眼，巴不得出现个什么情况，好让他们趁乱将输掉的钱给抢回去，于是呼声漫天而起。

“老板老板，有人打人闹事，快报官、报官——”

“去他个祖宗的，哪个孙子打我的头？有种给爷爷我站出来！”

“哎呀，我的银子，我的银子怎么不见了——”

吉祥赌坊里，一阵鬼哭狼嚎，众人纷纷抄起板凳，不问青红皂白就互相殴打了去。混战中公输启手上的青铜指环，不知怎地就骨碌碌掉在了地上，他正满头大汗地拨开众人去捡，那指环却冷不防被一双散发着恶臭的脚踩爆。

——很不幸，精巧的指环被踩碎了，露出了内中的机关。齿轮、丝线、机关触手瞬间暴露了一地……却原来，吉祥赌坊的骰盅里，早被公输启暗中放了一只机关蚂蚁，而内中骰子的影像，全都巧妙地传到了公输启的指环的那颗蓝宝石上，因而，他只要没事盯盯蓝宝石，便能在吉祥赌坊里，做个常胜将军。

公输启闭上眼，暗叫一声不好。那踩着他指环的家伙，直起腰来，伸手一指，眼睛瞪得有铜铃那么大，“他，出老千！”

众人正抄着家伙的手，停滞在了空中，空气突然变得很安静。一滴冷汗从公输启的额头慢慢滑下，下一个刹那，公输启的脚，已经带着他的身子，逃出了好几十米远，临逃跑了还不忘将他的指环收好——这可是好东西哪，修理修理，勉强还能用，他身后则是蜂拥而来一群输红眼的赌徒。

“丫的，还钱！”

“看我不揍死你个没屁眼的小兔崽子！”

那公输启委实聪明得很，身手也是了得，一路上灵猴般跃来跃去，穿过各个障碍，不到一会儿，就摆脱了一众追赶的人。追赶的赌徒们一路撞得行人歪歪扭扭，蜂拥过时，踩碎了王老头的西瓜，打碎了张姨娘的瓷器……惹得百姓一阵围观叫骂，丢脸得很。

公输启钻进了一家裁缝铺，片刻后方才粗布麻衣的后生不见了，出来的是执着折扇的翩翩公子，白衣、长发，面如冠玉，闲庭信步，就差一轮圆月给他做陪衬，让他再吟上几首酸溜溜的诗。

追赶的赌徒们在人群中左突右突，拉住他比画，“小哥儿，有没有见过一个人，短发，邋遢，长这样？”

“哦——”公输启折扇一打，装得倒是老练，他轻言细语，“小生不知啊，不过，好像刚才有一个那般长相的，往那边跑去了。”

一群人，就那么一窝蜂似的，往他随手一指的方向，“兄弟们，追！”

公输启被狠劲儿撞开，转了几个圈儿，兀自嘟囔，“哎呀呀，大爷们咯，赌博可不是什么好事情咯，十赌九输咯——”

赌徒们雄赳赳气昂昂地冲过去了，末尾有个人回头一指公输启，“你小子懂个屁！”

公输启耸耸肩，随手从街边小摊上顺了个包子，撂下一块碎银，“不用找了！”

小贩捧着钱，扯着长长的嗓子，“谢谢爷——”

公输启邪魅一笑，他这银子到手得太过轻易，自然是花着不心疼。他掂了掂刚到手的钱财，沉甸甸的，有些分量，便忍不住想，时人道书中自有黄金屋，书中自有颜如玉，却不想，学好了机关术，颜如玉不知道在哪儿，这黄金屋，来得委实顺利。这时，人来人往的街头，突然出现了一个姑娘，蓝色衣衫，轻纱遮面，三千如墨青丝瀑布般洒下，在一个小摊贩前正低着头挑选步摇，安静、美好，忧郁中渗着一丝灵动。

正咬着包子的公输启，突然就直挺挺地愣在那里，包子“啪”地掉在地上。居于桃源村多年，许久……没见这样灵气的姑娘了，这是……传说中的颜如玉哪！

公输启的心，像揣了一只兔子，扑通扑通地狂跳，嘴上却不自觉地打了个口哨，想吟出一句诗，搜肠刮肚愣是没找到应景的，便叨叨了句，“知好色，慕少艾——”，然后像个登徒子，在那姑娘肩头一拍，“嘿，姑娘，挑步摇哪，依我看，这支更适合你……”

那姑娘回头，明显是烦透了，眼神凛冽而有杀气，手中小刀“嗖”地钉在公输启心口，公输启面色一白，几欲毙命当场的模样。姑娘受惊吓地后退几步，她方才只是想吓吓这登徒子的，没想伤他性命，却不想被公输启抬手一挡，那小刀竟是自她手中飞了出去，直挺挺地扎在他心口。

“啊！”公输启虚弱叫道，双眼一闭便直挺挺地栽了下去，“我要死了，我家里上有老下有小……”

那姑娘赶忙扶住他，担心道，“你醒醒，你……”

却不料公输启的眼睛，突然一睁，随即那刀变戏法一般地向上移去，最终停在自己喉间，公输启笑，“姑娘哎，你往后杀人，得往这儿捅！”

这一来，那姑娘真是恼了，两条秀丽的眉毛狠狠地拧在一起，登时就要一个胳膊肘给怼上去，却被公输启堪堪地挡住，同时，她腰上也被某硬邦邦的一物抵住，公输启嬉皮笑脸，“姑娘别低头，步摇会掉。”

“姑娘，传说中顶级机关师鲁渊，不知你听说过没有，我是他唯一的弟子，你猜我手里拿的是什么？机关武器哎！这东西要是从你的腰上给扎进去，半刻钟它就会从你眼睛里给钻出来，怕不怕？嗯？不怕你再动一下试试？”

那姑娘白眼一翻，鲁渊么，二十年前的人物了，当年倒也出名得很，如今除了些老人，还有谁知晓？不过这世上怎么随便个人，都能自称是鲁渊的弟子？但他方才将扎在心上的刀，向喉间移去的功夫，的确是不容小觑，念及此，她竟禁不住信了七八分，惊恐起来，“你、你想干什么？”

公输启又干笑了两声，一手在她腰间一捏，趁她“哎哟”低头的瞬间，另一手顺势在她乌云般的长发间一抹，待她反应过来，公输启已是摇着折扇，浪荡地在人群中背向她摆手了。

其实，方才那将刀向喉咙间移去的，算不得是什么了不得的功夫，只是用了一个拿磁铁改造的机关小玩意儿，就将这单纯姑娘给糊弄了去。

公输启走远了，那姑娘下意识地在发间一抽，抽出一支绿油油的碧玉簪来，倒也算不上是什么好玉，却做工精巧，简单朴素，正是她方才心里中意的那支，他这动作，摆明了这步摇是他送她的。她赌气地一跺脚，想要将碧玉簪给丢进臭水沟里，左看右看到底是舍不得，也就半推半就地给插在头上了。

而这姑娘，一身蓝纱，面容姣好，不是别人，正是奉命来延请梁国机关师鲁渊的苗九瑶，而她此刻刚从鲁渊所在的桃源村出来。

此回，她并没有完成苗半金交代的任务。她按照机关图纸上的方法，倒是顺利地进入了桃源村，奈何在桃源村里寻找了半天，愣是没找到鲁渊的影子，甚至于在鲁渊的小茅屋内眼巴巴地蹲守了三天，一只鬼影也没见到。

尔后就漫无目的地来到了锦凉城中，正束手无策之时，恰遇一孟浪之人，自称是鲁渊弟子，那这事儿，可真是有趣了。

苗九瑶沉吟着，且跟他前去，到时候他说的若是真的，便可顺藤摸瓜寻到鲁渊，若发现他吹牛，大不了狠揍上一顿出气。

苗九瑶追上公输启时，公输启正站在锦凉城乌龙巷的王寡妇的家门口，从裤兜里掏出拜帖，鼓足中气号了一嗓子，“王姑娘，在下乃张媒婆叫来与你说亲的公输启，烦请姑娘开门一见——”

一声落地，楼上窗户猛地一开，一根竹竿“哐当”砸在了公输启的头上，抬头一望，是个奶着孩子的女人，她尖利的声音登时响彻十里八村，“乡亲们哪，都出来瞧一瞧啊，有人来给王寡妇说亲啦！”

那王寡妇门口，乌泱泱地突然就围了一大群人，杂耍的，说书的，卖果品的，里外三层，围得那叫一个水泄不通，阁楼上的女人抱了孩子坐好，一边奶着孩子一边嗑着瓜子，跟来的苗九瑶好不容易拨出个空隙才给钻了进去。

第三章 血案

此间公输启并不明了内中缘故，只当人们是来看热闹的，便打开他那绣着荷花的粉色钱袋子，将方才出老千骗来的钱财，挨个给乡亲们分了些，每人几个铜板。

“那王寡妇生得膀大腰圆，世间罕见，冒昧一问，不知小哥喜欢她何处？”担面的小贩，捞一锅清水，探过头来好奇一问。于是乎公输启白白吃了一碗猪肉面，抹了抹嘴边猪油，打着嗝道，“没办法，我猜死……老……头就好这口。”

偏不偏，这嗝打得可真巧，众人愣是没听见“死老头”三字，都直勾勾地瞪圆了眼睛，感慨如今世风日下，年轻人的品味也越发捉摸不透了起来。

殊不知，此番公输启的这门亲，也还不是说给自己的，而是说给自己师父——鲁渊来着。据传他是什么梁国机关师，机关门派黑水宗前任宗主、集大成者、天上人间全无敌手，为避战乱才蛰伏在桃源村……

每逢鲁渊这样吹嘘时，公输启都翻白眼附和，反正都是他自称的，年纪大了糊涂，让他几分又何妨？在公输启看来，那鲁渊也就是个佝偻身子的小老头，偶尔会鼓捣些机关鸟，改造村民的农具，做些水车耕犁什么的……倒是自己，这些年从鲁渊藏在地窖里的那些机关书内，学会了不少东西，什么捕鸟器、掘地铲、木鸢呀……小时候，整个桃源村，都常常被他的恶作剧弄得乱成一锅粥。

那公输启原是个孤儿，打小就被一风姿绰约的美妇“拐”到鲁渊面前，纤纤玉手将他一指，向鲁渊道，“喏，这就是你要收的徒儿，我将他送给你了。”

公输启惊慌失措地抬头看眼鲁渊，天呐——这胡子拉碴、弯腰驼背的矮瘦老头，是什么呀！公输启登时就给傻眼了，“噗”地抱住那美妇白花花的大腿，哭得是稀里哗啦。

当时鲁渊手里拿着个木棍，“啪”地在他腿弯处狠狠一打，他“哐当”就给趴了下去，撞翻了面前的一堆牌位，再抬头一看，牌位上写着“黑水宗祖师爷鲁班之位”、“黑水宗机关门门主柳传神之位”……

老头子粗声粗气，“别趴，磕头！”

“都是死人了，我磕头他们知道个屁！”

“还敢顶嘴！还敢对祖师爷不敬！”

“啪啪啪！”屁股上连挨了藤条三下，当时公输启硬生生地梗着脖子，宁死不屈！然后抱着那美妇的大腿，哭得涕泪交加，“阿娘！我才不要拜这个变态的死老头为师呢！这人长得好丑啊！”

即便到了现在，公输启也还记得，那是在一个盛夏，绿荫十里，蝉鸣聒噪，美妇凝望他时，略带忧郁的一双眼，那样饱含着刻骨深情的目光，让公输启的心都要化掉了，可惜这极唯美的意境，下一刻就被死老头急风暴雨的一阵藤条给冲散了，那美妇也倒是下了狠心般，拂袖甩开他，离去了，留他一人站在桃源村口嗷嗷地直哭。

而那美妇……似乎也不是桃源村人，但却能破开护村机关入内，想来是与鲁渊关系匪浅，兴许就是鲁渊的夫人或者什么，但这一大胆的想法刚冒出来，公输启立刻就给否决了，这二人实在是太不相配了，那样风姿绰约的美妇，怎会看得上鲁渊？这么些年，公输启一直都记得，在桃源村，鲁渊门口的那株歪脖子柳树下，常常见那个女人站在那里，眨着美丽的一双眼偷偷看他，时而留下些银钱，时而留下些小孩子爱玩的玩具，而待公输启走近了，她又抹了抹眼睛，极怕被发现般，仓皇离去。

那时候，公输启就抱着打造了半截的机关木鸢，看着她的背影被夕阳拉得很长很长，突然间鼻子一酸，却愣是不敢追上前去。他在心内暗自嘟囔，“我早发现你了，你还躲。”这么些年，公输启时常在想，那约莫是自己亲娘，因为某些难处而不肯与自己相认，直至很多年后，长大后的公输启才真正地明白了原因。

那还是在他的木鸢刚打造完成的时候，某次骑着木鸢飞跃桃源村的那些机关，尾随了美妇前去，发现她离开桃源村后，竟来到锦凉城最大的烟花地——花影月来。当时花影月来的一众姑娘们都迎上来，扬着手帕儿，一口一个“印妈妈”叫得很是欢畅，原来，那美妇是花影月来的老鸨印程沁。公输启突然就明白了，她为什么那样想念自己，却一直都缩在歪脖子柳树的光影里，怎地也不肯上前一步。

做这般见不得人的生意，恁是谁，都是羞于见自己孩子的，而公输启时常带着的，那粉色的钱袋子，自然也是那印程沁做给他的，当时吉祥赌坊里旁人一笑闹，他也就忍不住地怒了开去，才酿出了那么一出闹剧。

而公输启被禁足也是在那一回，只因他打造的木鸢只是个试验品，不甚牢靠，归来时遇上了狂风暴雨，一道闪电就将木鸢给劈成了三段，从高空坠落的公输启不幸被挂在了古松梢头，足足挂了三天三夜，若非鲁渊找到他，只怕他不被摔死，也要被饿死了。是以公输启，又挨了极狠的一顿藤条，并被迫立下了屈辱的誓言：十年内不许骑着木鸢上天。

公输启虽然顽劣，倒是极看重誓言的，立下重誓后，倒也真的十年没有借助木鸢，也便十年离不开桃源村。

却说那公输启的“师父”鲁渊，委实不经夸，设计个机关小玩意儿帮助村民收割小麦，便能自吹自擂个半天，苍蝇一样嗡嗡个不停，声声句句都是公输启好不容易才有了跟他学习的机会，要珍惜，要刻苦深造之类云云……听得公输启耳朵生茧，可他真的很少教公输启什么机关术，他指点过公输启的，还不及公输启从他地窖那些书里学到的十分之一。因而每逢听到他那些自吹自擂的话，公输启就恨不得将他给关到猪圈里，让他对着母猪哼哼，看能不能撑上个十天半月。

对了，母猪。

公输启脑海中灵光一现，不知为何就联想到某年某月某日，在街角碰见个算命的，算命的当时半死不活摇着个破扇子，哼哼了句，“柔能克刚——”对了，柔能克刚。公输启想，死老头九成九是老了，人一老，就会难免有些说不出口的寂寞……而公输启还在桃源村的时候，就听村里的张媒婆说起过锦凉城有个乌衣巷，乌衣巷里住着个王寡妇，生得明眸皓齿，闭月羞花，只是丈夫过世，故而一个人守寡到如今。

当时公输启站在赌坊下，瞧着“吉祥赌坊”那四个烫金的大字，便在心里念叨，小爷我命里缺银子，死老头命里缺女人，不如去这赌坊赚笔不义之财，再为老头子说门亲事，倒是件两全其美的好事。

于是公输启掂了掂绣花荷包里沉甸甸的银子，在众人的注视下，堂而皇之的，霸气一推房门，进了王寡妇的——闺阁。

“公子何故擅闯奴家闺房，可是图谋不轨？”突来的一声诡异娇嗲，公输启直直地在那门槛上一绊，差点脸朝地摔一个大马趴，这、这粗哑的嗓子，雄厚的中气，是、是怎么回事？

公输启还未反应过来，那王寡妇便一掀帘子，三步并作两步给冲了出来，一把提住公输启的后领口，夹带一声粗哑着嗓子的“嘤嘤”娇嗲，以及不太协调的搔首弄姿。

公输启低头望着自己脚尖，只觉着被拎起的后领处，嗖嗖瘆得发凉，他咬牙强迫着自己回头看。事实上这王寡妇，细看来也说不上是特别丑，可她为什么生得比自己还要粗壮啊！

公输启硬着头皮同那王寡妇聊了约莫有一炷香的工夫，这门亲便算是说定了，他前脚正准备逃回去，紧张下后脚踏空门栏，差点摔了个鼻青眼肿。倒是那王寡妇手疾眼快，一双手及时揽住他的腰肢，咫尺之间，二人心跳相近，呼吸相闻……

公输启就这样颤巍巍地倒在了王寡妇怀里——待认清了这一事实后，他双腿又一软，更无力地依偎在了王寡妇怀里。

门口有个正奶孩子的女人，瞠目结舌地望着眼前这一幕，手中瓜子掉了一地。

这女人有些多舌，或者是当真看不下去了，她也不顾怀里嗷嗷大哭的孩子，扯住公输启就是一阵说道，“哎呀，我说少年人哎！阿姊给你道个心里话啊，那王寡妇，她……她不守妇道！前些天就有人看见她往那……那……”她一手叉腰，一跺脚，嗫嚅了半晌才给红着脸说出，“往那叫‘花影月来’的青楼里去！听说是去做杂活维持生计，毕竟身边没个男人的……其实鬼知道她在干什么勾当！”

花影月来？公输启心里忽地一惊，那不就是印妈妈的地盘吗？

然而公输启也来不及花很长时间去惊诧，他瞅着王寡妇的一张脸，浑身就直打哆嗦，忙不迭地手脚并用逃了出去。王寡妇上青楼？卖身？真是笑话！显然公输启并不认为会有正常男人好王寡妇这一口，殊不知……此刻的他在十里八村的乡亲们眼中，早就是个“非正常”人了。

公输启通红着脸拨开众人踉跄奔走，一抬头，赫然看见不远处的苗九瑶，正衣带翩翩站在那里，正午的骄阳下，阳光透过云层洒落下来，似给她镶了一层金边儿，而这金边儿落在公输启眼中，竟没来由地觉着她越发忧郁了，公输启突然萌生了一个大胆的想法：他觉着这姑娘十分弱小，他想要保护她。

“该死！”公输启暗自咒骂了一声，大步向前走，公输启有些急，他想，这姑娘不会是也看到刚才的那一幕，而产生误会，而怨恨自己朝三暮四了吧？

苗九瑶突然在人群中转身，一身的淡蓝，慢慢就淹没在人山人海里，公输启心如火焚地想要追上前去，却被汹涌人潮阻断，不得不愣愣地看着她消失，心里头一阵空落落的。

公输启有些懊恼，瞧，她果然是生气了。公输启瞥见她那高耸的云髻上，插着自己方才赠给的那枚发簪，内心又一阵得意，“嗖”地吹了声响亮口哨。

在烈日下暴晒了许久的苗九瑶，委实是有些中暑了，她晕头晕脑地走了很久，终于在一个街角扶上墙壁，一抬头，脑海中便浮现出公输启和王寡妇四目相对，呼吸相闻的那一幕，她没来由地俯身——吐了。

而此时公输启正纵马往桃源村赶，这一路上白云悠悠，清风涟涟，他却皱紧了眉头开心不起来，这亲事，他当如何同那死老头提起？本想着，若是能诓骗个花容月貌的美娇娘回家，这死老头应也会饶恕他前些天犯下的滔天罪过——以磁石逼迫鲁渊不得不为他解开机关。

虽说这出村进城的一趟，见了些新奇的小玩意儿，但是走马观花过了，也便那么回事，无甚太大的意思，浪荡了一趟，再淘气的孩子也是要回家的。公输启忽然就想起鲁渊斜靠在柳树下的叫骂来，那身影佝偻着，落日的余晖下，无奈到有些凄凉。公输启吸溜了下鼻子，心里委实是有些过意不去了，他其实也不过一场恶作剧。而关于王寡妇，公输启在心里打了无数遍腹稿，比方说，王寡妇粗壮，肩能扛，手能提，况且守寡多年仍未嫁，一看就是个绝世忠贞的好女人……

公输启将这样的话语，在脑海中重复了千万遍，直至自己也慢慢地深信不疑。

奈何纵马赶到桃源村，却怎地也寻不到鲁渊人影了。

桃源村，没有了，村子被人一把火……给烧光了。

原本好好的一片桃源仙境，如今只见浓烟四起，断井颓垣，到处都是烧焦了的木头、土地……还有零零散散的尸骸，散发着诡异的味道。曾经的春风十里，桃之夭夭，花间彩蝶，柳垂莺绕……公输启一遍又一遍地问自己，这些都去哪儿了？为什么自己离开也不过是短短十天的工夫，此间便已化为了一片焦土？

公输启脊背一阵发凉，他茫然上前，一步步踩踏着那些断井颓垣。“咯”的一声，被脚下一物绊倒，公输启低头，发现那是一只女人烧焦的手骨，其上还戴着白得瘆人的玉石镯子。公输启的心骤然“怦怦”跳动，他突然发了疯地向山林深处，那幢不大不小的茅屋里狂奔，那里有……

——“咣”的一声跪下，公输启的心上，仿佛突然有寒霜漫了上来，瞬间结成了冰，将他整个人都全然吞噬。

眼前仍旧是一地的残瓦碎片，并未给过他希望，哪怕是半分。变数，来得这般猝不及防，公输启只觉一阵天旋地转。

不甘心……不可能……死老头他……不！不会的！公输启的内心叫嚣着，每一个字都透露着绝望，深入骨髓的绝望。分明十天前他偷偷耍诈离开的时候，死老头还坐在柳树下，用全天下最恶毒的字眼，将他祖宗十八代都骂了个遍！

第四章 身世

可如今，公输启眼前除了一片黑黢黢的焦土外，什么也看不到了。

“死老头……”公输启颤巍巍地唤了一声，他整个人看起来像片枯萎了的叶。

公输启的拳头狠狠砸向地面，溅起的碎石，骨刺般扎入他的手背，一如他此刻混着鲜血而成为一片泥泞的内心。他咬咬牙，憋着的那股气终是冲出喉咙。

“死老头——”

“鲁渊——”他哽一口气，半晌方才喊出了一句，“师父——”

公输启在茅屋前硬生生地顿住了脚步，他不敢再走近屋子一步，他内心疯狂地想要确认什么，却又极其害怕确认到什么。

公输启狠命挠着自己的脑袋，那死老头他是个残废，失去了两条腿，愣是凭着惊人的机关术将自己的身体改造，方能同常人一般活动，而此间桃源村的大火，死了这样多的父老乡亲，他一个残废的，是要怎样，才能逃出来啊。

如果起火的当时，自己还在，自己还在……而自己，在最应该陪在他身边时，却一直都嫌他啰唆，一心想着摆脱他……人果真是乏味的生物，终日在身边的，倒觉着无甚了了，到最后失去了，方觉着追悔莫及，最初是不屑一顾，最后是留不住。

此时的公输启，面对着眼前的荒土呆坐，不知为何，那些久远的思绪千丝万缕的，雨丝般缠绕，绵绵不断。细细想来，那死老头儿倒也没怎样亏待过自己，甚至在许多地方，待自己还是挺好的，就只是嘴巴臭了点儿。

那还是在公输启初学机关术略有小成的时候，不知怎的就得罪了一伙凶神恶煞的山贼，于是乎，一封勒索信十万火急地送到了鲁渊手里，山贼的脚往凳子上一踩，将勒索信大咧咧往案上一撂，“我家老大说了，山里有山里的规矩，四个胳膊腿外加一个脑袋，各自两百两纹银，加在一起，正好一千两，三日之内送来，否则，我便把贵高徒分部分送来，好让先生睹物思人。”

听到这话时的鲁渊正刨着一堆木屑，听完了，也只是淡淡拂了拂，过了好一会儿，方抬起头来，“我徒儿，何时这样值钱了？那劳烦兄台回你家老大一句，将我那徒儿的脑袋留下，胳膊腿削了便削了吧，明日我必带两百纹银造访山寨。”

这话传回山寨的时候，被捆成个粽子的公输启惊得那叫一个冷汗涟涟，以至于山贼头头都有些同情他了——怎么就摊上这么绝情的师父呢？——这师父是亲的，真是亲师父啊！

不过后来，山贼头头倒也没砍了他的小胳膊腿儿，鲁渊也没有只带两百两纹银上山。当晚，他一人捣鼓着一大堆机关利器，看起来只是个小小的圆筒，但内中却别有洞天，射出的弹丸于空中燃烧，触到树木花草，皆燃起了熊熊烈火，鲁渊一步步，直将那山头潇洒荡了个平，救走公输启似乎也只是顺路的事。事后，鲁渊还给那被烧的浑身只剩破布的山贼头头甩了两个铜板，潇洒道，“做个山贼头头也挺不容易的，钱拿走，算赏你的。”

那是公输启第一回以无比崇敬的眼光望着鲁渊，“扑通”给磕了个头，“师父！”

鲁渊拂了拂衣袖，深藏功与名，挑眉不屑，“抽了你那么多回，就这声‘师父’，你叫得最有诚心。”鲁渊一撩自己那至少打了四层补丁的麻布衣衫，露出细如麻秆的一双机关腿，“荀子有云：‘君子生非异也，善假于物也’，机关术亦是如此，论打架，你师父我是个残废，生来就是挨揍的份儿，但……”他掂了掂自己手中的圆筒子，“这玩意儿叫引火铳，你师父我打不过他们，可他们打不过火啊！所以，我只要引火……”

公输启可不会听他在说些什么，只伸手去抢他手中的引火铳，鲁渊高高举起，公输启便跳着去抢，鲁渊的一双机关腿突然咯吱一响，转眼间“噌噌”伸长，直伸长了有两丈高，这下，公输启怎么跳也够不着了。

鲁渊自鸣得意地咯咯笑着，公输启突然飞起一脚踹上了他的高杆儿机关腿，伸长腿到数丈高的鲁渊没防备，“扑通”栽倒了，还好面前是一堆枯草，没摔得他闪了腰去。鲁渊气呼呼地吹胡子干瞪眼，“好你个欺师灭祖小兔崽子！”

公输启将他扶起来坐好，蹲在他面前嘿嘿笑着，嘴里叼着的青草一晃一晃，“师父，物也只是物，总有破绽可循，善假于物，不如善假于人。”

鲁渊稍稍愣了愣，眸里荡出意味不明的笑，突然一巴掌擂上他的脑袋，“你小子懂个屁！你读过几本书，做过几个机关？你吃过多少米，走过多少路，干过多少事儿？老子一炮轰得你嗷嗷上天！”

当时的公输启就捂着脑袋，被急风暴雨般的巴掌揍得嗷嗷逃窜。

约莫是打那时起，鲁渊便落下了吹牛的毛病，一吹起来那可真的是天花乱坠，什么机关术开山祖师，什么天上人间全无敌手，颇有给我一个锤子，让我征服世界的架势。

而此时，除了焦土，一切都归于虚无了。

回忆到这里如断了线的风筝，戛然而止，魂魄嗅到凡间的辛酸苦辣之后，慢慢回到空荡荡的躯壳。

公输启找遍了整个残存的茅屋，找遍了整个桃源村，都未能找到鲁渊的身影，抑或是尸体，公输启就呆呆坐在黄昏的小石凳上，落寞的光影里，突然间想要流泪。

四周遍布了机关的桃源村，如何能这样轻易地，便被攻破？公输启虽对鲁渊这死老头不甚尊重，可若要论机关术，那他也是服的。而那鲁渊倾尽了半生心血所做的，连亲传弟子公输启都无法突破的护村机关，就这样轻易地……被人突破了？怎么可能？

公输启自嘲地一笑，却没来由地寻思，若是那鲁渊被烧死了，那他的机关手脚，听书是南山灵铁所制，水火不侵，定是散落一旁，而他明明找遍了整个村子，也不见任何机关手脚的痕迹。

那么，鲁渊他，会不会有机会活着……

公输启踉跄着站起，却突然在一片焦土中，看见了一块被烧得半黑，却依稀可以辨认出镶着金边的令牌，瞧着上面的精致花纹，人首蛇身，带着些诡异的色彩，瞧着当是南方楚国的。

公输启眉头一紧，桃源村人十成十都是梁国人，此间怎么会有楚国令牌，楚国人来过？莫不是这场火灾非天力，乃人为？公输启紧锁着眉头，将那腰牌挂在了自己腰上。公输启正要继续挖，却骤然瞧见几块完好无损的铁器，像极了鲁渊以南山灵铁而造的手脚。

公输启登时"哐当"一声，栽倒在了废墟里，不省人事。这么多年了，公输启他虽然嘴上说话不好听，又总想方设法躲着鲁渊，却是这世上，最希望他长命百岁的人。他恨不得他活到八百岁，一千岁，成了妖怪，成了精，那才好。

而最残酷的是，世事从来星移斗转，历史从不会因为某个人的悲伤而停下脚步。桃源村烈火吞噬的废墟里，是公输启的颓然倒地，而在国都锦凉城的朦胧月色里，却依然是繁花似锦，车如流水马如龙。直至夜深了，街上依旧有那么多的人来人往，而那隐没在灯火璀璨地儿的风月场上，仍有无数粉红绢裙的风尘美人儿凭栏吟唱，曲调婉转处，颇有几分楚意。

好一幅纸醉金迷的奢靡图景。

这烟花女子当中的一人，眉目生得艳极了，体态婀娜，侧倚于小栏时，腰身盈盈不足一握，只一眼，便有些绝代风流和着檀香溢了出来。而此刹，她歌喉靡靡，似在一心一意地唱着曲子，可那如丝媚眼却分了神，若即若离地胶着一群富贵闲人。

乍一看，这倒像极了郎有情，妾有意的良辰美景。可你且听听这姑娘唱的是什么——盛世英才乱世雄，才子佳人戏一场。且与奴家话巫山，云翻雨覆乱春宵。

“哟，烟娘，听听你唱的这曲子，你今儿晚上当真要做个清倌儿？”台下的青衫少年郎折扇一合，笑得意味深长。

被唤作烟娘的女子闻声亦是一笑，柳眉半挑，媚眼勾人不休。

“这曲儿乃是一友人所填，烟娘今日不过兴之所至，便随口吟唱了起来，公子可是不甚喜欢？”她掩面一笑，又道，“若公子不喜欢，烟娘也没法子，毕竟这里是花影月来，全大梁国最旖旎的风月地儿，纵然是依了烟娘，今日允了奴家做个清倌，可若不唱这些靡靡之音，难不成要给公子来段高山流水？那样的话，只怕那印妈妈，明日，就要将奴家给赶走嘞——”

几声娇嗔抑或是调笑，乐得富贵闲人们捧手便将青钱白璧送上。那烟娘笑得越发楚楚，半个身子倚在栏上，袖底漾起一片若有若无的春光。

而此时，一个风姿绰约的美妇，提着裙摆，缓步上了楼来。她的目光，停在了那名作“烟娘”的姑娘身上半晌，觉着她这一颦一笑，都有着说不出的味道。她口中唱出的小曲儿，天籁般旖旎动听，她的一颦一笑，都是恰到好处的，多一分不多，少一分不少，可……为什么，瞧着就那样的不真实？

“不愧是我花影月来的头牌姑娘。”那妇人团扇一打，飘飘然上了楼，虽是口中赞许，奈何双目却是直勾勾地落在烟娘身上，倒也丝毫不避讳，看这架势，说话的自然是这风月地儿的老鸨——印程沁了。而这印程沁，便是将公输启“拐”到桃源村送给鲁渊做弟子的那个美妇，在公输启眼中，这美妇便是自己的亲娘，而他的这位亲娘，此时正在名唤

“花影月来”的风月地儿，欣赏着一幅活春宫。

方才调戏烟娘的好事少年郎上了小楼，一把捉住烟娘的轻纱袖，“烟娘，你都做了好几日清倌了，不如今夜，随本公子乱一场春宵？”他一手揽着烟娘的纤腰，一手便轻车熟路地钻进了她轻纱袖里。

那少年郎欺身去捉，烟娘的一双贝齿，却调笑似的堪堪咬上了他手腕。劲儿不算大，也未见红，只那青衫少年娇生惯养惯了，吃痛地哼了一句，微微松开禁锢，烟娘便也顺势逃回了房中。

子时方过，花影月来也正是热闹的时候。烟娘这一逃，大伙儿的关注点，自然落到了方才那调戏烟娘不成的公子哥身上，也就未曾有人注意，在烟娘逃回房中的那一瞬，亦有一道黑影，紧随其后，倏忽进入。

“没用的东西。”房间里忽听低低一声咒骂，惊得方逃回房里的烟娘美人儿落泪。

而那滴泪，尚未来得及坠下，一记火辣辣的耳光便毫不留情扇在了她的脸上，“啪”的一声闷响，暗夜里尤为刺耳。

这一记耳光，自然是极重的，直打得烟娘扑倒在榻上，兀自咬牙。闺房内燃起的蜡烛光晕昏黄，来人的黑衣裾下，露出内中一双印花小鞋儿，居高临下瞧着那榻上楚楚可怜的美人儿，“这儿没你的事了，你退下吧。”

那烟娘颤抖着瑟缩在榻上一角，全然没有了方才的妩媚态，她似是怕极了，眼泪“扑簌簌”地落了下来，梨花一枝春带雨，似要将人的心，都全然给溶化掉。那人涂了艳红之色的指尖轻轻挑起她下颌，一声嗤笑，“可真是奇了，你落泪时，我竟隐隐有些心疼了，哈。”

却在下一刻，诡异的蛊虫自那人指间涌出，只在烟娘眉心轻轻一点，蛊虫便扭着尾巴钻入了，徒留烟娘眉间一抹朱砂，嫣红似血。那人幽幽着笑得残忍，“你该记住什么，该忘记什么，忘忧蛊会帮你好好、好好地选择呢，哈哈……”

榻上的烟娘死死掐着自己脖子，痛苦翻滚着，她的面色极度扭曲，张大嘴想要嘶吼出什么，却终究什么也没有喊出，双目一翻就给晕了过去，又被那人提着头发拖住，硬生生给塞到榻下了。

而与这内中残忍只隔着一扇小门的花影月来里，依然是烛影阑珊，美人浅笑，瑶琴唱，声悠扬……

第五章 青楼的闹事者

而花影月来的旖旎风光里，老鸨印程沁正心思缜密地忖着她的这棵摇钱树——烟娘。小扇轻摇间，目光已是慢慢地冷了起来。这烟娘，委实不简单，当初见她的第一眼，只觉她虽衣衫褴褛，像是个穷苦人家出身的，但那一双圆溜溜的眼睛一直都带着抹夺人心魄的媚色，多媚，就有多不安分。来花影月来后，她更不像旁的清白姑娘般爱惜身子，接起客人来似是使上了浑身解数，短短三月，便霸上了花影月来的头牌之位。

烟娘的容貌自是上乘，可那撩人的手段，最为厉害。尤其是她这做几日清倌，做几日艳妓的点子，忽而清纯，忽而妖冶，故作神秘，自然是吊足了胃口，引得无数风流才子竞折腰。

莫说梁国，听闻有不少恩客，特意千里迢迢地从南方楚国、北方姜国赶到这花影月来，一掷千金只为一睹烟娘芳容。这样的姑娘，注定不是池中物，可来花影月来也有三年了，除了招客揽银，惹了一身风流债外，倒也没闹出什么太大的风浪，印程沁便睁一只眼闭一只眼，由得她去了。

却说，那香闺内的神秘人将晕倒的烟娘塞到榻下时，门口出现些微响动，惊问一声“谁”，应声的原是方才被烟娘冷在一旁的青衫少年郎。方调戏烟娘未成，被她逃脱，此间花影月来的看官们都盯着他，委实有些伤脸面，加之众人一怂恿，那少年郎便是“噌噌”地追上了烟娘闺房，此刻正怒气冲冲地站在闺房外。

“臭婊子，敢耍我——”一声怒骂传来，屋中神秘人目光一凛，“倏”地一把脱了夜行衣，蹿上梁去，那青衫公子等不及地踹门而入时，恰见烟娘全身上下只穿了个肚兜，往那榻上施施然一躺，外盖一层薄纱，房内若隐若现的一片春光，那青衫公子喉头一动，一肚子的怨气就全都给消弭了。

青衫公子小扇轻敲，将生气的样子做了个十足十，“烟娘，你这就不厚道了，好歹我也是你多年的恩客，方才众人皆在，你倒是不给本公子面子。”

“怨也怨，是公子先坏奴家规矩。”榻上的烟娘一声娇嗔，直起身来，笑得勾魂摄魄，“况且，奴家也是想给公子些霸王硬上弓的乐趣，公子怎这般不解风情，反倒坏了奴家一番好意。”

“公子，奴家今晚，到底还是个清倌。”那烟娘烟波流转，腰肢忽而一晃，复又下了榻，她略微甩手，小扇遮了半面，“不过公子说得有理，这清倌当久了果然是会腻的，才子佳人的戏再动听，也及不上那翻云覆雨的良辰夜。”

“明日，奴家便会重新挂牌，若公子愿意捧场，奴家自然让公子……”烟娘低眉一笑，无端地勾人心神，她咬上那公子耳垂，轻飘飘吐出一句，“奴家让公子，难忘。”

这一声妩媚，直让那青衫公子瞪圆了眼睛，整个人就像升天了般快活。此时老鸨印程沁方听得了消息，忙团扇轻摇，迈着三寸金莲笃笃上了楼来，“公子啊，您这是怎么了？欺负我家姑娘哪？有话好说，好说哪。”

而她来的也正是时候，青衫公子正和那烟娘定好了明日之约，折身潇洒而去。而烟娘自然是倚在榻上，鬓发微乱，衣衫不整，香汗淋漓。见老鸨来了，烟娘复又抛了个媚眼，风情万种喊了一声，“哟，印妈妈，好久不见。”

印程沁扶额，也是笑，“半炷香前才见过。”

“一日未见，如隔三秋。那奴家与印妈妈半炷未见，许也算得上是久别。”她咬唇一笑，撩起半边纱衣，“久别重逢，奴家自然不胜欢喜，想着与印妈妈……”

“烟娘，印妈妈可是女儿身，况且，若印妈妈没记错，你今日可要做个清倌，自己提出的，就要做到底啊——”印程沁瞟了她一眼，摇着扇子好心提醒。

“呦，那真是可惜了，可惜印妈妈是女儿身，不吃奴家这套，若印妈妈有个一儿半甥，奴家定让他夜夜春宵，天天在印妈妈耳旁叨唠着奴家的好才是。”烟娘这随意的一声调笑，却惊得印程沁一个哆嗦，那句“一儿半甥”，委实是惊雷般让她的心里，咯噔一跳，公输启那混小子，多亏自己有先见之明将他送到鲁渊那里拜师学艺，若是养在青楼，这后果当真是不堪设想。

而极不幸的，印程沁她倾尽心力，想要防止的事，却还是发生了。

印程沁上一秒尚寻思着公输启，一个回头，便看见一黑影立在那灯火阑珊处，观着身影有些眼熟，再揉目细细一瞧，不是公输启那浑小子，还能有谁？印程沁心头一凉，这小子，她偷偷看着他长大，他平时都在桃源村寸步不出的，如今却是怎么了？莫不是机关术大成，足以破开那鲁渊的护村机关，出村撒野来了？

真是棘手啊！

而此时，公输启的形貌并不怎样好，他右手提着酒壶，脚步踉跄，一双眼血丝遍布，带着浓重的黑眼圈儿，正推开花影月来旁熙熙攘攘的众人，"让开让开，小爷今儿，嗝——有事，找人！"

旁人瞧了都气不过，"来花影月来，自然都是找姑娘的，凭什么，就单单给你让出一条路来？"

阁楼上的印程沁瞧见了，当真是火气不打一处来，她柳眉一挑，双手叉腰，"来人呐，将那楼下提着酒壶的浪荡子，给我，乱棍打出去！"

听得此话，一群下人便提着木棒雄赳赳地去了，照着醉醺醺的公输启就是一顿猛抽，那公输启也是醉极了，挨了几棒后，踉跄几步，直仰面朝天地倒下了。

他就那么狼狈躺下了，站在阁楼上观望的印程沁登时觉着一阵心痛，忙"笃笃"地下了楼去，她踉跄拨开众人，慌张探了探他鼻息，待听到那如雷的鼾声后，印程沁紧闭双目咬牙切齿，"小小年纪不学好的，给我把他，丢到大街上去！"

睡着的公输启，就这样被几个龟公抬着，扔到了一处霉臭的小巷里。

巷尾的青石磕得公输启头疼，这一个激灵，倒让他醒来了，他揉了揉红肿的额角，咧嘴一笑，摸着黑不知去了何处，那踉跄的姿态，瞧着十分沦落。而印程沁，就站在不远处，踮脚痴痴地望。

屋里的烟娘，一撩衣衫，眼眸动了半分，似是明白了什么，嘴角泛起一丝冷冰冰的笑意。印程沁回身，同烟娘的目光对视，烟娘忙轻罗小扇，作不经意状移开了。印程沁的目光落至她的榻下，发现那里耷拉着一只白瘆瘆的人手，瞧着有些吓人。

印程沁目光一冷，这烟娘……委实不简单，从她迈入花影月来的第一天起，印程沁便知道她非池中物，但鉴于她也没闹出什么幺蛾子，也便随她去了，银钱么，多多益善。可这段时日，她好似突然收到什么命令似的开始动作，行为真是越来越古怪了，背地里，她到底在做着什么勾当?

第六章 争花魁

此番再说那公输启。

极度落魄的公输启被他这自认为的“亲娘”叫人给打出去，心内实在憋屈，寻了个房梁给凑合一晚后，这第二个晚上，又来了。

这晚，那烟娘在花影月来的红牌子，恰恰被重新挂上了，今儿，她不做清倌，偏偏兴致来了，要做几天艳妓，是以莺声燕语的花影月来门前，拥挤得可谓是水泄不通。

公输启捧着酒坛子再次赶到时，挂着艳红灯笼的门口乌泱泱的，众人各自都踮脚伸长了脖子，向那珠帘深处望着。公输启好不容易钻了个空给挤进去，不过半晌却又被挤了出来。

一群提着棍棒的彪形大汉，大摇大摆走了出来，对着公输启咧嘴笑，“嘿，这不是昨儿被丢出的那个小哥儿吗，怎的，又回来了？心痒？”

此时公输启的心情不是很好，听了这话，更是气不打一处来，他将酒坛子往地上狠狠一摔，撸起袖子便要硬闯，却被一柄精致的折扇给拦了下来。

“这位兄台，看样子，是头一回来？”一青衫公子翩翩而立，满脸的道貌岸然，正是昨夜调戏烟娘未遂的那位，他似是担心公输启抢了他的风头，忙不迭地阻挡，“只是，可巧了，在下今晚与烟娘姑娘有约，瞧你毛手毛脚的，进去了，只怕会唐突了姑娘。”那青衫公子折扇一打，说得倒是毫不客气。

“啊哈？”公输启吃了一惊，这几日在锦凉城中，烟娘的名头他的确是如雷贯耳，只是这实在和自己没什么关系，不知这青衫公子紧张个什么。若是他推断不错，这整个花影月来都是他亲娘的，那么将来也就都全是他的，区区一个头牌红姑，他还计较个什么鬼。

“这位兄台就不要耍酒疯了，早些回去吧，莫要坏了我和烟娘的好事才是。”青衫公子一甩扇，生怕这个摔酒坛的家伙是来砸场子的，再瞥了眼公输启的落拓装扮，赶忙招呼家丁将他拖走，“若兄台没钱雇马车回府，本公子可以让下人送你一程。”

他这话，说得可真是尖酸，公输启原是没打算同他计较的，只待见了那印程沁，合计合计桃源村的事便可，听青衫公子这么一说，公输启倒是不乐意了。

正所谓人不犯我，我不犯人。可人若犯我……他公输启自然也不是什么好欺负的主儿。

“这么说，烟娘姑娘今晚是非这位兄台莫属了？”公输启挑眉，漫不经心问着。

“那是自然。”青衫公子甩扇。

“偏也巧了，你说烟娘今晚是你的？那这整个花影月来，今晚还是小爷我的呢。”公输启这一嗓子号得气场真是不小，一时引来了不少侧目。

而这数道异样目光中，多半只是扫了一眼，当是酒鬼闹事也没多顾，唯独一墨衫少年，上上下下打量了他几个来回，良久也不肯收回目光去，直至公输启一个回头，与他四目相对时，墨衫少年这才慌慌张张地收回了紧盯在他腰上金色令牌的视线。

是金色令牌，那天公输启在桃源村的废墟里，颤抖着手捡起的金色令牌。公输启之所以这样堂而皇之挂着，也便是想要看看，究竟是谁，会回来将这令牌拿走，虽是大海捞针，却也不见得不奏效。桃源村的大火自然是人为，这点无可厚非，因为桃源村的护村机关，已完完全全被破坏殆尽了，而这世上，能够破开鲁渊穷尽半生精力打造的机关，不是当世极强的机关师，便是——桃源村自己人，而前几日公输启在处理桃源村烈火中丧生的人时，发现桃源村的父老乡亲们，无一生还，而当世，若还有能轻松破开鲁渊机关的机关师，那公输启倒是想会上一会儿。

关于机关术，对机关师来说，这世上，高山总要攀，不是吗？

“看什么看，你该不会是看上小爷我了吧，今儿可真够晦气的，遇上个断袖——”公输启瞅着那墨衫公子，觉着他目光奇怪，便没好气地骂咧了一句，还想说点什么，却待看清了墨衫少年的容貌后，顿时懵了，“你、你不就是前几日……”

这番公输启倒没有看差，那墨衫少年不是旁人，正是他前几日被他赠了碧玉簪的蓝衣姑娘苗九瑶，不知怎的，她竟然扮了男装混了进来。

这姑娘，公输启倒是喜欢得很，但在下一刻，公输启就有些赧然了。在心仪的姑娘面前，他委实是两次都没给留下什么好印象，第一次抖了些许机灵，展示了些机关术，还送了根不甚贵重的簪子，也不知有没有引起她的注意；第二次便是和王寡妇的“亲密接触”，惹得那姑娘有些误会；而这一次，却是实实在在青楼被她逮了个正着……

不待公输启寻思完毕，似是担心他戳破自己的身份，苗九瑶及时抢了话，“这位兄台，好生熟悉。前几日，我们似乎在哪见过？”苗九瑶说着说着，狡黠一笑，“对了，前日，似乎曾见这位兄台下重金聘王寡妇，莫不是好事未成，今夜特来此买醉？”

此话一出，满座哗然，话题自然是巧妙地转到了公输启身上。

“原来，你便是传说中的那个英勇少年？”

“啧啧啧，现在的年轻人，口味真是越来越独特了，连王寡妇那口都吃得下。”

然而旁人的那些冷嘲热讽，甚至是同情的目光，公输启都未曾在意，他的目光自然是直勾勾落在那墨衫公子身上，而那公子好似是赢了公输启一局的样子，折扇掩面，低头“扑哧”一笑。公输启直看呆了，觉着她纵然换上男装，亦是掩盖不住那娇俏的小女儿态。只是，这姑娘未免也太过奇怪，女扮男装逛青楼？不是品位独特喜欢女人，便是另有图谋。

公输启摇头让自己清醒过来，这两种情况的任何一种，都有够他受的。

这几日，发生的事情委实太多，尚不待公输启给捋清楚，另一边儿，花影月来的小厮就已敲锣打鼓地吆喝道，“公子爷们，烟娘半个时辰后便要出来了，不知今夜，烟娘将与哪位爷共度良宵？”

此言一出，也再没人去管什么俊俏少年郎和王寡妇的感情纠葛了，一群富贵闲人，风流公子，皆满心期待地朝亭台水榭望去，只盼美人儿早些露面。

“这花影月来的老规矩，各位爷想必都清楚——”

这些情景，公输启倒也明了，不就是价高者得嘛！从前他虽待在桃源村不问世事，可那话本子也瞧了不少，平日里也拽着那些出村的街坊四邻给打听：那外面纸醉金迷的是个什么图景？可还和话本子里写的一样？有花有树有姑娘？

然而紧接着让公输启瞠目结舌的是——那墨衫公子竟直接喊了一句一百两。

一个姑娘家家的，来逛青楼，还要和一群男子争头牌，这……这……这世道是怎么了？公输启一个踉跄，连方才灌下的酒都被她这剽悍作风给吓醒了。“唔，当世奇女子。”他暗自嘀咕了一句，然后鬼使神差地摸了摸钱袋，全部家当都给王寡妇做聘礼了，如今身上，大约只剩下十几个铜板了，他打了个酒嗝，紧接着苗九瑶喊道，“二百两。”

“二百五……”苗九瑶惊讶看了他一眼，特意拖长了尾音，才缓缓道，“二百五十两。”

这下公输启更来劲了，掂量着钱袋里几十个铜板，大言不惭道：“三百八。”

“五百两……”

“六百两……”

“七百两……”

叫价声此起彼伏，不少登徒子也加入了这场战争。那苗九瑶瞪了公输启一眼，没再说话。公输启也没说话，却往苗九瑶的方向靠了几步，站在了苗九瑶旁边。

“一千两。”苗九瑶淡淡道，俨然是一副志在必得的样子。

“有趣。”公输启嘟囔了一句，竟也跟着叫起了价，“一千两零一个铜板。”

苗九瑶闻言回头看了他一眼，只将他当做贪恋烟娘美貌的登徒子，不屑道，“一千一百……”话音未落，公输启又道，“我说的一千两，是黄金哟。”

音落，四座皆惊——烟娘艳名远扬是事实，可敢掏出一千两黄金买她一夜，这实在也太让人觉着不可思议了。

众人登时被吓住了，不敢再开口叫价，只默默地让出一条路，让公输启大摇大摆地走到了前排。

“疯子。”苗九瑶暗暗咒骂了一句，却偏偏被公输启听了进去。

“非也非也，烟娘的绝色，是值得小爷我一掷千金的，这闺房之乐的滋味啊……”他一脸调笑，登时与苗九瑶勾肩搭背了起来，眉毛一挑，“都是男人，你肯定懂的。”

苗九瑶侧闪不及，被公输启搂了个正着，旋即便是一番拳脚相加。幸而公输启也有些武功底子，暗中化解了她的招式，没挨着打不说，反倒将她搂着更紧了。这厮正自鸣得意，“啪”的一声，一个清脆的耳光稳当当地落在了脸上。他一声吃痛，苗九瑶趁机挣脱，脸上莫名地涌起一阵绯色。

公输启单手捂脸，佯作无辜，“兄台这是怎么了？这反应——怎么像被轻薄了的姑娘一样？”那苗九瑶自然是气得厉害，却也回击得一本正经到滴水不漏，“本公子没有断袖之癖。若仁兄喜欢搂搂抱抱，还是和烟娘一道的好，若还嫌不够，仁兄你那未过门的王寡妇还在等着你呢。”

公输启干笑了几声，没再说话。也没什么好说的了，反正他现在已经九成九确定，这位墨衫公子，正是前日遇见的那个姑娘——楚国姑娘。

而留在桃源村火海后的那枚令牌，也是楚国的。虽然不知两者之间是否有所关联，但一个楚国姑娘，千里迢迢来到梁国花影月来，扮作男人点花魁，这其中——必有猫腻。

而这其中诸多细节，公输启还来不及想，那花影月来的小厮便已恭恭敬敬地上来，唤了一声爷。他愣了好一会儿，才意识到小厮是在喊他。

“这位爷出手果然阔绰，今晚怕是没有人的价格能压过大爷了，这烟娘姑娘，今晚便是大爷您的了。”他顿了顿，又客客气气道，“只是我们花影月来向来是不赊账的，这一千两黄金也不是个小数目，盘点起来也需要时辰，为了不耽误大爷您与烟娘的良辰，烦请爷先请人把金子抬进花影月来。”

“咳咳……”公输启假咳了几声，摸了摸钱袋里那少得可怜的铜板，有些尴尬。

众目睽睽之下，似乎是苗九瑶先发现了他的异样，“这位公子，不会是没钱吧？”一针见血，当场点破，这下公输启更尴尬了。他又干笑了几声，扯下钱袋，扔给小厮，只道，“小爷的金子，老早就寄存在你们主家手里了，这钱袋，你拿给花影月来的印妈妈瞧瞧，说是一位公输公子给的，她自然明白。”

这一场狐假虎威的戏，公输启做得很漂亮，骗过了苗九瑶，也似乎是骗过了在场所有人。小厮以为这公子与印妈妈有什么过命交情，毕恭毕敬拿着钱袋就进了内阁。而在场的登徒子们则摇着头纷纷感慨，如今这世道，连寻欢作乐都有黑幕了，委实憋屈。至于公输启他本人，内心笃定一向暗中宠他的印妈妈会亲自出来接他，自然早就跷好了二郎腿，静候佳音。

许是他从没怀疑过自己与印妈妈的母子关系，故而当小厮带着几个彪形大汉出来的时候，着实打了他一个措手不及。

“这这这……有话好说。”公输启连连摆手，警惕地连连退了数步。

“印妈妈说了，不认识什么公输母输的。”小厮一清嗓子，几个彪形大汉便冲了上去，粗声粗气，“敢砸我们花影月来的场子，看来小兔崽子，你是活得不耐烦了。”

见势不妙，公输启眼珠子一转悠，只觉三十六计，走位上策。可这边他刚要逃，那边彪形大汉却已拦上——活脱脱的一堵人墙。

公输启虽说是主修机关术，可脚下功夫也是有的，应对这些徒有块头的大汉，倒也有些手段。那些个彪形大汉到底没拦住他，只不过他逃得实在是有些狼狈，也有些窝囊了。

而公输启走后半炷香，没了他的捣乱，苗九瑶也自然而然拔得头筹，在众人艳羡的目光下，揽着烟娘曼妙的腰肢，以扇挑帘，入了香闺。

尔后回头极嘚瑟地，望了狼狈逃窜的公输启一眼。

“啊——这位爷，你弄疼奴家了。”纹了银丝的木门掩上的那一刻，烟娘嘤咛着哼出了暧昧不明的声音。

苗九瑶也是笑，配合着哼哼了几声，才说了正事，“鲁渊，死了？”

烟娘一挑眉，媚眼如丝，“连你也知道了？消息倒挺灵通啊。”

第七章 孺子不可教

那苗九瑶将烟娘拥入房中后敛目一笑，顺手捻了个红提搁在口中，“我消息灵通？姐姐，你那传讯的机关木鸢，很不幸的，”苗九瑶双手一摊，“落在我手上了。”

正摆弄轻纱裙的烟娘身子一滞，“木鸢？什么木鸢？我并没有放出木鸢。”

“那这倒是奇了。”苗九瑶嘟囔了句，正打算吞掉手上的红提，却听烟娘道，“九瑶，你别吃那红提，有毒。”苗九瑶一惊，匆匆将红提吐了，赶紧自斟了一杯清酒，正要咽下，耳边却又适时传来烟娘幽幽的一句，“九瑶别喝，这酒也有毒。”

苗九瑶闻言一声轻咳，吐出了酒，却被酒的辛辣呛得生疼，“我说烟姐姐，你这里有什么是没毒的吗？”

“有啊，奴家恰无毒，不知这位公子，可愿尝上一口？”她一声娇嗔，秋波宛转下，神态不自觉地就旖旎了起来，俨然媚骨天成。

苗九瑶瞟了她一眼，嗤笑一声，“烟姐姐，你又来了。”

却说苗九瑶最初去寻鲁渊那日，鲁渊所住的房屋里空荡荡的，门前的大黄狗还绑在柱子上汪汪地叫，可愣是不见一个人影。苗九瑶在桃源村里等了足足三天，实在是撑不住，便来到繁华的市集上溜了两天，待再回头去寻时，整个桃源村已不知被谁放火烧掉了。

那场火，放得倒是干净利落，苗九瑶找遍了受灾后的村庄，愣是没找到歹人行凶的证据，却看到了很多只扑棱着翅膀的机关木鸢，待认出那是苗半金的报信机关后，苗九瑶扬手，手上指环漾出微光，木鸢们便纷纷俯冲下来，停在了她手背上，吐出一张字条，上书：鲁渊已死，形势有变。字迹潦草而纷乱，一时竟也认不出是谁所写。而苗九瑶抬头时，却发现有几只木鸢竟是不受她控制的，振翅高飞而去。苗九瑶转念一想，义父的眼线那样多，留下些直接向他传讯的木鸢也正常，或许还有些不便透露给旁人的消息。

可她花了大工夫要寻的鲁渊，已隐居多年，也未听说同谁结仇，怎么会偏偏在这个当口给死了呢？还连带着桃源村的一拨无辜百姓。苗九瑶她想破了脑袋，也未想出个所以然来。

鲁渊已死，苗九瑶没辙，便只好怏怏地来花影月来寻潜伏已久的烟娘商议，也恰恰是因此，才有了方才花影月来门前争花魁的那幕。

而成功见到烟娘的苗九瑶甫一开口，烟娘便接得那样顺溜，明显是已得到了鲁渊的死讯，而此刻，却矢口否认，说那木鸢不是她放的。

“鲁渊不会是你杀的吧？你知道的，义父和鲁渊无冤无仇的，要的是他一身机关术，而不是尸体。”苗九瑶不死心，“那木鸢真不是你的？此乃楚国机关秘术，我们楚国的机关术是当世最强的。而今在梁国的楚人，又能熟练应用此秘术的，应当不多。”

“九瑶你这是信不过你烟姐姐？”烟娘勾唇一笑，楚楚可怜地伏在她膝头，“说来主人府上有门客三千，未必只派了你我二人来梁寻鲁渊。更何况，这鲁渊，实在是和我八字不合，为了去桃源村请他，我直散了不少金银美玉，甚至是牺牲了色相才惑到一个村人带我绕过他们的机关前去，不慎还弄丢了主人给的令牌，那可是免死令牌啊！珍贵无比，而那鲁渊却拒我于千里之外，像这样不解风情的男人，死了也活该。”

提及令牌，苗九瑶突然想起了方才看到公输启腰间挂着的那个，那是义父赐给亲信之人的免死金牌，见此金牌者，如见楚国国师苗半金亲临，即便是周遭国家的君主，也得给上三分薄面，而这金牌瞧起来虽像女儿家的装饰之物，但周遭国家重臣无不晓得此秘密，可是如今令牌如何会在公输启手中？曾有一刻，她似乎是怀疑公输启是苗半金在锦凉城布下的暗桩，此刻倒也放心大半，定是那小子捡到烟娘的，约莫那浪荡的少年郎真是什么鲁渊的弟子？只可惜……烟娘此人，滑溜得像条泥鳅，她的话，常常是半真半假。

“所以，真是烟姐姐你杀的他？”苗九瑶一个激灵，下意识地抚过腰间暗匕，胆敢违背义父命令的手下，她确实是应该替他暗中处理掉了。

烟娘慵懒地伏在苗九瑶膝头，一双藕臂却慢悠悠地荡到了她肩上。她一声轻笑，不待苗九瑶动作，便已先行解了她的气力，尔后十指缓缓勾出她藏在身上的暗匕与令牌。

“九瑶，你还小，不懂这花影月来是来寻欢作乐的地方，下次还是莫带这些利器进来的好，不然一不小心伤了自己，倒也可惜你这一张如花似玉的脸呢。我的令牌丢了，你这令牌，我就先收下了，我不便离开梁国，回头你再向主人讨一个便是。”烟娘轻笑了几声，将暗匕放回了她身上，“鲁渊不是我杀的，你该知道，若是得罪了我，岂是一个死字这样简单？那木鸢自然也不是我放的，我不是机关师，也并不像主人那样喜欢机关师，并未有那样多的木鸢可用。”

苗九瑶松了一口气，道，“人死不能复生，如何补救？我们要的是鲁渊的机关术，而不是他的尸体。”

“简单，鲁渊死了，却有亲传弟子或后人不是？此番若能将他的弟子捉住送给主人，倒也能成就主人心愿。”烟娘施施然起身，燃了一支香，“不过这几日我在花影月来挂牌，怕是抽不出空，只要九瑶能将人引来此处，我自有办法收他在石榴裙下，让他为主人效力。”

谈到鲁渊的弟子，苗九瑶的脑海中，没来由地就想起公输启来，苗九瑶在心里啐了一口，方才观那公输启争抢花魁的举止，定是骗财骗色的浪荡子，身上哪里有机关师的半分影子？定然是信口胡诌的。

而今，一炷香前才被轰出花影月来的公输启，现下又偷偷摸摸地溜了回来。而这一次，他倒没敢走大厅，特意绕到后门，想要直接溜进印程沁的闺房。

彼时，印程沁正品着一盏香茶，忽听窗外有窸窣之声。她手微微一顿，眨眼间便将一盏滚烫的茶水给泼了出去。

公输启躲闪不及，嗷嗷叫唤着从房檐上跌下，尔后一路滚进了屋里。

“怎么又是你？”印程沁一愣，忙上前查探他是否被热茶烫着。

印程沁的这么一叫，一个“又”字，恰恰是暴露了，她是认得公输启的，公输启邪邪一笑，“印妈妈，您这手下也忒不留情了点。”他叫唤得虽然厉害，可全是装腔作势，并没怎么伤着。

到底是印程沁，一眼就看穿了他的把戏，又嗅见他一身酒气，更是气不打一处来，“我方才不是让人把你撵出去了吗？你倒还真敢来？”

“印妈妈，你这就不讲道理了，花影月来接四方客，怎么别人能来，我就来不得？”公输启理直气壮，顺带还毫不客气地给自己倒了盏茶，印程沁见状，一把打在他的手上，“你给我放下！”

“花影月来不愧是全大梁国的第一风月场，连这儿的茶，都散着浓郁的美人香。”公输启嗅了嗅茶香，啧啧称赞，可这马屁明显是没拍好。

“堂堂七尺男儿，就知道喝花酒，品香茶，还有什么出息！”印程沁转过身去，一点好脸色也没有给他，“来人，给我打出去！”印程沁一拍桌子，明显是怒极了。

公输启跷着二郎腿坐在桌上，趁着打手还没来，灌完了一整壶香茶，“古人云，滴水之恩涌泉相报。印妈妈你放心，就算你今日把我打出去了，我明日会来，后日会来，下个月还来，来年也来，等您打习惯了，也就再懒得打了。”

“不像话，你师父怎么教你的？竟将你教成这副浪荡模样。”印程沁要气得全身发抖了，似也等不及那彪形大汉过来，她恨铁不成钢地看了他好几眼，一把抢过他手里的茶壶，撸起袖子，似已打算亲自收拾他。一阵内力在印程沁掌心流转，公输启瞧见了，却丝毫没有躲开的意思。

“鲁渊……师父他，”他突然一阵哽咽，旋即低了头去，“走了。”

印程沁先是一愣，将内力猛地逼回，一口真气堵在喉间，连声音都带了颤抖，“走了？什么叫走了？什么意思，你把话给我说清楚。”

“可能是我这浪荡模样气到死老头了，死老头他就不要我了。”公输启抬头望向印程沁，没来由一阵苦笑，自顾自的，话也说得不甚清楚，“桃源村起火了，没了，大火烧了不知多久，我在废墟边醉了一夜，喊他鲁渊，喊他死老头，喊他师父，他却再不理我了。”

公输启低头还在笑，苦涩地，挣扎地。那佯作没心没肺的模样，却让印程沁看着没来由地一阵心疼。

彪形大汉们扛着棍子姗姗来迟，正要挥棍去收拾那坐在桌子边的不速之客，却不料印程沁突然道，“出去！”大汉们面面相觑，却只见印程沁低头顿了顿，似暴风雨前令人不安的平静，“都给我出去！”

彪形大汉们惶恐着应声而退，公输启愣了愣神，印程沁却突然朝着他狠狠一指，“还有你——给我，滚出去！”

公输启明显是被印程沁这号的一嗓子给吓着了，手忙脚乱地翻了窗出去，却也没敢走远，便伏在房檐上，他枕着胳臂，瞧着漫天星光，没有一句话。此时，他已无处可去了，鲁渊不在了，桃源村的房子也被火海给吞噬了。

除了花影月来，他哪里也去不了。方才他说的话是真心的，就算印程沁天天将他打出去，他还是得来，也不得不来。天大地大，可除了这个鱼龙混杂的风月地，再无他容身之所了。

公输启在印程沁的闺阁外蛰伏了好几个时辰，可里面却异常安静，公输启正想要推开门去一探究竟时，突然听见内中传来了茶壶杯盏碎裂的声音。

紧接着，便是一声压得极低极低的呜咽，原本公输启已困得厉害，可在听见哭声的一刹那，心却突然疼得厉害，愣是伏在房檐上，陪印程沁熬了一宿。

“娘亲，你放心，师父若没死，就算是上天入地，我也会将他寻出来。师父若死，我当赴汤蹈火，为他报仇！”公输启耷拉着脑袋，暗自发誓，狠狠攥着手中那个来路不明的令牌。

天色将亮的时候，几夜未眠的公输启到底是被周公唤走了，一个没留神从房檐上摔了下来。而他此番也是累极了，睡得死，虽摔得鼻青脸肿，愣是没能醒过来。

印程沁循声而来，望了望躺在地上四仰八叉睡着的公输启，又看了看笙歌夜舞的花影月来，深深地叹了口气，“也罢，也不小了，该明白的，还是得明白。”她回身吩咐小厮，“将他抬进来。”

第八章 真假玄玉

南方，暮色深处，楚国。

云台山巅，浮云如烟，蓊郁葱茏的竹林掩映里，矗立着一座巍峨宫殿。那宫殿，远远望去有些金碧辉煌，俨然王家宫室，待走近了，却发现宫殿周围寸草不生，漆了朱红的木门，在清风中拂动下半开半掩，似是有心邀人入内，可越是这样，越是让人生出颓然不安之感。

一只木鸢扑棱着翅膀，自天际翱翔而下，苍白苍白的颜色，正是苗九瑶在桃源村没来得及捕获的一只，如今似一片云，蹦跳着蹿入了宫室中，让那一片阴恻恻的死寂里，乍添几分活力。

阴暗角落里，身着黑袍的人面壁静默着，他枯瘦如白骨的手指覆上那只木鸢，但似乎是并不急于得到它腹中的消息，只是抚摸着喃喃，“你回来了，回来就好，回来就好。”

而在那诡异宫外，此时恰有一双玄色小鞋踩在裸露的黄土地上，纤细的手拂开面前枯枝，光影下露出个红艳艳的身影，观身形，倒像是个女子。

通红的木门，至此，“吱呀”一声洞开。

一袭黑衫的诡异人影袭出，恭敬向那艳红身影俯身行礼，“属下恭迎王上。”

那女子抬头目光，好似是看得很远，却并没有看他，他的身子俯得低低的，“属下身体有恙，不能出山，故而未能远迎，有劳王上……”

“孤王没有怪你。”

来人不怎么客气地打断他，拂袖便向前走去，这来人是楚国女君李长歌，而面前恭敬，着了一袭黑衫的，则是楚国的大祭司司徒云铎。司徒云铎长发低垂，绣着银线的黑纱遮面，看不见他的脸，他的眼。他瘦得很，像一块腐朽了的木，整个人看起来不像活物。他随着女君进入宫室，低着头，这宫室外表繁华，内中却空茫茫的，所有的饰物都唯有黑、白两种颜色，纷乱而不对称，甚至有些残缺。

李长歌捻起带着一个缺口的黑色茶杯，瞧了两瞧，“云卿，出身帝王家吗？”

“非也。”

李长歌食指扣了扣茶杯缺口，“肢体有残缺吗？”

“非也。”

“或者说，是你的内心，有所残缺。”李长歌意味不明地笑了笑。

而那司徒云铎依然摇头，“非也。”

听得此话，李长歌则意味深长地看了他一眼，悠悠一叹，“是或否，你心里清楚便罢，孤王今日，倒不是来追究你的过去，这些，孤王也不甚在意。”

“只是在孤王心中，唯有残缺的人，才会喜欢残缺的物事，好似非得这般，心内方能好受一点。”李长歌笑了笑，她的手在白玉案上敲了两敲，“云卿，我大楚尚巫，自古而然。但这子不语的神鬼之说，坦诚说来，孤王却是极少相信的。你来我南楚，少说也有二十五年了，所作的预言，无一不成真，倒一直让孤王另眼相看，对你，孤王倒也信任得很。可你这回说的，上古玄玉归藏，可逆风水，得之，可得天时地利人和，保千年国祚，怎的听来，都有些玄乎。若得归藏便可得绵长国祚，那这江山得的，未免太过轻易，那还要文臣武将，要浴血征战做甚？很简单的道理。”

司徒云铎笑了，“王上对此若不感兴趣，今日也不会来见属下了，若属下记得没错，王上已有十年不曾踏足我这云台山了。”

“你说归藏玄玉，需顶尖机关师打造的飞云盘可探，故而孤王差人寻找鲁渊，可昨夜孤王收到木鸢传书，言说鲁渊死了。”李长歌声音极低，“二十年不见鲁渊动作，却恰恰在这个关口，死了，云卿怎样看？”

“鲁渊有徒，有后，机关师的技艺，一脉相传。关于鲁渊之死，属下以为，死者为大，也无甚追究的意义。”

女君笑了，意味深长，“你倒是对鲁渊关心得很。”

李长歌起身，“也罢，关于归藏玄玉的事，云卿不愿说，孤王也不问，权当今日孤王是来看看你，”她扫了一眼这空荡荡的宫殿，“你这里，也忒简陋了些，需要什么，差人置办便是。”

“谢王上。”

李长歌的目光，环视一周，落在屋角，落在她十年前赐给他的玥昙花处，那玥昙花，是一种生命力顽强到不需要任何照应，便能自生自灭的花木，而今依然生得繁茂。李长歌走近，袖口一绾，便私下撷了一片泥土进袖。

这宫室，内中崭新如初，如十年前她叫人为他布置的那般。

李长歌下山时，苗半金已为她备好了轿，见她远远地拂袖过来，便恭敬拜了下去。李长歌走过他身边，苗半金轻声，有些迟疑，“王上，祭司的断言，有些难以使人相信。”

李长歌侧眸瞧他，“司徒云铎装神弄鬼的，的确难以取信，归藏玄玉，得亦可，不得亦可，不过，寻找一个叫归藏的东西，对国师来说，算是举手之劳吧？”

这话，听得苗半金很是受用，不觉有些轻飘飘的了。抑或是李长歌的任何一句话，听在他耳中，都十分地受用。他的声音低了下去，“唯恐有诈。”

李长歌上轿，将袖中泥土随手扔了出去，“是啊，当然有诈。”李长歌敛目一笑，撩帘向苗半金，“归藏玄玉，可逆风水，可得天下？你信？”

苗半金坦然，“微臣不信。”

“孤王自然也不信。”李长歌放下小帘，双手放在膝头上，“这世上，什么是真，什么是假？哪有什么定论，被人相信的，就是真相。”

那苗半似懂非懂地点了点头，抬手吩咐，伴随着一声尖利的“起轿”，楚君李长歌便回宫去了。这一路上，她一直都在寻思，那大祭司司徒云铎的宫室，虽未落上灰尘，可玥县花里的泥土告诉了她，这司徒云铎，已有许久不曾来过这宫室了。这回，他明显是打探到了女君要过来瞧他的消息，特地在此，等待李长歌的。

而这许久，司徒云铎去了哪里？归藏玄玉，又到底，是假是真？又抑或司徒云铎，另有居心。李长歌嘴角，逐渐勾勒起了一抹浅笑，而那浅笑慢慢地又凝滞在了嘴角，“你在监视孤王么，司徒云铎？”

喜欢养猛虎的人，自然有杀虎的能力。而在那云台山巅上的司徒云铎，目送着李长歌的背影逐渐走远，黑袍之下的目光亦渐渐冷了起来。雪白的木鸢在他身边蹦跳，他将它捉住、拆解，随手就扔向了眼前的万丈绝谷。他手中这只木鸢刚刚方才转回，可为何李长歌早先一步便收到了鲁渊已死的消息？到底是楚君李长歌，眼线遍布，自己这木鸢却回来得这样慢，的确是没有什么存在的价值了。而这消息，显然此刻苗半金还不知晓。

那楚君李长歌的消息，委实是有些太灵通了，寻那归藏玄玉，她应不是只派了苗半金一支队伍。

再且说说那大梁国的花影月来，数夜都没睡好的公输启，此番睡了鲁渊走后的，第一个安稳觉。

他没急着睁眼，先是按了按躺着的床榻，软的，又摸了摸颈上的枕，还是软的。而公输启的记忆，还停留在那夜，他趴在房梁上，透过昏黄的灯光，看那印程沁双肩抖动着，直直哭了一夜。而自己，如果没有记错，该是还睡在房梁上吧。

“这该不是梦吧。”公输启嘀咕了一句，顺手给了自己一巴掌，“疼的，看来是真的。”他一乐，坐起身子打量了一下。

现下，他身在一间素雅的厢房。虽说是厢房，可这一看，就曾经是女子的闺房。毕竟，东北角还摆着一个来不及撤走的梳妆台，空气中还弥漫着若有若无的脂粉香。

那印程沁果然是刀子嘴豆腐心，一来二去地将他打出了好几回，却说到底，还是收留了他。

公输启心里乐得美滋滋的，一不留神就荡出了厢房。

“公子，你来啦——”那公输启刚出来，便听见一声娇若无骨，楚楚动人的轻唤，似黄莺，却比黄莺叫得撩人，只一声，便酥得公输启骨头都要软了。能有这般功力的，多半是这花魁烟娘了。

要说这花影月来的姑娘眉中皆有媚色，可比起眼前的这位烟娘，当真是判若云泥。公输启起身，正要搭话，烟娘却施施然离开了。烟娘转身的时候，发上步摇沉沉，环佩叮当，而公输启的目光，却一直都落在烟娘腰间的配饰，那样精巧的金色令牌，瞧着，出自楚国，和自己那日在桃源村捡到的，形貌很像。

公输启目光一冷，便追了上去，“烟娘姐姐——”

却突然一个不慎，遇上了苗九瑶，她此番依旧是男装，但那衣衫却换成了湛蓝色，瞧着潇洒极了，翩翩公子自风流。烟娘一双柔若无骨的手，就顺势攀上了苗九瑶肩头，媚眼如丝的，瞧着，分明是和苗九瑶一对。

苗九瑶瞧见公输启，也有些奇怪，略嫌弃地冷冷讽刺，“你，不就是那个昨儿被打出去的穷酸汉吗？”

公输启上前，扯了苗九瑶的袖子嬉皮笑脸，“嘿，前些晚上争花魁的事，你误会啦，其实我不是什么浪荡人，这花影月来的印妈妈，是我的亲娘，我只是要赶来和她相认，我是个老实人，绝不会欺瞒于你。”

苗九瑶将衣袖义正辞言一甩，“莫要拉拉扯扯的！我跟你不熟！”

突然，一个巴掌就扇在了公输启的头上，“啪”的一声极狠，这一巴掌倒不是苗九瑶扇的，而是那印程沁，印程沁举着团扇作势还要抽他，公输启捂着头嗷嗷逃窜。

烟娘的目光滑在公输启脸上，几分风流，几分惊诧，几分狐疑，“印妈妈，这位俊俏小哥儿，难道真是您的……”

印程沁黑了脸，咬牙切齿道，“不是！”

“哦？”烟娘掩面笑了，“那这位公子是？”

“昨儿砸场子被抓，刷茅厕抵罪的！”

烟娘笑着不置可否，苗九瑶却掩了鼻子一脸嫌弃，足足退了好几步远。苗九瑶这个动作，无疑是挫伤了公输启的自尊心，他挺着胸膛想要解释，被印程沁举着扇子一吓，忙缩了回去。

印程沁吼了他一嗓子，“还不给我，滚回去！”

于是公输启讪讪地，万般不愿地，给滚了回去，临走还不忘偷着瞧那苗九瑶几眼。

第九章 误会

且说那公输启给滚了回去后，只得蜷回印程沁的房屋。印程沁怒气冲冲地“哐当”关了门，正要出言训斥，却见公输启径自对着茶壶嘴喝了口茶，侧眸问了一句，“印妈妈，你可是喜欢我的师父？你可是我的生母？而我的生父，是否是鲁渊？”

这连续的数句问话在印程沁耳中，无疑如惊雷一般，她手中正要教训公输启的藤条僵住，整张脸都拉了下来，鲁渊……她喜欢鲁渊吗？这么多年过去，她都已经快要忘记，自己是不是喜欢鲁渊了，只记得自己应是觊觎鲁渊的机关术，曾动过拉拢他的心思，遭拒后不惜将义子公输启送至他处偷师机关术，毕竟当年公输启那样小，一个男娃儿，总养在青楼，只怕要长歪了吧。可是今日观着公输启的浪荡态，也并无自己想象中的那样周正。

若说她和鲁渊曾真的有些什么前尘过往，光阴流转至今，也慢慢地淡了吧……

印程沁长吸了口气，“我不是你的生母，鲁渊也不是你的生父，”她眼眸微垂，喃喃一声，“至于喜不喜欢他，我想也许吧……”她看向窗外，良久方道，“鲁渊一世英名，跟随了他这么多年，你竟一点儿也不像他。”

“英名？”

公输启有些无奈，离开桃源村的这些日子，谈起鲁渊，老一辈的人竟都是知晓的。而在他们的言谈之中，隐隐透出的意蕴都是：鲁渊是个隐居起来大人物，鲁渊是了不起的狠角色，鲁渊曾天上人间叱咤。

若当真如此，鲁渊当年在公输启面前的自吹自擂，倒也算不得是吹牛，可是公输启思忖良久，怎的也不觉着那死老头是个大人物。而当他将这话说出时，印程沁更是瞪了他一眼，“真是初生牛犊不惧虎，无知者无畏。”

十九年前，大梁、南楚、北姜三国合围漠北西戎国。西戎，那可是沙漠中的一匹狼，其人剽悍，勇武难当，曾在很长的一段时日内烧杀抢掠，肆虐过整片大陆，是众多国度头顶散不去的阴霾，甚至于将他们逼到了几欲亡国的绝路。

而印程沁曾于十几年前目睹过南楚同西戎的一战，一些她从未见过的机关武器突兀地出现在视野。南楚的弩箭同时可以射出上百支，大到像一间房屋那样的石块从军中突兀而出，飞速一滚，敌军众多兵士顷刻之间便被碾成了肉泥，西戎的骑兵在此根本派不上用场。更有甚者，矮小的机关人偶遍布战场，两只一组，纷纷连接起了绳索，西戎的骑兵冲锋时，忽然地——马失前蹄，而即便是南楚那些倒地的将士，袖间藏起的利刃，亦能濒死一击。

那不是一场战争，而是屠杀，当年的印程沁便是从这样的屠杀里仓皇逃窜而出，而那些机关术的主导者，仅仅只是黑水宗被逐出门墙的一位长老，而驱逐他的，正是鲁渊，而那时的鲁渊还是黑水宗的宗主。

黑水宗的开山祖师，自然是古代的名匠鲁班。那鲁家曾在很长的一段时间内以制造有利于战争的攻防武器享誉天下，在战国时代发挥了很大的作用。但自战国后，战事歇止，留下的则是民生凋敝，哀鸿遍野，白骨累累。这样的惨状引起了鲁家先祖的沉痛反思，从而立誓，嗣后以督造有利于村民的机关术为主，兴修水利、冶金、改造农具等。时至今日，虽得到了百姓的爱戴，但始终得不到王室的重用，机关术亦无法成为当时显学。而那位长老，终究是不甘心这般沦落，为谄媚王室，精心做出了能助王侯将相们开疆拓土，成就霸业的机关武器，却终究太过残酷，战乱一起，民生凋敝，疮痍满目，怨声载道，而那些抱怨的矛头，慢慢地全都指向了黑水宗，但此事，委实与黑水宗无关。

而这位声名正盛的长老，则死于同宗主鲁渊的一场约战。那时的规则很简单，纯粹是以机关术决胜，输的人须自尽，而鲁渊连胜三场，逼得那位长老自裁于当世，是谓黑水宗的清理门户。而正是因为此，鲁渊虽将黑水宗导回了正轨，维护了黑水宗在百姓中的声望，但无疑是开罪了诸多王侯世家，不得不卸任隐退，埋名于桃源村。为避纠纷，鲁渊设下护村的诸多机关，二十年不再出村。而此去经年，约莫是时势的原因，世事沧海桑田，黑水宗终归难耐孤寂，步上了和那位长老同样的道路，接受南楚君王李长歌的招募，为其打造诸多机关武器，时至今日，早已背离了初心。

而鲁渊这个名字，也慢慢地被世人淡忘，鲁渊他胜在机关术，却终究输给了人心。

而印程沁恰恰是因了她跟鲁渊的一段过往，对其甚是了解。才这般看重于他。只是后来那些情分也好，恩怨也罢，似乎都慢慢散去了，遣公输启去，似乎也只是为了学习机关术，这么多日子，她偷偷在那村口的柳树下，看的都是公输启，而鲁渊……

鲁渊死了，公输启说得那般信誓旦旦，可她直至今天也很难相信——那样注定能翻起惊涛骇浪的黑水宗宗主，怎么可能就这样默默无闻地死在一场莫名其妙的大火里？

印程沁走到门口，准备离开，可公输启依然不依不饶，“你说，你不是我的生母？这话我不信。”公输启低下头来，神色几分颓然，“除了娘亲，谁还会像你这样关心我？”

“鲁渊难道不是我的生父？你那么关心他，甚至常常去桃源村看他……”

印程沁一惊，仿佛被戳痛了般咬牙切齿，“你再敢多说一句，现在、立刻、马上，就滚去给我刷茅房！”

公输启被她这泛着红血丝的眼神惊得一个哆嗦，自然就不敢再说一句了，看着印程沁的身影逐渐走远，内心不自觉地思量起方才见着的，烟娘腰间的金牌来。他抚摸着自己捡到的那只，思忖着，这烟娘，或者烟娘的同党，应是去过桃源村的，即便不是她们杀的人，放的火，可绝对也脱不了干系。

腰牌的事，他到底是不愿和印程沁多说，他本能地觉着此事并无那样简单，但总不能，将印程沁给拖下水吧。

而今，再说说那扮作了男子样的苗九瑶，公输启前脚刚一走，烟娘就柔弱无骨地倒进了苗九瑶怀里。

“公子可是惦念奴家？昨夜十万火急地走了，今日却成了烟娘的头客。”她那一双精巧的下巴，正好抵在苗九瑶肩头，暧昧不明。

苗九瑶顺势勾起她的下巴，笑得有些苦涩，“本公子昨夜闯了十二家客栈，九家酒馆，七家青楼，连青石巷的胡同口都没放过，寻人的机关木鸢放出去了几十只，也再未寻到……称心如意的美人。”

这话旁人听来是调戏之词，烟娘却明白，苗九瑶口中的美人，不是什么红楼花姑娘，而是他们要寻之人——也就是鲁渊的徒弟。

苗九瑶一面说一面勾起烟娘一袂裙衫，低声喃喃，“不过，方才那穷酸汉，倒曾说过自己是鲁渊之徒来着，不知烟娘姐姐信不信，反正我是不甚相信的。”

“那真是辛苦公子。”烟娘闻声笑，十指交错勾过她脖颈，唇齿间却极轻极轻地吐出一句话，“消息可准确？”

苗九瑶摇了摇头，又点了点头，暗示烟娘消息虽不准确，但此人倒也有些本事，不妨试上一试。不过她这动作，在外人看来，却像是被烟娘迷得神魂颠倒。

而此时公输启就背着印程沁，躲在角落处，暗中观察了好一会儿，没看出什么端倪。烟娘和苗九瑶，这横看竖看都像是一对，可她苗九瑶可是个姑娘，这……百思不得其解。

待苗九瑶出去，公输启赶忙又迎了上来，缠上了烟娘，“那位，便是烟娘昨夜的恩客？不知烟娘与她在房中……”

烟娘媚眸流转，思忖起鲁渊的徒弟来。她上下打量了公输启一番，觉着虽是寒酸，但眉宇间犹能看出一丝英气，一时计上心头，苗半金的诡异性子，她是知道的，无法复命，倒不如死马当作活马医，试试也无妨。

“公子，花影月来里想要问话，可不是这样问的。”烟娘勾唇间宽衣解带，反手便将红绸系在公输启眸上，“若公子捉得到奴家，奴家必然知无不言，言无不尽。”

到底是个成年男子，面对着此间佳人，公输启打了个激灵，自我催眠，在心里念叨，“咳咳，小爷我只是想知道昨晚的事，绝对不是受了美色蛊惑。”

他反复嘀咕着这句话，寻着那丝若隐若现的香走去。香气渐近，公输启一个猛扑，却不料踩了个空，整个人从楼梯上滚了下来。

寻常人滚下来，怕是伤得不轻。幸而公输启有点功夫底子，又身负绝技。飞沙走石间，只见他的青铜指环上银丝如刃，一击三尺远，悠悠然勾住了木梯，使得他在危难间，及时稳住了身形，伤是没伤着，只是摔相难看了点。

他拍了拍身上的土，正要起身，眸上红绸落了半搭子，正好瞧见一双绣花鞋，和艳红艳红的裙衫。公输启于是一笑，捉住那红裙一角，道，“烟娘，小爷捉住你了，你快告诉小爷，昨夜你……”

话音未落，却听得那人一身冷哼，正是怒不可遏的模样。他抬头一望，哪还有什么风姿绰约，风情万种的烟娘嘞。姑奶奶呀，他现在抓着的，不是别人，正是送客归来的印程沁的裙角。

公输启一慌，疾疾地撒了手，“印妈妈，好巧好巧。我看你这裙裳有些脏，帮你掸掸灰，掸掸灰。”

他尴尬地笑着，起身作势要跑，却被印程沁提溜了起来，一个手劲过去，公输启方才揪着她裙裳的手腕，便脱臼了。他心里冤啊，姑娘家扮作男子来风月楼调戏姑娘没事，他堂堂七尺男儿就想问美人点事，竟要遭此无妄之灾。

“光天化日，竟做这些调戏姑娘的混帐事，这些，该是你干的？”印程沁怒不可遏地质问着，公输启内心却懵了——这是花影月来，不做这些事，难道要让他和姑娘们坐而论道？抑或是煮杯清酒，添个青梅，讨论讨论当世豪杰英雄？还是说——印妈妈她真的想让他来花影月来刷茅房吧！

公输启这边尚在沉思，烟娘却不知道从哪儿捧着一碗清酒，蹿了出来：“方才公子，好俊的功夫。”

烟娘蔻丹的十指，试探性地掠过公输启暗藏机关的指环，她美目流转，微微一笑，舌尖几乎触上他耳骨，“爷方才不是向奴家打听，奴家与那位苗公子之事吗？这香闺中的事，爷若想知道，不如亲自来奴家处试试？”

她咬唇，媚眼如丝，纤细的五指顺着公输启的腰身而下，趁着他失神的刹那，微微勾住了他的腰带。公输启一愣，还未反应过来发生了什么，便已由着烟娘勾着他朝香闺走去。

“爷可莫要挣扎，您这腰带绑得不紧，若是您给挣开了，岂不是在大庭广众之下宽衣解带了？爷是奴家的客人，您若如此这般，奴家也不得不奉陪了。”她咬唇，无辜得很，肩上的纱衣却忽地滑落，刹那间香肩半露，生无量风情。

公输启撇过头去看印程沁，正要解释，印程沁却先开了口，“你当真要去？”

她平静地看着他，瞳孔深处，却汹涌着公输启读不懂的一种情绪——失望。

他料想印程沁定是误会了什么，公输启不过是想以烟娘和苗九瑶的事为借口，去烟娘房中查探，顺道打听她腰间令牌的渊源，以调查鲁洲之死。奈何这些话，也不好在印程沁和烟娘面前直说。

公输启看了看印程沁，眸光又在烟娘腰上的令牌溜达了一圈，犹豫了一下，“印妈妈……我去去就来。”

奈何他这最后的小动作，在印程沁眼里，却理解成了她这个印妈妈，在公输启心里，竟抵不上烟娘这曼妙的腰身。

印程沁久久凝视着公输启的身影，一时竟红了眼。

第十章 双重圈套

说来烟娘的闺阁，倒也真是对得起那“香闺”二字。香，果真是香，一种若有若无，若即若离的异香，就如同烟娘的人，温香满怀，男人们刚以为要捉住她时，她一个水袖婉转地，绕着绕着，转瞬不见了。

委实挠得人，心痒痒。公输启被烟娘牵着，推门而入，烟娘便站在香雾氤氲间，肩头尚半露，媚眸一敛一抬，痴痴地向他笑。

奈何那公输启方迈出一步，便觉两条腿瘫软得像面条，一崴便崴在烟娘膝上，他一张口，正想道声谢，烟娘修长的五指便游走在他腰上，那温凉的酒更是顷刻灌进了喉头。猝不及防地，冰冰凉凉，缠缠绵绵。

“爷不是想知道，前几日，重金买下奴家的那位公子，在房中都同奴家做了些什么吗？”烟娘浅浅一笑，吴侬软语，倒比那温酒更醉人，“那位公子呀，来我这吃了一盏温酒，又剥了颗红提。”

话音未落，一枚刚剥好的新鲜红提便堵上了公输启的口。

他没来得及细嚼，烟娘已去而复返，似不小心崴了脚，一个踉跄，恰好欺身压在了公输启身上。

那红提中，一种奇怪的香味，便在口中蔓延了开去，却见烟娘骑在他身上，腰肢一扭，道，“尔后，那位公子，便与我这样，话了些桑麻。”

公输启瞧着压在身上的美人儿，冰凉纱袖拂过他面上时，公输启登时小脸一红，手脚无措，他……到底还年幼。

烟娘媚眸剪水，朱唇半启半合，“那位公子说，她自楚国来，慕我绝色，特奉千金，与我秉烛夜谈。不知这位爷，又从何而来，因何寻奴家呢？”

这些话落在公输启耳中，竟像是从远处空谷中传来那般遥远，公输启只觉着头重脚轻，一阵痒意，自肌肤钻进了心底，撩得整个身体，都酥酥麻麻了起来。公输启大感不妙，正欲起身时，却听烟娘悠悠然道，“奴家早些年孤苦无依，幸得印妈妈收留，这才有了安身立命之所。比不上爷命好，是鲁渊门下弟子，自然锦衣玉食，不愁生计。”

鲁渊，鲁渊。

公输启听得此话就愣住了，瞬间警惕了起来，“你认识鲁渊？”

“花影月来接八方客，鲁公子倒也曾怜惜过奴家。”

这话一出，公输启的头越来越晕了起来，恍惚间眼前只剩下烟娘的朱唇在一开一合，“告诉烟娘，爷，您真的是，鲁渊的弟子，亲传弟子？”

公输启脑海中，好似有一个人迫不及待地想要替他回答，对，我是鲁渊的弟子，我从七岁起就一直跟着他……但公输启到底是极聪明的，这话来不及出口，他突然就明白了，方才烟娘喂他吃下的红提里有药，足以使人听任摆布的媚药加迷药。

公输启的手触到自己腰间，却摸了个空，之前那块特意挂上用以诱敌的令牌，不见了，想来定是烟娘偷走，若是烟娘，那这姑娘，委实太不简单了。公输启一个激灵，下了狠心在自己舌尖一咬，剧痛传来时，他的思绪登时清明了几分。

“这红提，烟娘怎的不吃？”

“因为，这提子，有毒呀。”烟娘施施然一笑，半支个脑袋，伏他耳骨，“奴家便是解药，爷可要吃上一口？”

公输启痞痞一笑，勾过烟娘小蛮腰，“我倒是有一句话，一直想和烟娘说……”

烟娘乖巧地附耳过去，公输启却暗中扣动指环，射出银丝，一把勾过烟娘腰上令牌，出其不意地破窗而出。烟娘一惊，想要纵身而追，却为时已晚。

要烟娘在花影月来，众目睽睽之下施展功夫，真不是个明智的选择，她也只得将怒火生生地给压了下去，却听得窗外幽幽一声叹，“姑娘，你这衣服的布料，忒少了点，小心着凉。”那吊儿郎当的声音，不是公输启，却还是谁？

烟娘临窗而望，蔻丹十指抚过掌心令牌，一口小香牙几乎都要咬碎了，“好你个公输启，我刚从你身上取回我的令牌，倒又被你把九瑶的给偷了去。不过，这也无妨，这令牌能在他手上，看来我多半是丢在了桃源村，而今鲁渊死，难保这盆脏水不会扑到我头上，主人那边不好交代，既如此，我倒不如……顺水推舟。”

说罢，烟娘又敛目一笑，心觉这男人虽是不怎么样，倒也有点小聪明，方才那指环，也有点机关术的痕迹，莫非，他真是鲁渊的徒弟？

闻得香闺有异声，印程沁到底还是放心不下，便闯了进来，可她看到的画面却是——烟娘衣衫不整，半倚半靠在窗边，泫然欲泣。

“印妈妈……”见印程沁进来，烟娘一个扑腾了上去，投身在印程沁的怀中，凄凄惨惨戚戚地哭诉起了公输启的罪过。

“那位爷欲轻薄烟娘，烟娘挣扎，他……他便逃了。”烟娘怯怯地缩在角落，将刻着异样花纹的令牌递给印程沁，“烟娘幼时曾流落楚国，受人接济，心怀感恩，见这东西倒有几分楚国风雅，这才与那位爷多谈了几句，岂料他竟然存了那样的心思，一进屋便……便……”

她再说不下去，掩面而泣，楚楚可怜。印程沁婆娑着那令牌，眉眼略微动了动，这东西的确是楚国物，不过从烟娘嘴里说出的话，也当是要斟酌着听了。

却说这边，那公输启夺窗而出，怕烟娘追上来，正要撒腿逃窜，却正好撞见了花影月来门前守候的苗九瑶。看这架势，她又是来找烟娘的。于是公输启二话不说，便抓着她便一路狂奔。

自古英雄救美，都是不需要理由的。

“你个傻姑娘，那烟娘不是什么好东西，她会下毒害人的。”公输启一面跑，还不忘自我吹嘘一番，“幸好小爷我机敏，看穿了她的诡计，不然遭殃的可就不止我一个了。”

苗九瑶偷瞄了他一眼，面色绯红，青筋暴出，的确是中毒的迹象。可若她没猜错，这多半还是个——媚毒。

苗九瑶轻咳了一声，示意公输启可以停下了，并没有人追上来。公输启闻言环视一周，的确安全，便扶着墙喘息，一顿一顿道，“你个姑娘家家，女扮男装的来这里干什么？花影月来那地方鱼龙混杂，你还是少去，今天啊，幸好有我，否则你怎么死的都不知道呢。”

“那真是，多谢兄台了。”苗九瑶一拱手，狡黠一笑，“其实我方才去花影月来，不是去找烟娘的，而是去找兄台你的。”

这话听得公输启很受用，立马站直，装出一副翩翩浊世佳公子的模样，“姑娘特意来寻我，必是有要事。”

苗九瑶走近一步，“倒不是什么要事，只是有句话，一直想对你说。”

“洗耳恭听。”公输启一撩刘海，扬扬得意。

“你说烟娘她不是什么好东西，那可巧了，我和她是一路的啊。”苗九瑶一笑，一掌劈在公输启颈上。公输启未对苗九瑶设防，这一个偷袭，他连反应的时间都没有，当即便晕了过去，“吧嗒”一声，躺的那叫一个直挺挺。

果然是，色字头上一把刀哟。

好不容易躲过了美艳楚楚的捕蝉螳螂，却败在了紧随其后的小黄雀手里——这大概就是命吧。

公输启自以为是的潇洒，到底也只维持了那短短的一刻钟。

第十一章 酒窖险情

公输启醒来的时候，四周有些暗，眼前物景也只能看清个大致的轮廓，公输启仓皇喊了两声，无人答应，却有些若有若无的香味飘了过来。

公输启一个激灵，直觉告诉他，那是酒香，极其浓郁的酒香。以公输启的经验判断，这酒，是好酒，至少埋藏了十年以上。那公输启恰是个酒鬼，本能地向前凑去，却惊讶地发现，自己的手和脚竟已被绑了起来，死死的，动上一下，那绳索都勒得他手腕生疼。

也不知是谁，下手这样狠，比之鲁渊，有过之而无不及。不对，不对，方才自己不是还在烟娘的香闺里吗？哦，不，是拉着那位心仪的姑娘的小手逃窜……

公输启心里告诉自己，不对，让我捋捋，让我捋捋。

可不待公输启将思绪捋清楚，头顶便有一抹亮光现出，公输启被这突来的亮光灼了眼，揉了片刻，方才看清，眼前杵着一个纤瘦的人影，衣袂翩翩的，看清了，那竟是自己一直心仪的蓝衫姑娘，而今日她换回了女装，却没有穿蓝衫，而是穿得黄澄澄的，那神态，在公输启眼中，要多漂亮有多漂亮。

公输启心里一凉，莫不是，这丫头也被捉住了？公输启愣神的片刻，苗九瑶已沿着扶梯，一步步下来了，她手中一条皮鞭，整个人都显得笑吟吟的。

公输启的心，莫名其妙地更凉了，苗九瑶的皮鞭"哗啦"在地上一抽，"你不是，一直想知道我和烟娘在房间里做什么吗？哈，那我就告诉你，我们在做——"

苗九瑶一鞭子抽到公输启面前的地上，地板都裂了开去，公输启被惊得一个激灵，忙往后缩了几缩。苗九瑶吓唬够了，突然厉声一句，"鲁渊在哪儿？"

苗九瑶的这副样子，她两条眉毛，拧得很是凶恶，整张美丽的脸也因愤怒而变得通红，目光中，隐隐透出了一种"超凶"的气场，可公输启却一点儿都不害怕，觉着这姑娘再怎样都不过是强要面子佯装的。

好一只纸做的母老虎。

公输启看着她红扑扑的小脸蛋，很不厚道地咧嘴笑了。苗九瑶只当他是嘲笑自己，恼羞成怒下，一鞭子便抽在了他的肩膀上，抽开了他的衣服，露出一道血痕。

公输启疼得龇牙咧嘴，忙瑟缩到墙角，想要抚摸自己的伤处，却发现被绑得像个粽子，只好仰头嘴硬，"呀呵，你……你来真的？"

苗九瑶将那超凶的样子，做了个十足十。她凑近公输启，逼视，"我再问一次，鲁渊在哪儿？"

公输启突然低头，极凄凉地一笑。公输启闭上眼，萦绕在眼前全都是桃源村陷入火海里的凄惶，鲁渊他……他在哪儿？公输启他连想都不敢想。

“鲁渊，你们杀的？桃源村，你们放火烧的？”

公输启抬头，目光中突然就有了肃杀之气，苗九瑶委实被他这突来的眼神给骇住了，手中长鞭不自觉地落地。她不过是想死马当做活马医逼问一番，难道歪打正着，眼前这吊儿郎当的少年，当真是鲁渊的徒弟？而那鲁渊，真是死了？

苗九瑶正恍神间，一只铁钳般的手已迅速卡上了她的喉咙，大力将她推到了墙边。

“鲁渊，你们杀的？”

苗九瑶望着眼前突然怒起，和平日不同的公输启，没来由地被吓住，她神色仓皇地摇了摇头。那鲁渊自然不是她们杀的，活着的鲁渊是顶级机关师，可死去的鲁渊就只是一坨肉，楚国人不是不明白这个道理。

公输启松开手，苗九瑶就颓然跌落在了墙角，一脸惊恐地望着他，听这口气，眼前之人的确是鲁渊的徒弟，而那鲁渊委实是死了。

这般小绳索，对公输启来说简直是太简单了，从前他因为淘气，总是被鲁渊绑起来吊着打，很多年后，练得皮糙肉厚，身形滑溜，解绳子的功夫，更是一流。

只是鲁渊……

其实公输启也没怀疑过这姑娘，只是突然从她口中听及‘鲁渊’二字，一时控制不住情绪罢了。有些人，注定是心底一道伤，即便好了，也成了疤，镌刻在心底最柔软处，旁人碰不得，触不得。

公输启嬉皮笑脸地伸手去扶苗九瑶，而她明显没从刚才的惊吓中回过神来，一伸手就打掉了他的手，“你……你别过来！”

公输启只好讪讪地蹲在墙角，嗅了嗅浓郁的酒香，再看旁边，真的有酒桶哎——公输启三步并作两步地窜过去，用内中的木瓢舀酒，吸溜吸溜地喝了起来。

“好喝——”

“小爷我十几年都没有尝过这样好的酒嘞——”

苗九瑶听着公输启的吸溜声，心里莫名觉着悲凉，毕竟是他死了师父，若那公输启流上两滴眼泪或是咆哮几声，她心里倒还能好受点，可他偏偏又做出一副没心没肺的样儿来，怎样看都是强压着，让人难受。这时公输启径自舀了一瓢酒递给苗九瑶，“这酒真香，你要不嫌是我喝过的，就抿上一口尝尝？”

苗九瑶转过头去，不言不语，良久方安慰道，“我义父说鲁渊是这世上公认顶级的机关师，他绝不会那样轻易死去。”她垂了眼睛，“你别伤心。义父也只是让我来请他打造物品罢了，我们没有伤他。”

公输启将腰牌丢给苗九瑶，“哐当”一声，响声清脆。公输启低头一笑，“我知道，若他没死，也应有自己的道理。”他又侧眸打量了这倒在角落里的姑娘，“我不知道你是什么人，但少和烟娘那样的人来往，她不是什么好东西。”

苗九瑶捡起腰牌不声不响，烟娘不是什么好东西，她从来都知道，这女人，在若干男人中周旋，滑溜得像条泥鳅，谁都不知她葫芦里卖的是什么药，有什么目的，甚至于连义父苗半金，也都一直在小心防着她。

苗九瑶本来觉着公输启这小子是个烟花之地的浪荡子，心里有点堵，这方听他说烟娘不是什么好东西，突然觉着这小子，人倒也明白得很。苗九瑶这般念想，也不知是出于女子的嫉妒心，还是其他的什么东西。

苗九瑶心里头一宽慰，自然就低头扑哧一笑，公输启忽然看呆了。公输启突然想着自己刚才在烟娘房中时，应是中了什么媚毒，而此时却没有什么感觉了，一定自己功体深厚，将这媚毒硬生生给压了下去。

再瞧一眼这生得好看的苗九瑶，便突然想借着这媚毒，生点什么事端来，于是就贴着苗九瑶给抱了过去，甚至将自己的脸凑上去，一脸酒意的，想要亲上一口。

苗九瑶被他这动作给惊到了，直勾勾愣在那里，公输启的唇就猝不及防地，贴上了苗九瑶的唇。绵长的酒香透过公输启的唇，传递给苗九瑶，公输启一个激灵，还想将自己的舌头给探进去，苗九瑶却猛地反应过来，抬手就给了公输启一个极响亮的巴掌。

那一巴掌，可真是狠啊，直扇得公输启一个趔趄。

“登徒子，不要脸！”

公输启忙捂着脸掩饰，“不是，不是这样的，你知道的，方才我在烟娘那里中了媚毒，实在是忍不住啊，冒犯了姑娘，得罪得罪。”

“是在下定力不好，是在下定力不好。”公输启通红着脸，表情做得很是到位，说的和真的一样。

苗九瑶擦了擦自己的嘴，十分无奈地看着他。方才的媚毒，出于好心，苗九瑶早已全部帮他解掉了。而公输启犹自装着那隐忍的模样，脸都不知是因为羞愧还是因为被打的，直通红了一片。

莫不是我解毒的功夫弱了？公输启这戏做得十成十，连苗九瑶都不禁怀疑起了自己的功力。气氛突然变得暧昧了起来，加之这酒窖里原本就黑漆漆的，光线不是很明朗，这二人尴尬地杵着杵着，就突然有了那么一丝撩人韵味出来。

“你……没事吧？疼不疼？”

“我……”

“你……”

这二人快要走近了，贴上了，却突然地，眼前一亮，豁然开朗。公输启和苗九瑶双双被突如其来的光线刺得睁不开眼，用手挡了眼去，原来是这酒窖被人打开了。待二人双眼适应过来，方发现……眼前站着一个英姿飒爽的将士模样的——男人。

那人生得强壮极了，虎背熊腰，一身腱子肉，铁甲金光灿灿扣在身上，一杆红缨枪往地上重重一磕，“咚”的一声，整个地窖里传来了闷闷的回响。

流星白羽腰间插，红缨秋莲光出匣，当真是威武极了。

这是什么人？公输启和苗九瑶，面面相觑。

可这人，面容怎生得那么熟悉？好似在哪里见过？公输启在脑中拼命搜索，寻思了不过片刻，便突然惊醒过来，这人、这人怎么这么像，他之前为师父鲁渊求亲的，乌衣巷的那位王……王寡妇？

可眼前这分明是个男人啊！

第十二章 不是英雄也救美

算来公输启，猜得也不错，面前站着的，是王寡妇，而王寡妇也的确是个男人，还是个很高大威猛的男人。

那天公输启不慎绊倒，还恰巧倒在他怀里来着，众目睽睽之下被活脱脱的一个美人抱，苗九瑶恰恰因这事在阳光下呕吐了一回，这回看见王寡妇的确是个男人，不知是酒气上头还是其他什么缘故，竟没来由地反胃了起来。

公输启以手扶额，“让我捋捋，让我捋捋。”

这王寡妇是个男人？好端端的男人，何苦要扮成个守寡的女人？既要扮守寡的女人，为何还要去花影月来那样的风月地？男人样儿去，岂不更自在？

诸多谜团，似无头绪的线，乱麻样搅在一团，剪不断，理还乱。

可不及公输启捋清楚，那王寡妇便横起一枪，狠狠地给捅了过来。苗九瑶惊呼一声，“小心！”情急之下，苗九瑶推了公输启一把，公输启一个趔趄，险险躲过。那长枪就扎在了一个酒桶上，香甜的酒“唰”的一声，全部涌出。

王寡妇冷着一张脸，以一个十分潇洒的姿势收住长枪，“什么人！敢闯来此地！可是不要命了？”

这一声，中气十足，浑厚而嘹亮，委实不是闹着玩的。公输启也收敛了神色，侧头问苗九瑶，“你认识？”

苗九瑶一脸疑惑地摇摇头。

“你绑我来这里的，你不认识？”公输启有些诧异，想了想，终究是没把这诧异说出口。眼前这姑娘应当也是歪打正着，找到一个地窖，就做了藏人窝赃的地方。却不想捅出了个大娄子，不知道又触犯了哪家江湖势力的利益。而一个大男人，化妆成王寡妇潜藏进市井，肯定是别有居心，如果没有猜错，这里，定是有着什么江湖帮派的秘密据点。

可公输启不想掺和这些事，恁你帮派也好，江湖也好，通通和自己无关。而此时的苗九瑶更是一头雾水。眼看形势不好，公输启一把将她拽在身后，抬手一挡，将她护得死死的，倒还有几分男人的架势。

好似是我方才亲了你，你就是我的人，所以，遇到危险，你就该躲在我的身后。

说到底，苗九瑶心里是有些感动的，而这边的王寡妇，则是不依不饶，劈手一枪，便以雷霆万钧之势，向公输启刺来。

说时迟，那时快，公输启抄起一个空酒桶，顺势向前一丢，王寡妇的枪头恰恰挑起了酒桶，随手往墙上一砸。不知是这墙不经砸，还是那王寡妇太过威猛，发力太大，一个酒桶甩过，墙便被砸破了一个窟窿。

高墙背后，别有洞天，而这“洞天”，就堪堪地暴露在了公输启和苗九瑶的面前。

那看起来，是一个极丰富的武器库，刀枪棍棒，机关武器，依次罗列，满目琳琅，那阵列整齐的，恢宏的气势，隐隐透出一丝隶属皇家的，不平常的气息。

有猫腻，可无论是公输启或苗九瑶，都不想掺和这猫腻。待二人的目光落到内中的一个王座上，再落到那王座上金黄金黄的衣裳上时，二人便直挺挺的呆住了，那衣裳上面，绣着张牙舞爪的一条五爪金龙——天子象征。

龙……龙袍吗？完了，这下捅了娄子了。

公输启和苗九瑶登时觉着有一股冷汗，自后背淋漓而下，再抬头望着眼前金枪铁甲的王寡妇……这些人，约莫是一些纠集起来，想要谋权篡位的反叛组织？而这里是大梁国，想要反抗大梁皇权的，该是些什么人？

如果不甚看见了这些内幕，发现了他们秘密的公输启和苗九瑶，还能活吗？

此时苗九瑶自然就想起了自己的义父苗半金，苗半金是楚君李长歌座下红人，可是如今，这是在大梁国啊，天高皇帝远的，等不到苗半金从中斡旋，她的骨头都要被人拿去打鼓了。可若说要打出去，苗九瑶自认是三脚猫，这公输启，看起来也不像什么顶尖高手啊。

公输启讪讪一笑，“我，我们什么都没有看到，什么都没有看到……”

苗九瑶随声附和，一跺脚，“又不是我们故意要看到的嘛，是你自己把酒桶砸过去，龙袍又摆的那么显眼——”

这“龙袍”二字一出口，公输启的整张脸都绿了起来，恨不得冲上去将这姑娘按住，再将她的嘴给死死堵上。

面前的王寡妇依然面无表情，长枪挑起，变换招式，风驰电掣般袭来，公输启完全不是对手，手忙脚乱地迎敌，滚来滚去，样子很是狼狈，而待被逼到一个死角之时，王寡妇的长枪恰恰袭出，钉住公输启的后衫，将他钉在了墙壁上。

“玩够了吗？”

“没……没有。”公输启一个摊手，三分无辜。

眼看这王寡妇一步一步地逼近，公输启登时从口袋里掏出一把弹珠，嗖地往地上一滚——那上前的王寡妇不甚踩到弹珠，“扑通”一声，跌了个大马趴。

公输启再飞起一脚踢过去一个酒桶，王寡妇就脸朝下，栽到了酒桶上，酒桶砸碎，美酒流了一地，那姿态委实有些狼狈了。

“别，别暴殄天物哟。”公输启吆喝着，一面将碎了的酒桶朝上一踢，抿了几滴美酒，一面借力推了苗九瑶一把。一旁的苗九瑶，瞧着这人的狼狈态，想起之前这个人曾女装做过王寡妇的矫揉造作样，忍不住“扑哧”一声笑了。公输启双眼一瞪，“还不快走！”

苗九瑶恍然大悟般提着裙子，顺着楼梯就往上蹿，公输启紧随着她奔逃而出。

而此时王寡妇已经爬了起来，一脸愠怒，提着长枪就要往上冲。

却见苗九瑶回头向公输启狡黠一笑，手中滑下两个铃铛，她娇嗔一声，“公子，小心哪！”仓皇逃窜的公输启恰恰就踩上了那两个铃铛，骨碌碌地顺着楼梯给滚了下去，又恰恰被刚爬起来的王寡妇给捉住了腿。

就在这恍神的当儿，那苗九瑶已经走到地窖口了，她转头妩媚一笑，“公子，你既要逞强英雄救美，那就拜托你，救到底呗。”

“我早就同你说过了，烟娘不是什么好东西，我也一样。”

“不过你的确有些小聪明，可以保命，你这丢弹珠的招儿，我学着了。”苗九瑶掩面一笑，一双漂亮的脚笃笃笃，踩着楼梯，眼看着就要不见了。而此时，公输启正被王寡妇拉着腿往地窖深处拖去，公输启的手死死抱着一个酒桶不撒手，在地上拖出了长长的一条酒渍。

公输启望着苗九瑶的背影，狠狠地说，“有种，留名！”

“我自然是有种的，难道你没有？哈，南楚，国师苗半金座下，苗九瑶！”

那苗九瑶的声音清脆得很，珠玉一般，却只让公输启觉着绝望。公输启只好转头向那王寡妇求情道，“这位大哥，我看你之前对我印象还不错，我们那天相谈甚欢，听闻你常去花影月来，那里的印妈妈是我亲娘，今日之事，的确是小弟鲁莽，但是小弟实在不是故意，我……”

王寡妇丝毫不想同他多话，一柄长枪就倏地扎向公输启，他惊慌侧了身子一躲，手中顺势掏出了一个火炮样的圆筒子，略微调整后，猝不及防地就是一个弹丸射出。那弹丸也是奇了，同空气一摩擦，就燃烧了起来，待触到王寡妇身上的酒液，“砰”的一声，燃起了熊熊大火。

公输启自然是逮住空儿，三步并作两步，往那楼梯上连滚带爬而去，出了地窖，就没命般向前奔逃。约莫是内中存了许多酒的缘故，遇到火光，那酒窖突然间就爆炸了，惊天动地般，火苗从地窖里猛地蹿出。

公输启回头，看见了那样骇人的场景，不觉有些惶恐。酒窖里的那王寡妇，约莫早已是尸骨无存了吧。

他这是，杀了人？他，这就杀了人？

平日里恶作剧是恶作剧，但公输启，从来没有杀过人。

公输启的脚步停住，心里越来越觉得过意不去，那王寡妇若是还活着呢？他思忖了好一会儿，方回头往那酒窖走。

这可不能铸成大错，毕竟是人命啊，可是他不杀王寡妇，那王寡妇便一定要杀他……公输启咬牙，就算此时的王寡妇还想杀他，但遭受了此等变故，他一定没有任何力气再来攻击自己……可万一王寡妇还活着，约莫还能捡回一条命……

到底是有些心善了，公输启如是想着，转身，向王寡妇家里走去，准备去看看。可不过是走出了几丈远，一个回头便看见王寡妇突然出现在他面前。

“你……你……”。公输启一个哆嗦，还没说出一句完整的话，那王寡妇便是一个手刀磕在了他的脖颈。

公输启应声，“哐当”一声直挺挺地倒在了地上。

而这回王寡妇并没有伸手去接住他，径自用脚踢了踢他的身子，将他扛上肩膀，然后离去了。

有时候你这样对别人，可别人不一定这样对你，对敌人仁慈，就是对自己残忍，说的约莫就是这样的道理吧。

第十三章 旧时国殇

却说那花影月来的印程沁，此番正为了寻不见公输启的事儿干着急，有些恍神，头晕脑涨地唤了小丫头添壶茶水，回身时恰听窗外，似有一只布谷鸟，“布谷布谷”地叫了三声。印程沁这才回过神来，眉眼一冷，她望了望空无一物的门口，方悄悄地掩上了门。

印程沁走到柜子旁，小心翼翼地，扣了三声。那柜子内部，笃笃笃的，亦响动了若干声，似在回应。

柜门打开，移走内中的衣服，露出的是一个旋转机关，印程沁小心将自己的手覆盖上去，微微一拧。“吱呀吱呀”，一扇墙徐徐打开，映在眼前的是黑黢黢的人影——王寡妇。那王寡妇肩上还扛着一个人，站在那堵墙后。

这人，自然是公输启。

可戏剧化的是，这公输启，被换上了一身女装，面条似的挂在王寡妇背上，倒是有些像被强抢来的良家妇女。

那王寡妇见了印程沁，恭敬地欠身一行礼，开口便是语出惊人，“秦瑛见过郡主。”

印程沁则是十分罕见地温柔一笑，分毫也瞧不见最初的风尘气儿，她淡淡道，“这里没有什么郡主。”她为那自称为秦瑛的王寡妇倒了一盏茶，“你这是……可是有复国军兄弟……”印程沁远远瞧了他肩上的人儿一眼，匆匆改口，“哦，不，是姊妹，可是有姊妹受伤送到我这里来医治？”

秦瑛小心翼翼将公输启放在不远处的床榻上，拱手道，“有宵小之徒闯进了我们在锦凉城设下的据点，烧毁了我们准备给少主的服饰和一众的机关武器……”

“噢？”印程沁稍稍一顿，“那可不是什么好兆头。”

“我本来是想结果了他的，但观察他的脑袋不甚灵光，应不是什么敌国派来的细作，因为细作不会这样愚蠢，算来应该是个无辜之人。滥杀无辜，终究不是我们复国军该做的事，所以我特地将他带到此地，想问问您有没有忘忧酒，可以让他忘掉一切。”

“而且听他说，他好像和您有交情。”

“哦？同我有交情？我竟不知。”印程沁狐疑着，将那倒在床上的人翻过来，待看到那人容貌时，不禁惊得一盏茶都落在了地上。

“哐当”一声碎得彻底。

她似是花了许久的时间，方松下了一口气，细思极恐，“多亏你没有碰他啊……”

印程沁盯着秦瑛，一字一句说，“你带来的这人，就是我们的少主啊——”

那秦瑛惊得，整张脸是一阵红一阵白。印程沁狠狠瞪了他一眼，

“瞧瞧你都做了些什么啊！多大人了，真是小孩子脾气。”

秦瑛倏地双膝一跪，“扑通”一声就跪在了床边，声嘶力竭呼唤一声，“少主！”

这事儿，实在是乌龙大了，那公输启拼死拼活地逃了半晌，甚至险些丢了一条小命，到最后，却原来都是自家人，而关于他的一切，他的身世，以及他往后要走的路和全部的人生，所有的前尘往事和即将前行的未来，在这极巧合的时刻内，方才缓缓地，拉开了帷幕。

印程沁出门，为昏睡的公输启打了盆冷水，月的银辉洒下，倒映在铜盆里的，是印程沁冷冷的一双眼，她白皙的手指，缓缓插入水中，寸寸涟漪漾开时，所有的一切都模糊过，尔后清晰，一如那些走远了的前尘往事。

时光啊，真是个磨人的东西，不知不觉，就已经十九年过去了，公输启这孩子，转眼也已经十九岁，长成大小伙了，而十九年前便已蒙上的那些血色和爱恨，至今仍未散去。

这躺在榻上，着了女装的公输启，如今虽显得落魄极了，但身份却是出了名的尊贵。他原本是不姓“公输”的，他复姓慕容。在这片土地上，“慕容”二字曾经是个响当当的大姓，只是十九年后的今天，势微到鲜有人能够记起了。

三十年前，在比如今的大梁国还要遥远的西部，曾经生活着一群逐水草而居的剽悍族群，他们以强悍的骑兵，优越的体力，南下征服了大小部落，掠夺了梁国大部分国土，建立了一个前所未有的强悍帝国，史称——西戎帝国。

它是西北疆野对抗中原史无前例的十年连胜，可到底也没逃过老子

《道德经》里那一句“兵强则灭，木强则折”。

十九年前，西戎帝国如同上元灯节乍然而逝的烟火，璀璨过后，便消散了，唯留大片凄凉的空旷月色，徒留世人缅怀，缅怀那一刹那的美丽，祭奠那之后大段大段的落寞。

多年以后，当时风月与悲壮，都斑驳成了青史上的一行字：南楚、大梁、北姜合谋，克西戎王慕容珏于七绝谷，又十日，西戎国破，国都安阳横尸数万……

而多年以后，花影月来的印程沁，偶然翻开那些逐渐泛黄的青史，只觉着内中映出的一笔一画，都是些触目惊心的痕迹，那些流下的血，流过的泪，都恍若还在昨天，这么多年，也一直都留在噩梦里。

无数个空旷月色下，印程沁合上青史，便有些湿湿热热地坠下，溅在史册上，一滴又一滴。光阴似乎在此转身，慢慢回溯到了十九年前的那夜。

西戎国都，安阳城，夜阑风静。

天际赫然闪过一声惊雷，紧接着，火光冲天而起，蜂拥着，一寸寸舔舐这座古老城墙。

无边夜色里，喊杀声、兵刃撞击声、哀痛哭号声……此起彼伏。攻城的兵士沿着云梯攀爬，又被不断滚落的巨石击中，转眼间，倒下的尸体已在城下叠了一层又一层。

安阳城内乍起的火光，似给了这群将士无限勇气，任凭前方刀山火海，将军挥剑，兵士勇往直前。

一片肃杀中，弥漫出的血腥气，越来越浓烈了。

而对西戎来说，厄运，竟来得这般猝不及防。

西戎国王后琼殇从睡梦中惊起，下意识地护过怀中婴孩，“怎么回事？”

“回王后的话，好像是城那边……”

当时的印程沁就侍奉在王后琼殇身侧，她是西戎国王后的亲妹妹，西戎王亲自册封的郡主，她不顾宫娥的阻拦闯将进来，俯身一拜，“王后，敌军来袭，安阳城眼看守不住了，属下立刻护送娘娘突围。”

“王上呢？”

“还在七绝谷。”

“本宫问的是消息。”

印程沁沉默片刻，沉重摇头，“没有消息。”

前些日，西戎王慕容珏和中原大梁国结成同盟，意气风发地约定共同出兵吞并南方的小国楚国，同楚军主力决战的地方便是在七绝谷。这是决定胜负的一战，而今，距慕容珏的出征也不过短短十天，怎么会突然三军围城，安阳城将破？

螳螂捕蝉，黄雀在后，现在看来，是大梁国背信弃义，毁约出卖了他们。本是谋划好的梁、西戎两国共同出兵，如今，倒成了姜国骗得西戎王率兵出城，尔后汇同南楚合围西戎国都城。

刚起身的琼殇颓然跌在椅子里，怀中婴孩嗷嗷直哭，琼殇撩开衣裳奶着孩子，婴孩白嫩嫩的小手在她胸前抓了几抓，含着含着就咧开嘴憨憨笑了。

“池崖将军何在？”琼殇问，那目光，如同捉住了一道护身符，抓住了最后一根救命稻草。

提到池崖，印程沁明显是有些怒了，她一拳擂在案上，“池崖叛变，若不是他私开北门，又在城内放火为信，我们何以……”

一个茶杯被琼殇狠狠摔在地上，“砰”的一声碎得很是残酷，也很是讽刺。琼殇还记得，就在前年，池崖还恭恭敬敬，以战利品之名，朝西戎王宫进献这一套白玉瓷茶具。

白玉瓷碎了，护身符没了，救命稻草却最终引火烧身。

“混帐！”琼殇恶狠狠地骂，她上前一步拔出壁上剑，剑出半寸，凛冽寒光映出她冷冷的一双眼。

“燃天灯，通知王上，如果他还活着，”琼殇顿了顿，“让他，就……不要再回来了。”

此话一出，侍立一旁的印程沁登时就跪了下来，她的头在地上重重一磕，整个宫室里都充斥了压抑的呜咽声。而所有的一切，在众人猝不及防的瞬间，突然地，就变了味。琼殇不住地拉她起来，“印妹，不要，不要这样。”

琼殇拔剑欲出，印程沁伸手拦住，“娘娘，请随属下突围，若娘娘出了什么闪失，属下怎么和王上交代？”

琼殇持剑遥指远处的冲天烈火，“安阳城今日有失，我们都早已经无法交代了。”

当时印程沁怀里的婴儿嗷嗷直哭，琼殇站在原地愣了半晌，她拔剑奔赴，回头只余下了一句，“印妹，带我的孩子，出城——”她顿了顿，看了婴孩一眼，复又转身，“印妹，你和我的慕容启，一定要平安。”

“他是西戎王慕容珏的孩子，西戎未来的君主。”

生命已注定终结，琼殇她在命数的末路，为她唯一的孩子，取下了这个名字。启，初生，开始之意。在那个名字里，藏着她最后的愿望。

印程沁跟在琼殇身后，拔剑而出，那样的干脆利落。而印程沁的眼泪，就直勾勾地砸在婴孩的脸上，一滴又一滴，她在心里许下誓言，

“慕容启，小王子，就算拼了我这条命，也会护你周全。你是王后的希望，也是我们西戎，最后的希望。”

这片土地上，曾盛极一时的西戎帝国，终于在这一刻，走到了终途。偌大宫殿中，所有的人都慌忙逃窜，只留了印程沁和怀抱中依然憨笑的婴儿，站在原地。

最后的最后，战至力竭，周身都被鲜血染红的琼殇，狠狠将那手中长剑往地上一扔，“叮”的一声，似坠落在夜空里，响声空旷到残忍。琼殇站在那人山人海的城头之上，蓦地向下一坠，她像一只折翅的蝶，迎接了一个万般不愿的结局。

可世事的残酷并不会因谁的万般不愿而停滞，依然是到穷途末路而无可转圜。琼殇是西戎的王后，王不在，她便是西戎的象征。西戎的每一寸土地，皆是君王率狼卫以血争来，它可以亡，却绝不可以降。琼殇此生，不能以王后之礼，与她心爱的王死而同穴，却可以以一个王后的尊严，祭奠他们曾比肩而行过的盛世。

奉吾身，奠吾魂，予君末路有荣光。

琼殇坠下的时候，城中有无数血红色的天灯冲天而起，密密麻麻，将整个夜空染得通红通红。天灯，是希望的象征，血，却暗喻着末路。

十天前，姜王慕容珏出兵七绝谷，却在那里遇到了前所未有的伏击，不止如此，消匿许久的机关世家黑水宗凭空出现，携着机关利器，前来杀敌，慕容珏好端端的一支精锐骑军，被当地盘旋的瘴气，排布精良的机关折腾得死伤大半，无奈只得憋着一肚子火班师回朝。

此刻，慕容珏仰头，却只看见了安阳城中，漫天遍野的红色天灯。红色，刺目的红色，传达了一个信息——安阳城破，所有将士、百姓、王公贵族尽皆陷于敌手。那是琼殇在告诉他，他不用再回来了，纵使回来，亦无用。

慕容珏勒马，在原地僵了足足一刻钟，良久，终于咬牙，掉头而去。

那里，离安阳城，只有短短的三十里地。

城破，楚、梁两国的兵士们潮水般涌进了安阳城，西戎国王宫里也乱成了一锅粥，众多宫人收拾了金银细软，死的死，逃的逃。印程沁一把蒙汗药将小王子灌晕了去，塞进包裹。

通常，亡国之下，保住王嗣，是常用且绝妙的底牌，以备日后东山再起。印程沁抱着包裹踉跄着灰头土脸，她哆嗦跪在肮脏的巷口打开，包裹里，那小王子傻傻地酣睡着，哈喇子长流，她的手不住地颤抖起来，眼泪大颗大颗的，落雨般砸下。

马蹄哒哒，将军模样的人领着两个兵士骑马巡逻。印程沁慌乱掖好包裹，蜷缩在死人堆里。那将军瞧着是西戎人装束，后面兵士却是大梁装扮。将军的马蹄停在印程沁面前，长枪挑起她下颌。

印程沁咬牙切齿，一口啐在地上。

是池崖，西戎国私通敌寇，大开城门引狼入室的无耻叛徒。

池崖的目光在她脸上停了半晌，调转枪头，挑开包裹。和着印程沁绝望一声尖叫，小王子已全面地暴露在众人视野。

印程沁抓住枪头，抵在自己喉咙，“要杀先杀我！”她歇斯底里吼叫着，像一头发疯的兽。

“王上待你不薄！”

“就算是一条狗，也还惦记着喂食的主人，池崖你就是头狼，喂不熟的白眼狼！”

好端端的绝美妇人，此时就像个泼妇，极尽恶毒地骂着，嘶吼着，好在那池崖倒还沉得住气，气氛静止了片刻，枪头一扫，身后两个兵士登时血溅三尺。

池崖收回长枪，“你走吧。”

印程沁一愣，旋即狠狠地在地上啐了一口，“奸狗！”

那池崖的确救了她，放过了她，可印程沁却永远也不会感激他。若不是他，西戎何以走至亡国？琼殇何以以身殉国？她与小王子，又何以狼狈至此？

话虽如此，可下一刻，她手忙脚乱，打点好包裹，到底是溜了。印程沁倒是会几手功夫的，从密道窜出城，又抢了头马，一路绝尘，向南而去。

马蹄飞快，惊起尘沙阵阵，那巍峨的城墙在她身后，被拉得越来越远，走得很远了，印程沁下马滚落在地，她望着那已成了黑点的城邦遥遥下跪，一双手将沙土狠狠抓成了一堆。

天际一声惊雷，她压抑的哭声和着暴雨，瓢泼而至。一把尖刀狠狠插进地面，入土有半尺之深。印程沁起身，抱起婴孩儿，那样决绝地走进雨里。

是黍离悲啊。

如今再细细回想，当时她和小王子之所以能够活下来，也还是多亏了池崖那厮的放行，而自那一战过后，池崖便不知所踪了，当年出卖又放行，委实不知是抱着个什么心思。

而这众人拼尽了性命，护着的小王子，自然就是公输启。

而到底这小王子，是不该养育在花影月来，于是乎念着和当年鲁渊的一段情，便寻了隐居在桃源村的黑水宗鲁渊，让他拜了师父。

如今，安阳城破，西戎亡，但西戎百姓、西戎将士还在，部分百姓融于姜、楚、梁三国，血统逐渐被同化，部分百姓跟随着西戎的护国将军梅沁穿越沙漠，迁至大漠以北，随着悠悠马蹄，迈向不知名的远方。

而那秦瑛，便是护国将军梅沁之子。可他缘何不随了父亲姓梅呢？只是因了，安阳城破那日，他的母亲仍在安阳城内，随着整个安阳城，再也未出来。

却又是另一段秘辛了。

此间花影月来的印程沁擦去眼角清泪，端着那盆为少君打来的清水，望着窗外的一帘清冷月光。

第十四章 就这样成为了少君

而此时，西戎国的少君公输启正躺在榻上，身着女装。秦瑛跪在一旁，脊背挺得笔直，冷汗就从他的额角慢慢流了下来。秦瑛俯身一拜，但看着少君这一身女装，委实是有伤国体，只得硬着头皮细心帮他褪下。而巧不巧，恰恰就在这时，公输启睁开了眼，朦朦胧胧，出现在眼前的画面是一个大男人，正小心翼翼地褪去他周身衣裳。

而这人恰恰就是曾经不知为何，一直在扮着女装的，以女装示人的“王寡妇”。一抹恐惧的神色，弥漫了公输启满眼，他没来由地惨叫一声，“你，你到底想干什么——”

秦瑛受到了惊吓，“嘭嘭”的几声，连磕了好几个响头。

秦瑛这一磕头，公输启更慌了，他一把抓过被子，将自己裹得紧紧的，“你跪什么跪，你，你把我怎么样了？”

“你……你已经把我怎么样了，还是……还是即将要把我怎么样？”

不知是不是因为穿了女装的缘故，此时公输启的反应，倒是像极了良家闺女。公输启这话一说出口，那秦瑛虽然是跪着，内心却已然明白了八九分。此时的他攥紧了拳头，一句“你想的美”就要脱口而出，再想一想，躺在眼前的是多少人愿为之抛头颅洒热血，奋不顾身，都没有怨言的少主，他低下头去，恭敬地叫了一声，“少主。”

公输启一侧的眉毛挑了半挑，“啥？”

秦瑛再恭敬一声，“少主。”

“王，王寡妇？”公输启不顾酸痛的身子，从床上跳下来，“你……你怎么了？别光跪着，起来说话。”

却在公输启侧头的时候，他看见了对面铜镜中自己的模样，再一低头，自己身穿的竟是这样亮丽的轻纱薄秀的女装。公输启狠狠地闭上了眼睛，他近乎是不要命地揪住了秦瑛的领口，他整个人都抖了起来，“你……你果真是个变态！”

秦瑛低下头，不敢言语，只静静等待着少主的发落。而公输启的拳头眼看着就要落在秦瑛脸上时，印程沁恰端着一盆水，站在门口。

“你给我放手！”这语气听起来倒也不怎么严厉，却惊得公输启一个哆嗦，他就那么软绵绵地放开了。

印程沁将那盆水往桌上重重一搁，“砰”的一声，“瞧瞧你那㞞样！”

公输启头一缩，咽了一口唾沫，乖乖地走过去洗了把脸，公输启回头，目光狐疑瞧着印程沁和秦瑛，“你们认识？”

印程沁给公输启拿了身干净衣裳，将他洗干净了，梳了个高高的发髻在头上，瞧起来倒是挺人模人样的，细细望去，倒也还有了几分“少君”的威严。

秦瑛转头向印程沁，沉重道，“郡主，是时候向少主禀明一切了。”

于是，下一刻，印程沁的精致闺房里，秦瑛和印程沁二人面色凝重坐着，将公输启围在中间，印程沁给所有的人都添了茶水。

气氛，看起来十分严肃。可面对这样严肃的气氛，公输启明显有些不适应。公输启想讲一个笑话来活跃活跃气氛，但看到印程沁那样严肃的一张脸，又觉着不合时宜，生生给哽在了喉咙里。

再回头，看见“王寡妇”也正儿八经地坐在那里，公输启实在是快忍不住笑了。

印程沁用团扇敲了敲面前的小案，正色道，“是这样的，启儿，你也长大了，有些事我不得不告诉你。”

公输启听到这话，便知道他接下来要说的肯定是关于自己的身世，不觉笑容便僵在了脸上。他竖起耳朵听，印妈妈约莫是要将自己的生父说出来的吧。

印程沁拿团扇朝着秦瑛一指，“他，秦瑛，你的——”

公输启一口水就“噗”地给喷了出来，他默默在心中祈祷，我的娘亲耶，您可千万别告诉我，这“王寡妇”是我爹，或者是我指腹为婚的娘子！

印程沁狠狠地瞪了他一眼，“你的部将。”

听了这话，公输启一颗悬着的心，终于给落了下来。这秦瑛左看右看，也比自己大不了几岁，就算指腹为婚过，生出来是同性，婚约也当作废了。自己方才定是被秦瑛吓着了，这才连这点头绪都理不清了——公输启如是想。

不对，等等，印妈妈刚才说的是什么？部将？

公输启含着一口茶水，咕咚给咽了下去，咽得有些急，好像还给呛着了。公输启突然想起自己在酒窖里看见的那么多机关武器，以及正中央的王座和龙袍。

部将？公输启一个哆嗦，本能地觉着，这一票，玩得有些大。公输启突然开始脊背发凉了起来，整个人都变得浑浑噩噩的，只看见眼前印程沁的嘴在一张一合着，说出了此生他都未曾想到过的秘辛。

那公输启从小就以为自己是个没娘的孩子，或者是他的娘亲因为从事着一些见不得光的生意，而将她寄养在别处，陪伴他的一直都是些对家人的向往以及各种各样的机关术。那都是些调皮的小玩意儿，弹弓，小武器什么的，或者到最后，可以有幸跟鲁渊学着打造一些较厉害的武器。

那公输启自打出生起，就将“人生得意须尽欢”这几字作为人生目标，总觉着沧海桑田，一切都将会过去，人的一生那样的短暂，还不如造出的机关那样，得以保存长久，那么，还不如开开心心地度过每一天，是以吃喝玩乐，什么时候能娶一房漂亮的小媳妇，或者是几房也可以，老婆孩子热炕头的，这一生也便这样过去了。

此番却不知不觉地接触到了印程沁口中的西戎国，又莫名其妙成了什么少君。公输启曾经幻想过，如果他的生父，是什么巨富商贾什么的就好了，可如今……似乎事情越来越复杂了。

说句实话，光阴流转，这二十年过去，所有的一切都黯淡了起来，甚至连大梁国的史书，都不会记载，曾经有一个国度那样强盛，如同草原上的一匹剽悍的野狼，名之西戎。

这突如其来的一切，对公输启来说，似乎是天方夜谭，公输启闻言沉默了很久，只觉着从他们口中说出的一切如同镜花水月般不真实。

可当他抬头，对上印程沁的目光时，他便知道，这一切的一切都是曾经发生过的，真真切切发生过的。而这一切最有力的证据，今日，便仅剩了西戎王朝最后的血脉——公输启。

公输启，看见了印程沁眼中的泪光，却还是不自觉地颤抖着确认了一句，“你，你说的可是真的？”

印程沁点头的瞬间，她的眼泪是“唰”的一下。西戎亡国那日，如此悲痛的记忆，如此的切肤之痛，又怎么做得了假？而那日，在花影月来，他那样凝重问印程沁，问她是不是他的亲生母亲，她同样凝重地摇头，原以为是不愿相认，却没料到，她说的都是真的，印程沁不是他的生母，却是他这世上唯一的亲人——他的姨娘。

秦瑛不动声色离席，“嗖”地跪在身侧，将手中利剑平举，“少主，所有的一切都已经万事俱备，将士们都已经等着您，一声令下，最终进军大梁国都。”

可是公输启沉默了。

当所有人期待的目光全部都停留在公输启的脸上时，公输启依然在沉默。

印程沁擦了擦眼泪，对秦瑛说，“时候不早了，你先下去吧。”

秦瑛起身，再看了一眼公输启，终于离去。

门，静静关上时，公输启苦笑一声，他的手在那精致玉案上狠狠一拍，几乎将那玉案都拍得碎了过去。

公输启无可奈何地苦笑，“这都是些什么事！”

而这话甫一出口，他的脸上便挨了印程沁狠狠的一个巴掌。

若在往日，公输启，定然是嬉皮笑脸地给躲了过去。而此回他并没有，只是直挺挺地站在那里，生生挨了那狠狠的一巴掌。

公输启不知道，他的那句话，在印程沁的眼中，是怎样的大逆不道，以至于她全身都在发抖，“我……我姐姐，琼殇王后她，她怎么就生出了，你这样的东西！”

公输启转过头，长发遮住了他半边脸，公输启仓皇一笑，“西戎王后，我的，母亲？”

印程沁带着哭声，极压抑地伸手往出一指，“你给我滚！”

公输启突然觉着再待在那里，也无甚意义，便只好走了出去。

却说那公输启刚走出印程沁的门外，只觉今夜月亮圆得真好，清辉洒遍，无云无雾无遮挡。

今夜那花影月来自然也是极好的，亭台楼阁，流水潺潺，即便是到了这样的夜深依然能听见小鸟啾啾的几声鸣唱，好一片湖光山色。

公输启静静地向前走着，风动竹林，响声沙沙。

一个黑黢黢的人影就站在那竹影阑珊处，待公输启走近了，他一柄利剑，冰凉冰凉地横在他喉咙间。

公输启动也不动，公输启知道他是谁，“王寡妇”，他这般忠心耿耿，但公输启却并不知道他的名姓。

“少主，你知道吗，你今儿，让所有的兄弟，都寒心了。”秦瑛的声音压得低低的，丝毫也不客气。

公输启自然是不会怪罪于他，他知道站在秦瑛的立场上，他这话说得恰恰是极有理。

公输启道，“你想知道为什么吗？”

“为什么？”

“就如同我一样想知道你为什么执着于复国，”公输启抬头，望着那无尽月色，“你看，阖家欢乐，繁荣安康，多么和平安定的年代，多好，为什么一定要掀起战火？”

秦瑛手中的利剑一紧，甚至往公输启的脖间都划上了血痕，秦瑛他整个人，都开始颤抖了起来。秦瑛的声音明显有些哽咽，“你竟是，这样想？”

“你知道为了你，为了你能活着，我们付出了怎样的代价？”

公输启笑了，“我不知道。”

秦瑛道，“你的确，不知道！”

“这么多年，我看过很多的史书，千秋功业万里沙，千载人间百年身，没有什么能够永恒，我看过那么多的旌旗更迭，王朝兴亡……我可以想象到你们是怎样艰难和波澜壮阔过，但是……”公输启闭了闭眼，苍凉一笑，“那个世界，那段记忆，如果真有的话，离我太遥远了。”

秦瑛的剑，在他的脖间的血痕处，再深半寸，但这二人，彼此都心知，他这剑，肯定是划不下去的。

公输启看了那人影一眼，苍凉一笑，“你们的代价，我不知道，但我只知道今天的大梁，万家灯火，欢喜天下，我从来未曾见过你们口中言说的血与火，如果说一定要有执着，那我对于保护和平的执着，和你们对于复国的执着——同样的坚定。”

秦瑛似乎再也忍不住，黑夜挡住了他的面孔，看不见他的神情，只觉那一刻，他甚至想要将眼前这人千刀万剐碎尸万段，可他不能。

良久，他紧咬的牙关终于蹦出了两个字，“废物！”

公输启苍凉地笑了一声，“呵呵。”

公输启将秦瑛宝剑的锋刃拿下，踩着一地的荒凉月色，消失在这暗夜的阴影里。

第十五章 风云迭起

却说那日，苗九瑶使了个诈，便将公输启丢在了王寡妇的地窖里。

一来是她必须要脱身，她也怕死，而在苗九瑶的思维里，凭借他们两个，是无法走出地窖的。人不为己，天诛地灭，在她很小的时候，苗半金就告诉了她这个道理。二来，这公输启也委实不算是什么好人，从遇见自己的那一刻起，便一再嬉皮笑脸占她的便宜，直到今天，竟至于借用春毒的发作，堪堪地吻上了。

“真是个没皮没脸的登徒子！”苗九瑶“呸”了一声，这样的人，死了活该。

可苗九瑶并没有跑出多远，便生生地担心了起来，那个少年，若是真的被那“王寡妇”灭口在暗无天日的地窖里，那岂不是成了自己的罪过？

他虽然没皮没脸，但在最后一刻还想着保护自己，还一直都让自己先走来着，自己这样，岂不是太过于没有良心了？

这么多年，苗九瑶见过了那么多血腥的杀手，甚至于看见烟娘以媚术，残杀过多少无辜的人，可是那苗半金不知为何，将她保护得太好，她从不曾真正像一个杀手那样活过。

要看着这样一个活蹦乱跳的少年在自己面前悄然死去，到底对苗九瑶来说有些太难为了，何况那少年，虽是痞，但也不无意思……

对了，那少年是鲁渊货真价实的徒弟，如果他死了的话，那她就再也没有办法和义父交代了。苗九瑶这样想着，脚下的步子变得越来越快，越来越快，终于从袖口里甩出了一物。湛蓝的天际，乍然现出一抹诡异的红云，璀璨瑰丽。

那是临危之时，楚国王族召唤附近楚国暗部将士的信号，见此信者，楚君李长歌麾下，所有暗部将士都会不顾一切地赶来救援。

一时间众多的杀手，骑马来的，林间乘轻功的……皆是蝙蝠一般向王寡妇的酒窖处潮水般涌去，乌泱泱一片。

而他们却只看见了一片焦土，哪里还有什么地窖，连那王寡妇的房屋都已经被烧成灰烬了。十里八村的乡亲们围着那坍塌了的王寡妇的宅子瞪圆了眼睛，接下来，便是指指点点，有同情的，也有风言风语的。

“可怜哪，可怜——”

“喏，就她那五大三粗的模样？哎！真可别说，前些天还有个俊俏的后生来向她提亲呢！”

“王寡妇啊，私会男人——不洁！”

一个不合时宜的声音，就那么响了起来，细看过去，是一个白发苍苍的老者，坐在树下，瑟瑟缩缩地向一些抱着孩子的妇女传播着他关于传统礼教的学说。

“这便是，遭了天谴啊——”

这话刚一落地，苗九瑶恰好赶来，面对着一片荒芜焦土，“扑通”一声坐在了地上。

有些不可置信，那个少年，他就这样，死了？

一个生命的消逝，这样轻易。一个赶来的影卫扶起跌坐在地上的苗九瑶，她突然心里，莫名其妙地一阵抽痛，竟没来由想起，那夜在王寡妇的地窖里，他烙在她唇上，湿湿凉凉的吻，那，毕竟是她的第一次。

苗九瑶看着自己的双手，我这就，杀了人吗？一时间有许多关于自我厌恶的情感，疯狂席卷而来，似要将她整个人全都吞没，难道自己真的是一个十恶不赦的人吗？

苗九瑶不知自己在那片废墟之上，站了有多久，待清醒过来时，方抬头发现，夜的帷幕，已经缓缓地降下了。于是苗九瑶拖着极缓的步子，丢了神般来到了锦凉城熙熙攘攘的大街上。

挂着璀璨灯火的街上，许多小孩在追逐捧打，洋溢在脸上的，全部都是极甜蜜的笑容。苗九瑶便突然觉着，人生也便是如此的乏味，瞧，这世上，不断有人出生，也不断有人死去。抬头，烟花璀璨，在那轮圆月的背景下，绽放出的好似是繁华世事中的一片合家团圆。

可也只是那样短短的一瞬，一瞬过后，群星暗淡。而有些颓然的苗九瑶，就是在这样群星黯淡的当口，遇上了同样颓然的公输启。

这该是怎样的一种情愫？失而复得吗？苗九瑶一时间，感动得竟至于想要落泪。

公输启望见她后，也停下了脚步。这二人，就站在一处烟火下，痴痴遥望，任由月色，将他们的身影，拉得很长、很长。

到底是公输启先走了前去，“你是……一个人吗？”

苗九瑶吸溜了下鼻子，并没有正面回答他，而是目光久久地盯着他的眼睛，“你，你还活着，你不怪我？”

“怪你作什么？英雄救美，应当的。”公输启笑了笑，“我倒是希望，以后遇到危险的任何时候，你都能丢下我，先走。”他一把扯过苗九瑶，“走走走，喝酒去。”又回身问了一句，“你，喝酒的吧？”

苗九瑶看着他的表情，竟隐隐觉着有些，莫名的难受。

公输启回头，“你，是叫苗九瑶吧，这么灵动的名字，哈，你的人，就像你的名字。”

此时的苗九瑶紧攥着衣角，低下头去，只是笑。

感情是一种极其诡异的东西，可望而不可即，可念而不可说，不同的人有着不一样的感情体会，却又有一点，是极相同的，那就是：在一段感情中，无论是痛苦，抑或是悲伤，陷落在内中的人，都会在这样的感情里，甘之如饴。

一如南楚的苗半金与女君李长歌。

这夜，大梁国的这片清凉月光，也同样洒在了遥远的南疆楚国，此时，花开好，月却残。

楚国长安殿中，九重纱幕之后，通明的是满堂的华灯，风一过，纱帘半卷，内中便有一角黑衣，若隐若现。

长风乍起，只见那玄袍云纹的女子侧身而立，手执狼毫，望着案上的一沓宣纸，迟迟不肯落笔。那女子，不是旁人，正是楚国的女帝——李长歌。

一个单薄的人影，就站在长安殿口不远处，身子稍稍前倾，痴痴地凝望。

女帝稍稍抬眸，衣袖一拂，便坐在了王座之上，“进来吧。”

那人飞驰而来，待跨过台阶，却是趋步而上，蹑手蹑脚地，双膝虔诚一跪，仿佛面前坐着的，是他心中的神，“见过女君。”

“嗯。”

那跪地的人应声抬起头来，是摘下了青铜面具的苗半金。

他……竟生得那样俊美，俊美到像是一个绝世的女子，眉目如画，不染尘砂。女君未开口，他便欠身上去，微弓着身子，恭恭敬敬研着那宣纸旁的一方墨，此刻的他，无怨无悔，更像是一个内侍，恁是谁也想不到，这俯首贴耳的人，竟是楚国权力的巅峰，苗半金，一人之下，万人之上。

忽然，纱幕里窜出一只黑猫，滴溜溜地大睁着眼，“喵喵”了几声，纵身就跳到了王座上的女君怀里。

李长歌将那只黑猫，从头抚摸到尾，朱唇轻启一句，“阿金。”

苗半金低头研磨，不敢答话，他很清楚地知道，女君叫的不是他，而是这只唤作“阿金”的黑猫。

“归藏玄玉之事，如何？”李长歌蘸饱了浓墨，漫不经心问着。

“禀陛下，尚在追查。”

“那飞云盘之事，又如何？”李长歌浅笑，似是不甚在意的模样。

“禀陛下，尚在追查。”

“前些日收到木鸢传书，言说鲁渊已死，可有查证？”

“尚……尚无。”

“那鲁渊可有子女，抑或是亲传弟子？”

“禀陛下，有弟子。”

李长歌微微一笑，依旧是风轻云淡般不在意，“那鲁渊弟子，姓甚名谁，所在何处，可有查得？”

“暂未、暂未查到……”

“嗯，这样啊。”李长歌淡淡答道，奈何话音未落，她云纹长袖一挥，苗半金手中的墨砚便直直摔下了案台，方才逃出李长歌怀抱，小憩在案下的黑猫被洒了一身墨，惊吓之中它蹿上了案台，瑟缩着躲进了李长歌怀里。

“阿金啊。”她轻声一唤，苗半金一个哆嗦，慌忙跪伏在地。

“你可真没用。”她嗤笑，修长的十指一寸一寸勾过黑猫柔顺的毛发。

“臣，罪该万死。”苗半金阖上眸子，堪堪就是一拜，“咚”的一声脆响，砸在长安殿冰冷的地板上，再抬头，额间已是有了血丝渗出。

可李长歌却笑得愈发厉害。“爱卿这是怎么了？孤不是在喊你啊，孤喊的是它呀。”她唇角勾着恰到好处的弧度，五指不知何时已踱到那只名为“阿金”的黑猫的咽喉之上。

命脉之处，只需一击，便足以致命。

苗半金在心中苦笑。是啊，是他糊涂了，女帝何曾那样唤过他？又怎会那样唤他？那不过是一只猫，可他却连那只猫都不如。

“阿金，你可真没用，不过是个墨砚，便吓成这样。”李长歌松开五指，笑得意味不明，“孤平时太忙，没有时间照料你，便将你寄养在旁人处，却不知，竟把你惯成了这个性子？”

“微臣，有失。”苗半金伏在地上，战战兢兢。

“真可怜。”李长歌勾唇，似是笑了，眸中却没有笑意，“养了个废物。”

她的指甲猝不及防地嵌入黑猫柔软的身体里，黑猫吃痛，悲戚地

“喵”了一声。尔后，恶狠狠地剜了她一眼，做出伏击的姿态。

“看样子，小家伙是饿了。”她笑得愈发厉害，却终于想起该赏苗半金一个目光。

“微臣，这便差人喂食。”苗半金诚惶诚恐，微微抬首，恰对上李长歌意味不明的目光，又慌慌张垂下了头。

“爱卿应当知道，孤在夜里沉思的时候，不喜欢被人打扰。”她抱着盛怒的黑猫，走下高台，一双长靴停在苗半金眸前，“不如，爱卿亲自喂它？”

苗半金微微一愣，却很快回过神，明白了李长歌的意思。

他小心翼翼接过她怀中的黑猫，十指相触间，李长歌藏在指甲里的蛊虫疯了似的冲破桎梏，眨眼间扑上苗半金，狠狠一口撕咬开了肌肤，登时血流三尺。

黑猫嗅见了血腥味，双瞳生绿，骨子深处的野性，再也按捺不住。

“喵……”它凄厉地叫了一声，以尖利的牙齿，恶狠狠地剜下了苗半金左臂上一块肉。顷刻间，鲜血淋漓，血肉模糊。

生生撕下一块肉，那滋味，该是极其不好受的。可苗半金却连眉头也没皱一下，只是微微退了几步，一言不发。

“卿家，这是害怕了？”李长歌挑眉。

“禀陛下，是怕了。”他语气淡淡的，仿佛无痛无觉，仿佛刚才那块被黑猫咬下肉的人不是他，“微臣怕这血污，脏了陛下玄袍。”

“爱卿，有心了。”李长歌满意地一笑，缓缓走进了那帷幕之后。李长歌回头问，“爱卿，你可知晓，孤为何独独看重机关术？厚待机关师？”

“微臣不知。”

李长歌笑了，“人为何独占中原，独享良田美宅，而蛇虫虎豹便屈居山里？是因为人善假于物，而蛇虫虎豹徒有力气。人造城郭可避风雨，造木犁可种食粮，故而驱逐兽类，同样的道理，孤假借机关武器，如驱逐兽类那样驱逐北方的人们，侵占他们的地盘，这是很简单的道理。”李长歌顿了顿，忽又敛目一笑，“而在这机关武器之上，最难控的，则是人心。”

李长歌伸手指了指苗半金的头，“人之所以屹立当世，靠的是头脑。”

李长歌的身影消失在那纱幕里，她并没有让苗半金平身，苗半金自然也不敢起来，就这么低低地伏下了身子。只是临走之际，李长歌似是极放心地幽幽出口，“孤幸好有你。”这让苗半金欢喜的，几乎战栗。

最后她也没忘清清楚楚地告诉他，这归藏玄玉，飞云盘，与那鲁渊的弟子，都要抓紧，每一件事，都不要耽搁。

其实，就算李长歌不说，苗半金心中也是清明的。他素来是善于揣摩女帝心思的，更何况，今日她这小惩大诫，意味已经足够明显了。苗半金的眸子，暗淡了半分。这些年来，他总能明白女帝差他办的事，也总能手脚干净地做好，却永远都猜不透，这女帝，心中想的是什么，要的是什么。

明明言说大祭司司徒云铎所建议夺取的“飞云盘”和“归藏玄玉”有诈，却依然有意无意地，将这事，搁在心。归藏玄玉，可逆风水？保千年国祚，这话，换作苗半金也是不信的。

这世界从来公平，没有一件事，你不付出代价，便可夺取。但此时的苗半金内心却是极舒畅的，只为了李长歌无意间的那句“孤幸好有你”，他就这样痴痴地凝视着李长歌的身影，直到她消失很远了，苗半金方才醒悟过来。

清风无意，将李长歌方才落笔泼墨的宣纸吹得一晃一晃的，最后飘落在他面前，白纸黑墨，那样刺目，那样剜心。

苗半金伸手去捉那页宣纸，手臂上的血，便一滴一滴地落在宣纸上。

宣纸上，草草绘着——一个男人。

却永远，都不会是他苗半金。

苗半金的血，落在那男人的脸上，像一颗泪痣，又像是谁心头上烙着的那颗——朱砂痣。

第十六章 春宵

却说西戎国落魄的少主公输启和心仪的姑娘苗九瑶，重逢在了一处圆月下，而这姑娘，不知又是做了什么事情，此时换上了一副男子装扮。所有的一切都是“恰好”，恰好苗九瑶对公输启心怀有愧，恰好公输启听闻了一段有关自己身世的秘辛，而这秘辛又是自己不想接受的，他们二人又恰好相遇，恰好花正香，月正圆，于是公输启便拉着苗九瑶找到了一个小酒馆，喝酒喝到烂醉如泥。

是夜已三更，店小二将这对不顾形象，抱在一起打酒嗝的人儿拍了两拍，“客官、客官，我们已经打烊了，您不睡觉，我们还得睡觉呢……”

公输启咕哝着，随手从苗九瑶怀里掏出一锭金子，往那店小二眼前一甩，那店小二整个人都亮堂了起来，忙一把接过，又将自己的房间给让了出来，让这对“好兄弟”一喝，就喝到了天亮。

没人知道他们一共喝了几坛酒，只知道两人都醉成了一摊烂泥。

都说酒壮怂人胆，公输启喝了少说也有几坛子酒了，却也只敢装模作样地搂了搂苗九瑶的肩，不知怎的，全然就没了当时地窖里，光明正大亲吻她的魄力。

“真好看。”苗九瑶醉醺醺地，撑着下巴，透过窗户望着一空澄澈星子傻笑，“听说梁国星，楚国月，姜国玉，最是好看，果然不假。”

“嘁，姜国玉就算了，要小爷我说啊，这星星月亮全天下都是一样的，在哪儿看能有什么区别？”公输启灌了一口酒，笑着。

“少见多怪。”苗九瑶笑，“当年我们楚国的女帝得机关门派‘黑水宗’俯首称臣，并且厚待机关师，机关师们感念女帝盛恩，倾心相报，为女帝造了不少攻防利器，所以我们弱楚，才得以强盛啊！楚国尚巫，而女帝尤善观月。于是义父便请了几个顶级的机关师，倾毕生之力，为女帝造了个独一无二的机关镜，专为女帝观月所用。”

“那机关镜我年幼时见过一次，用它看到的月亮，倒真与别处不同。”苗九瑶笑笑，似陷入了什么幸福的回忆，“至于梁国星嘛，听说当年‘黑水宗’之中，亦有少数机关师迁居楚国后水土不服，而重新回归了梁国，梁国国君效仿女帝厚待机关师，也想要个机关镜。”

“可惜啊，回来的那批机关师们心中还是感念女帝恩典，不肯造观月的机关镜，却也不好太忤逆梁国君主的意思，便造了些观星的玩意儿糊弄过去了。虽是糊弄，但从此，楚国月，梁国星的故事，便传了下来。”

“这样说起来姜国岂不是很不划算，星辉明月都被梁楚瓜分完了，难怪他们只能从地底下挖玉了。”公输启心不在焉地听着，勉强接了一句，而后又盛了一樽酒，“你们这些姑娘家家，是不是就喜欢这些星星月亮的玩意儿？”

“喜欢又如何，不喜欢又如何？”苗九瑶转过头看他，笑得春风满面，忽又凑近他，“我就是喜欢，你能如何？”

“你若喜欢，小爷送你便是。”公输启心里暖暖的，将刚舀起的一樽酒，递到苗九瑶眸前，“敢问姑娘，这一樽的星辉明月，可是姑娘落下的？”

苗九瑶闻言先是一愣，继而垂眸望向酒樽。清清酒水上，倒映着一空澄澈的星河明月，尤为美丽。乍一看，倒仿佛公输启真的将星辉明月都送给了她似的。

苗九瑶掩面“扑哧”一笑，却也不接那樽，只探了头去，咬着樽口要他喂。这姿势烟娘做，公输启倒还招架得住，可苗九瑶做，委实将公输启吓了一跳。手一抖，满樽清辉，顷刻间洒了一地。约莫，当真是醉极了，苗九瑶咬着唇笑，娇嗔道，“看啊，都怪你不小心，洒了，你赔我的星星，赔我的月亮。”

她那模样当真是可爱，一时竟比这醇香美酒更醉人。枉他公输启纵横风月楼的莺莺燕燕们十载，却是今日才明白那“酒不醉人人自醉”的韵味。

却原来，是色不迷人人自迷。

月色清辉随着那碗酒，泼洒了一地，公输启便趁机捉住苗九瑶的双手，难得地正经了一回，“好，星星月亮啊，小爷我赔给你。只要九瑶你喜欢，我们今日在梁国看星辰，明日便去楚国捞月亮，后日，便去姜国寻良玉。楚国月，梁国星，姜国玉，我都可以带你看。”

只要，你愿意。

后半句话，那公输启却没来得及说出口。倒也不是他怂，而是那苗九瑶委实醉得太厉害，伏在他肩膀，不知不觉地便睡了过去。

“所谓伊人，在水一方。溯洄从之，道阻且长。溯游从之，宛在水中央……”公输启念念叨叨，念叨念叨着，不知不觉就唱了出来，夹杂着无限感慨，“求美人之路，果然是任重道远，古人诚不欺我。”

苗九瑶睡得很熟，公输启伸出手，试图触碰她冰雪般白皙的小脸蛋，觉着那红扑扑的，煞是好看。此刻的公输启，心中突然就冒出了一个正常男人此时该有的，大胆的想法。

奈何一激动，酒劲一上头，公输启竟是直挺挺地栽了下去，栽下去时，恰压在苗九瑶的身上，松松软软的，甚是舒服，只是那公输启什么都还没来得及干，便鼾声如雷了。

公输启，他在这样的时刻，竟然——睡着了。这约莫是他这一生中，干的最后悔的一件事了。而虽然公输启那夜的心愿，由于自己的原因终未能得偿，可到底和心底惦念的那人酣畅淋漓地对饮了一昼夜，倒也是件无比快意的事。

若年年有今日，岁岁有今朝，倒也称得上是死而无憾了。反正他这辈子，本来也没什么太大的追求。以前没有，后来师父鲁渊不明不白地死了，他想要查出真相。可等到查出真相，志气棱角估计又被磨得差不多了，最后能记得的事，喜欢的事，恐怕也只有漂亮姑娘和酒了。

美酒多多益善，可漂亮的姑娘吗，一个九瑶足矣。反正喜欢上了便是喜欢上了，哪有那么多道理可寻。而事实上，公输启的此番“浪荡”，很多时候也是对世界的一种逃避，毕竟这段时间发生的事情真的是太多太多了。这般突兀、这般沉重，足足压得他喘不过气。

而今，师父鲁渊的死尚未查出些眉目，如今好端端的就担当了一个莫名其妙的“复国重任”，这压力委实也不小，可对他来说，那些记忆太遥远了，似也同他没什么太大的关系。但义母……如今应是称作姨娘了，印程沁想复国，也令他两头为难。有时候，想着想着，就头疼。

公输启觉着自己不过是一个浪荡人，这片陆地之上，这番乱世争雄的局面，想要建功立业的人太多太多了，西戎王国的复兴，未必一定要选自己，说来的那些王族血脉，对公输启来说，多半也都只是一个噱头罢了。

这天下，人人可称王，公输启想，或者当印程沁，有朝一日发现自己是个扶不起的阿斗时，那些雄赳赳气昂昂的复国之心，也便会淡了。

若能如此，那么她的一生，约莫，会活得开心很多吧。毕竟，万家灯火，这诸国，均衡的局势之下，百姓享的，依旧是那盛世太平，没有人想要一场无端的烽火。

而对公输启来说，同苗九瑶相处的惬意时光并未持续多久，便被印程沁的人给逮了回去。那天的公输启活脱脱像一只鸭子，被秦瑛提着利剑架在脖间，愣是给赶了回去。

在那间简陋的小酒馆里，店小二为公输启和苗九瑶让出的狭小房间内，醉醺醺的公输启睁开眼时候，已是日上三竿了，打窗户里射入的太阳光芒，刺得他眼睛有些疼，便抬手挡了去。公输启突然想上趟茅厕，奈何做了个翻身的动作，方发现自己是躺在地上，惊讶起身，手掌恰好按上一物，硬邦邦的，他的手掌被硌得生疼。

公输启低下头一看，一枚细长的发簪平静躺在那里，绿油油的，那些翠色就好像是泪滴般，快要滴下来了。

这，不是那日他在街上送苗九瑶的吗？又怎么会在这里？而苗九瑶此时已经不见了。

公输启一拍脑袋，似乎是花了很大的劲儿方才想起，原来昨夜，他和苗九瑶喝醉了后便抱在一起，是以……那么有没有发生……公输启忍不住地开始胡思乱想起来，同样忍不住的，还有他的尿急。

公输启麻溜地捡起碧玉簪，又麻溜地出了门去。

待公输启无比畅快的，发泄完毕，刚一回来就在门口撞见了抱着剑，倚在门上，认真等待他的秦瑛。

秦瑛似乎并不想搭理他，公输启尚未张口，一把利剑就横在了他的脖子，冰凉冰凉的一片。公输启顺势斜了头去，皮笑肉不笑，“兄，兄台，你这样，已经是第二回了……”

可公输启毫无办法，他明显又打不过这秦瑛，只得恶狠狠地瞪一眼，骂道，“王寡妇！你个男扮女装的混蛋！不知羞耻！难道是你有……断袖之癖？”

公输启的这些话还未说完，秦瑛便飞起一拳头砸在了他的眼窝上，那是极狠极狠的一拳，疼得他惨叫一声，整个人捂着眼睛，蹲了下去。

“混蛋！我是你们少主，你竟敢打我！”

秦瑛的面色是前所未有的冰冷，“不是了。”

“什么意思？”公输启擦了擦眼角渗出的血，侧头问。

那秦瑛并没有正面回答他，而是持剑一步步直将公输启逼在了墙角。他生得极壮，人本就比公输启高个半头，此番更是居高临下看着他，一字一句说得清楚，“少主？”他侧头“噗”地一笑，随即仰头，拔高了声调，“敢问少主，你可有将自己当作我西戎的少主，你这样无用，还希望我将你当作少主来尊敬？”

那秦瑛的眼神极其轻蔑，公输启却觉着有些好笑，竟“嗤”的一声笑了出来，尔后自然是被利剑指着，一瘸一拐地出门，然后被潦草塞进马车，那马车去的方向，自然是花影月来。

临走时，公输启自然是没忘捡起那把碧玉簪，却始终是捉摸不明白，这苗九瑶是个什么意思？昨夜他借着酒意，应当将那想说的都已经表达清楚了吧？

那么这姑娘心里怎么想？她将这碧玉簪还回来，是不是就是不答应的意思？还是，她希望，重新换一只贵重的给她？公输启没来由地胡思乱想了起来，想着想着，公输启越发越有些黯然。

再姑且说说这苗九瑶苗姑娘为什么要离去。当日日上三竿，苗九瑶慵懒晨起，觉着身上不是一般的重，定睛一看，委实是被吓了一跳，那公输启竟像头死猪一样压在她的身上，苗九瑶闭了眼去，突然觉着整个心上，都被蒙上了一层冰冷的寒意。

随即咬了牙去，一脚就狠狠将公输启这厮给踹下了床去。

苗九瑶有一些头晕，只觉着昨夜好似出了许多的事情，可她都有些记不清了。苗九瑶检查了检查衣物，完好无损，觉着应该没有发生自己脑海中所设想的那样可怕的事情。她瞟了一眼公输启，那厮正四仰八叉地躺在地上睡得正香，苗九瑶撇了撇嘴，他那样㞞，定是没那个胆量的。

这时窗户之上，突然有一只木鸢飞了出来，扑棱着翅膀，张着嘴在窗棂上叫啊叫啊。苗九瑶眼神一动，此番，她滞留在锦凉城，而义父要指示她做些什么事？

苗九瑶漫不经心地抽出线圈，打开信纸，看了几眼，突然目光就渐渐地寒了起来。那信纸上白纸黑字，写得十分之清楚，“擒捉鲁渊徒弟入楚，速办。”

苗九瑶愣了愣，整个人都要被寒冰冻住了。回头再看一眼地上睡得像死猪样的公输启……苗九瑶暗地里想，义父约莫只是需要这小子，为他打造些许机关武器吧，事情若成，可能还会赐给些许赏金封地，应也不会害他性命或是如何。苗九瑶将公输启用脚踹了两踹，他纹丝不动，也未醒来。此间身边亦没有武器，她便从发间拔出那支碧玉簪，准备将公输启挟持后带回。

可就在动手的那么一瞬间，楼下传来些微响动，是习武之人落地铿锵有力的脚步，明显向着楼上而来，苗九瑶一惊，忙纵身从窗户窜了出去，碧玉簪也不小心给遗落在了地上。

来人是秦瑛，巧不巧，公输启恰在秦瑛即将上楼时候，醒了，尔后大大咧咧去了茅房。公输启去茅房的时候，苗九瑶委实是憋不住想要下手，却碍于情面，这般冒昧冲出，被他瞧见，定是要狠狠地羞辱上一番。

苗九瑶到底是个姑娘，实在拉不下那个脸，就这样白白地错过了一个大好良机。

于是乎，公输启便这样轻易地被那追上门来的“王寡妇”给拿了去。苗九瑶远远看着他被拿剑指着逼走，那踉踉跄跄的样子，看得她没来由一阵心疼，可是……纵是加上她，也不是那“王寡妇”的对手啊。

不过，好似隐隐约约听到，那“王寡妇”，好似还叫他“少主”？事情真是越发越扑朔迷离了起来。

那公输启自然是被捉到了花影月来，刚一走到门口，面前冷若冰霜的印程沁，就狠狠地赏了他一个爆栗。

第十七章 出逃

西戎国少主如今长成了这副浪荡样，印程沁瞧了，委实是心痛到不能自已。原以为那鲁渊能看在自己的情面上，将他教得至少有个少君的样子，甚至是以皇族的礼仪来教导他，却不料那公输启竟像个没人教似的，给野了开去。

印程沁苦笑着想，看来自己的情面，也没想象中的那样大。

不知是鲁渊的失职还是怎么的，再看公输启的态度，好似鲁渊在他心中，也就是个絮絮叨叨的邋遢老头子，除了会鼓捣些奇怪的机关术外，对周遭什么都漠不关心。可这似乎同印程沁记忆中的不太一样，印程沁一直都记得，那鲁渊，本性可应不是公输启描述的这样子啊。

印程沁初遇鲁渊时，春风新绿柳叶，雀儿在枝头叽叽喳喳，阳春三月风似水，花开得也好，那时西戎国还在，也依旧强盛，梁国的黑水宗宗主鲁渊便由西戎王国的上代君主引领着前来西戎参观。彼时白衣胜雪，眉眼如画，整个人就像是从话本子里走出来的那样，一把折扇，举手投足间都有华贵之气流转开来，当真人如玉，世无双。而那时，关于他的传闻有很多，有人说他是神仙临世，有人说他是鲁班后人，有人说他是梁国遭受驱逐的王公贵族，传言纷杂，莫衷一是。

当时印程沁是西戎国国君亲自册封的郡主，琼殇王后的亲妹妹，自然是认得鲁渊的。当时，二八芳华，情窦初开，印程沁竟想过不顾一切随他云游四方，将后半生都沦陷在那样闲云野鹤的生活里。可当她放下矜持将这一切说出口的时候，鲁渊却摇着扇子只是笑。

很多年后，印程沁都还记得当初的那一幕，她遇他在一处长亭，她绞弄着米色纱衣，侧倚阑干，玩笑似的，就将那句话说出了口，“我喜欢你呀，你怎么说？”

鲁渊略微愣了愣，风轻云淡，“我无话可说。”

这句话一出，印程沁忽然就觉着，那真正无话可说的人，应当是自己。她忽然间就哭了，乍抬头，那天的雨丝很细很绵，朦朦胧胧打湿了她的眼。一袭米黄色的纱衣就那样走入雨中，走得很远，一把油纸伞遗落在地上，骨碌碌地转啊转。他也不曾追出来，只慢慢地合了折扇，目光平静望着雨幕，好似眼前的一切，都同他无关。

那似乎是他们关系最近的一天了，尔后他们之间，就像是隔着一层厚厚的屏障，谁也不曾向对方迈出一步，却也这么多年，各自都是一个人。

那之后，印程沁许久都未见过鲁渊了，却也未嫁人，亦不知是念着他的缘故，还是未遇到什么中意的人。再后来，已是十年过去，西戎没了，姐姐琼殇从那极高的城墙上仰面跌下，一页史书合上的记忆里，所有的此去经年辗转过，光阴里留下的，皆是一寸寸泛黄的物是人非。

再见鲁渊时，他已成了一个醉汉，一个糟老头子，他似乎是极度落魄，酒步一颠一颠着，踉踉跄跄，活脱脱一副沦落天涯的模样。自那以后，他一直都刻意和印程沁保持着距离，可当印程沁将公输启托付给他时，他倒是答应得十分畅快。

而在那之前，发生过什么事？她想问却觉着无甚立场，而鲁渊他，绝口不提。

看他那样喜欢公输启，印程沁满心以为，这个孩子能唤起他的温情，让他能重回往昔浊世佳公子的翩翩样儿，后来才知道，她从来都没有走进过他的世界。这些年她一直都在奢望，鲁渊会视她和别的女人不同，即便他已经落魄至此，却依然都是她心内，触碰不到的神。

印程沁将公输启送给鲁渊做徒弟，要说没有觊觎机关术的心思，那也不可能，但要说是纯粹为了利用和学习机关术，那也不全是，而这一切的心思，恰如三春细雨，绕指柔丝，剪不断，理还乱。

那些年，桃源村还在，鲁渊的屋前生长着一棵柳树，印程沁便时常站在柳树下，望着夕阳下玩耍的公输启，抑或说是望着鲁渊，望着曾经那么多的岁月和暗淡了此去经年。

而今，他死了，潇洒也好，落魄也好，他都是死了。而这一切的结局都从来跟她没有过关系。而他至死，都那样的落魄，再提起，也都无甚意义，死了便是死了，所有的一切都到此戛然而止。但时至今日，印程沁都无法，抑或是不愿相信，他真的死了。

却说那印程沁将公输启逮回花影月来后，可以说是将他禁了足，并断绝了他对外所有的交流。而在这段被禁足的时间内，公输启心心念念都是鲁渊的死因以及这件事和烟娘的关系。公输启倒不认为苗九瑶会诓骗于他，只是本能觉着，即便杀死鲁渊的不是楚国，那楚国也未必会安什么好心，就遣人来梁国请机关师这件事，楚国竟至动用了强逼的手段，本就不怎样厚道。而公输启这位师父，虽已身死，但身上却藏着太多太多的秘密了。

这几日，约莫是印程沁同秦瑛打了招呼，秦瑛渐渐对公输启的态度也不那么凶悍了。这几日，二人关系缓和了许多，慢慢变得有话聊，更重要的是，秦瑛帮助印程沁，担负起了“管教”公输启的重任。

印程沁笃定，公输启体内流着的是先王的血，因而终有一日，可以带领他们重新夺回西戎。而这小王子，此刻明显需要些教育。

这几日流云静好，山河清明，怎么看都是一派极好的风光。而对印程沁来说，可喜可贺的事是：公输启这几日并未闹出什么事端来。

可自公输启醒来，拒绝了印程沁的复国请求后，他总觉得右眼皮整日跳得厉害，像是有什么大事即将发生似的。为此，他可没少花银子去街头巷尾寻那些算命师傅，却都说是风平浪静之象，可他的眼皮，却跳得越发越厉害了。

果不其然，不过三日，印程沁便让秦瑛搬了几尺高的史册给他，还嘱咐他一日三读，必要时记下心得体会之类云云。

可公输启哪有这般乖巧？不过是数天的功夫，便是自那软禁他的“小黑屋”中掘了一条地道，逃走了。这事儿，对公输启来说简单，他打十岁起便因淘气而被鲁渊关在地窖里，做出些类似掘地车之类的小机关逃走，对他来说轻车熟路。而逃走时，他倒也没忘了再去那烟娘房中晃荡上一回。

彼时，烟娘正小心翼翼地在花影月来的假山青松中穿行，似是从别处刚回来。她经过一拐角处便被突然出现的公输启吓住了，公输启似往常一样，笑嘻嘻地捉了她的轻纱袖。

而今儿的烟娘却同往日不同，她活脱脱一副出人意料的疲惫模样，像是哭过一般眼睛红红的，瞧见是公输启，便幽幽然叹了一声，“我的公输公子哎——你便放了我回去吧，不然印妈妈指定轻饶不了我。”烟娘楚楚可怜，望着公输启，“你是不知道呢，你义母跟我们一众姐妹都警告过呢，谁要同你厮混，非得被逐出花影月来不可。”那泫然欲泣的模样，真真是戳心窝子。

公输启却恍若未闻，只捉着烟娘的纱袖，一动不动。他总觉得，这几日的烟娘，有些不对劲，但又说不上哪儿不对，只尴尬笑道，“烟娘，人生苦短，何不与我及时行乐？”

这话，连公输启说得都有些不好意思了，烟娘更是低下头去，“公输公子若想及时行乐，烟娘便是夜夜笙歌陪着又何妨？可现在，公子还是放我回房中吧，不然若被印妈妈发觉，怕是以后都没机会陪公子了。”她咬唇，美人泪一滴滴砸下来，倒真像是惶恐至极的模样。看她这神情，约莫是今儿发生了什么事端，让公输启连调笑都觉不好意思了。

她为这点小事便能躁成这模样，当真与鲁渊被杀之事有干系？公输启有些质疑自己的判断了，这烟娘，是平日的烟娘吗？这怎样看，也不过是个手无缚鸡之力，又沦落风尘的可怜女子罢了。

“烟娘你别哭啊，这要传出去，小爷我岂不是背了个不解风情，不知怜花惜玉的名声。得得得，小爷放了你便是。”公输启悻悻收了手，只觉着若说这烟娘一定有什么特别之处，大概是她比寻常女子美了三分，又媚了七分吧。

公输启一面在心中感慨，一面扶住烟娘肩膀，以扇抵唇道，“可惜，这妙人都被所谓的世事打磨得圆润安分了，没有了尖锐棱角、抱负狂想，可还有甚意思？”

烟娘闻声，朱唇嫣然，“烟娘生来女身，流落风尘，身不由己，本就艰难求生了，何谈抱负狂想？”

公输启调笑，“女子又如何？如今乱世，只求英雄，不问出身，更不问男女，更何况楚国女子为帝，亦言‘本朝女子亦可承袭祖荫，参与政事，并不输于男子’……”

烟娘淡笑着摇首，“楚国女帝，数千年才出的一个奇女子，公输公子真真是折煞烟娘了，烟娘岂敢同她比，烛火之光比明珠耳！”公输启竖着耳朵，仔细听她的话意，只觉她的所有答话都滴水不漏，任凭公输启提了楚国数次，也不为所动，神色也无甚异样。这样说起来，倒真像是公输启多疑了，可是那令牌，她为何那般在意，上回在房中竟至于偷了过去，公输启百思不得其解。却在这时，不远处似响起些微响动，公输启双耳一竖，本能觉着那是前来寻他的印妈妈。

这事儿，可不好，遇上了难免又是一场误会，误会自己也罢，但难免又要惹得印妈妈伤心了。

“走吧。”公输启眼珠一转，顺势搂上烟娘纤腰。

“去哪儿？”烟娘媚眸流转，声音却怯怯地，全无那日勾引公输启的气魄。

“当然是送美人回房了，烟娘方才不一直和我叨叨着这事吗？”公输启微微一笑，勾了勾她下巴，“还是说，烟娘更想与小爷在这继续风花雪月？”

“公输公子，还是送奴家回去吧。这风月事，改日，改日再与公子细细论。”烟娘此刹好似真是怕极了公输启，分毫不愿再与他纠缠。

公输启踏风而过，走得有些急，也不是很稳，可到底是赶在印程沁破门而入之前，破窗而逃，他回头向烟娘笑，“其实小爷我也无甚大志向，烟娘所求的，恰也是小爷所求的，我只想随着自己的心意，自由自在做些事。”

“公输公子要去哪儿？”烟娘扶窗而望。

“往南方去，找个人。”他轻笑，脑海中浮现的，却是苗九瑶的幽蓝身影，不知那夜，自己同她共醉后，她到底是去了哪里，怎么离去时，招呼也不打上一声。

音方落，印程沁便带着小厮，闯了进来。“公输启呢？”开门见山，一点儿也不拖泥带水。

烟娘眨了眨眼睛，眸光流转，“公输公子，破窗而出，说是——”她顿了顿，有心相助，“说是要去北方找个人。”

“寻谁？”印程沁刨根问底儿。

烟娘皱眉，一脸委屈：“我与公输公子不过是几面之缘，并不十分熟悉，他的心事，奴家又怎的清楚？”

“既是不熟悉，那就不该整日纠缠。”印程沁冷眼望去，正要说些什么，却被突然闯入的秦瑛打断。

“印妈妈，今儿来了个客人，点名要见烟娘。”秦瑛一顿，郑重其事道，“出了十倍的价格。”

“每日都有客人为见烟娘一掷千金，十倍的价钱，那有什么稀奇？花影月来午时以后才开张，管他出几倍价格，通通赶出去。”印程沁也是气得厉害，口不择言。

秦瑛迟疑了一下，还是道：“印妈妈还是去瞧瞧吧，那人，不似梁国人，而且气宇不凡，恐怕……”秦瑛低声，附耳道，“好似不是什么好惹的主，是个大人物。”

印程沁冷静了下来，顺着雕栏玉砌朝下瞥了一眼。只这一眼，却让她惊为天人。

来人虽未锦衣华服，眉宇间却透着一股逼人的贵气。明明身边只带了一个小厮，却仿佛随了千军万马，不怒自威，让人不敢直视他眉眼。

若没记错，此人，印程沁应是见过的。而她上一次见他，还是在西戎国破之日，她远远地看着他，看他那时紫袍锦带，负手立在高高的城楼之上，望着如残蝶般坠落城楼的西戎王后琼殇……印程沁记得十分清醒，他就那样居高临下得望着，眸中没有一丝悲悯。

而那时，自己正胆战心惊地抱着包裹中的公输启，远远地望着那已归属于别人的城池，于天际惊雷里，迸出一声近乎绝望的悲啼。

原来，这点名要烟娘的达官贵人，竟是他，大姜国的摄政王沈梦沉，而围困西戎国都安阳的那一战，恰恰是由他领兵谋划，那么……印程沁微微一笑，眼眸一敛，十九年后的这出戏，应是比当年，要好看得多了。

第十八章 异国插手

而那姜国的摄政王沈梦沉，为何要不远万里的，突兀地来到花影月来？

究其原因，却也还是因了一只木鸢，姜国暗部兵士截获到的，给楚君李长歌报信的机关木鸢。其上白纸黑字，写得一清二楚，梁国鲁渊已死，可寻其弟子代之。

鲁渊？当时沈梦沉看见这个名字，便知是已然归隐多年的黑水宗前任宗主。而那李长歌，最擅招纳机关术人才，数十年不见她寻找鲁渊，而今这样急匆匆，甚至在他身死后，不惜以其弟子相代，其中定有猫腻。

若是旁人，只怕沈梦沉还不至于如此上心，可那人偏偏是楚君李长歌，那自然是另当别论。究其根本，沈梦沉在李长歌手上，吃过苦头。

至今，那页斑驳的青史还记：南楚、北姜、中梁合谋，克西戎王慕容珏于七绝谷，又十日，西戎国破，国都安阳横尸数万……盛极一时的西戎帝国，灭。

而青史上的这段话，正是姜国摄政王沈梦沉、梁国君主联合楚国女帝李长歌铸就的一段辉煌。西戎之地，位于北方，较之南方楚国尚远。而自古以来的征战，为的也不就是多一寸领土，可在三国得胜，谋定瓜分西戎领土之时，楚国女君李长歌，那个二十出头，风华正无限的女子，却对土地分割一事，不甚计较，只讨了梁国境内一个名为“黑水”的机关门派，令他们归顺南楚，迁居楚地，除此之外，不拿西戎领土半分。

区区一个即将没落的机关门派，换了西戎三分之一的国土，沈梦沉与梁国的君主，自然是求之不得。

当时作为摄政王的沈梦沉，为此事，心中还颇为自鸣得意，以为那女帝是妇人之见。可很快，李长歌的所作所为，便使得沈梦沉与梁国国主，追悔莫及。

她不愧是当世奇女子，站在楚国权利最巅峰的那个女人。李长歌得“黑水”，厚待机关师，机关师感念她的知遇之恩，倾心协助，倾力而为，很快便为她造出了世间罕见且优良的攻防武器。

短短三年，楚国凭借机关师们所打造的武器，国力迅速强盛，大肆吞并周遭小国，风头一时竟盖过了姜梁二国，国力跃居楚国三百年来的顶峰，转眼已成虎狼之势，雄踞南部，北伐在即。

当时遣暗部再探那女君口风，她也只有拂袖悠悠的一句：“得机关师相助，这让出的领土，三年后，孤王会十倍、百倍地打回来。”

而李长歌，所言非虚，不长不短的三年间，楚国已迅速崛起为不容小觑的一股势力。

梁国君主为此悔恨不已，连夜劝说尚未移居的机关大师们鼎力相助，怎奈那机关大师们不满“黑水”宗在梁国境内不受重视的遭遇，拒绝相助，并从此消失得无影无踪。梁国国主悔恨归悔恨，但至少他境内尚有机关师可招募，可对沈梦沉就更不利了，姜国向来不崇尚此术，他连个能招募的人都没有，只能眼睁睁看着楚国崛起，大肆吞并了比西戎更为强盛的诸国。

那时起，沈梦沉的心中，便牢牢地记下了李长歌这三个字。得到木鸢，沈梦沉自然就派眼线打听李长歌寻找鲁渊所为何事，而似乎那李长歌也没想过要瞒什么，那沈梦沉本以为要花许多精力方能打探到的消息，却比他想象中的，要轻易了很多。

据姜国蛰伏楚国多年的探子来报，说是探听到楚国祭司司徒云铎预言，说世间生上古玄玉归藏，可逆风水，得之，可得天时地利人和，保千年国祚。而这归藏玄玉，唯有顶尖机关师鲁渊打造的飞云盘可探。这说法，听上去便是玄之又玄，也不知楚国的那位女帝，怎么就信了，还信得那样真切，甚至已经派出了将士，掘地三尺找这归藏玄玉。

倒也是，有点意思，可为何，非得是鲁渊呢？那已是消逝多年的人物了。

但当沈梦沉将“归藏玄玉”四个字强行压入脑海时，他苦思冥想也钻研不出玄玉归藏背后的秘密，但他十分清醒地知道，楚君李长歌绝不会为一件怪力乱神的传说而枉费心血。既然她有心寻归藏玄玉，那这背后，必然有什么大秘密。

而这一次，他们之间这场争锋，姜与楚之间的暗斗，他沈梦沉，再不会失此先机。既然李长歌派人来梁国追寻鲁渊弟子下落，那他便也乔装到此，探一探其间虚实。于是自然来到了花影月来，毕竟，那风月楼里的姑娘，与杀手楼的杀手，自人类蒙昧开智以来，便是打听消息最有效的两条渠道。

而时逢乱世，这人的国籍换地比姓氏都频繁，在死一个人连祖籍都查不到的年代里，哪里需要什么杀手楼暗杀，故而这风华霁月的花影月来，便成了沈梦沉第一个调查的地方。此处鱼龙混杂，三教九流，又有名震三国的花魁烟娘，还愁寻不到他想要的讯息吗？

此夜，星子璀璨，清辉温雅。

沈梦沉在烟娘的房中一待，便待了好几个时辰，那印程沁自然就留了份心思，屏息在门外候着，倾听这远道而来的姜国权臣，同她这花影月来里的花魁烟娘，说些什么惊天之事，抑或是，他此番又想要什么花招。

印程沁悄悄地伫立在门外，她在糊了纸张的窗户上，戳了细小的一个洞，偷眼望去，但见内中一片香艳之景。

“公子今儿想听个什么曲？”烟娘伏在沈梦沉耳骨上，吴侬软语，酥酥麻麻。

“烟娘会唱个什么曲，我便听什么。”

“若奴家没猜错，公子许是姜国人，那奴家便唱个梁国的曲，给公子听可好？”

“烟娘怎知，我是姜国人，莫非，是同乡？”

“公子爷您是贵人，烟娘哪敢与您同乡，不过有幸去过姜国罢了。”烟娘揉着沈梦沉的肩，那力道，也的确只是个弱女子，“公子爷腰间这玉，纹路别致，在烟娘记忆中，应是姜国物。”

“有点意思。”沈梦沉的手，顺着烟娘一双藕臂探了上去，笑道，“我看烟娘你，或许也是姜国人，只是你自己不知道罢了。”

“公子此话何解？”

“我在梁国数十年，做的是摸骨看相的生意，烟娘你的音容笑貌虽似楚人，可一个人再怎么变，她的骨相，终究是不会变的。我此番探着，倒觉得烟娘你这骨相，像极了姜人。”沈梦沉一笑，顺手将美人拉入怀，“既是同乡，你又喜欢这块玉，便赏了你。”

“若是有缘，我倒真希望烟娘你是我姜国人。”

烟娘若有所思地看了白玉一会儿，心思却不在这上面，“公子此话当真？这世上，当真可以以骨相断人故国乡土？”

“可以是可以，只是骨骼经络遍布周身，只探一二，尚不能确定。”

烟娘闻言，会心一笑，“爷真是惯会玩笑，连这撩人的法子，都与旁人不同。”媚眸轻眨，朱唇微启，“公子的意思，奴家明白。”

那印程沁就在角落里竖着耳朵，听着他们你侬我侬说着些令人脸红心跳的打情骂俏，直听到半夜去，也未打探到什么值得商榷的情报，却也怕错过了什么重要讯息，生生地又在门口杵到天亮。

而一切正常，就好似那沈梦沉真的是来风花雪月一场，这令印程沁大失所望。若说一定有什么奇怪的，大抵是沈梦沉一口咬定烟娘是姜国人，而烟娘初来花影月来时，分明说过，自己生于楚国，曾因战乱流落四方，如今但求一方安身立命之所。

印程沁瞅着她可怜，又生得绝色，这才收留了她。

而这些年，烟娘在花影月来，除了近来总和公输启纠缠不清之外，倒也没惹出什么乱子，还为花影月来添了不少金银珠宝。

倒是沈梦沉话里有话，言语间似想要将烟娘收为己用。这一点，印程沁倒不太担心，毕竟这花影月来，最不缺的便是花魁。她能一手将烟娘捧到天上，自然也有法子，将别人捧上去，毕竟这风月楼里，除了漂亮姑娘，便什么都不剩了。只是这烟娘，委实是有些可疑了。

此时，夜色正深，花影月来正是笙歌夜舞的时候。

烟娘到底是烟娘，是整个花影月来最有手腕的女妓，不过是与初次来寻她的男人相会了一个晚上，往后的日子，那男人便成了花影月来的常客，美人香闺中，夜夜笙歌，颠倒衣裳。

即便这人是遥远的姜国一人之下，万人之上的摄政王——沈梦沉。

有了沈梦沉的一掷千金，花影月来便更卖力地将烟娘捧到了一个前所未有的高度，花影月来的生意，此番更是出乎意料地火爆，终日门庭若市的。本来多赚些银钱，那印程沁自然是极乐意的，何况此人是沈梦沉，是以她常常差人躲于烟娘门外，听听那些莺声燕语，或许也能从中试探到，沈梦沉言谈之中些微的军国大事，抑或是深宫秘史。

只是……许久过去，一无所获，那沈梦沉瞧着倒真像是个攀花折柳的浪荡哥儿，这番乔装，滴水不漏。

可时日一长，那印程沁却是渐渐地坐不住了，没来由地胡思乱想了起来。

今日的西戎，虽说已从地图上抹去了，但却并未消亡。在地图绘不到的地方，在比北姜还要更北的所在，在那样罕无人迹的沙漠里，一片不大不小的绿洲中，残存着的西戎人便生活在那里，遥望着二十年都不曾回去的家乡。

安阳一战后，西戎王慕容珏只是战败，却并没有死亡。他带领着残存的部众北迁至荒漠之中，半年之后，他肩头的箭伤复发，方含恨撒手人寰，目光也一直都朝向着回不去的家乡。

印程沁当年也不过是享福的贵族姑娘，没来由地遭此变故，不得不抱着怀中的王室骨血来到梁国都城，兴建花影月来这样的风月场所作为掩护，而很明显，青楼是来钱极快的一种——打仗要钱，西戎王朝的复国军要钱，所有的武器装备都需要真金白银来铺垫。

鲁渊在世时，印程沁曾跟着他学过些许机关术，于是在花影月来最初兴建时，便据那鲁渊当时留下的图纸，遣人挖掘了诸多地道，其中遍布机关，甚至于同那“王寡妇”的酒窖联通，无限地延伸了开去，复国军将士若是受了伤，便送至此来医治。

而平时花影月来里，鱼龙混杂的，无论是打探消息，抑或是交换情报，倒也方便。是以此间，便成了西戎王国复国军的一处联络点。

这姜王国的沈梦沉，为人一贯沉稳，此番前来花影月来，约莫也不只是为了寻姑娘作乐。印程沁越想越觉着心惊肉跳，西戎的覆亡有那沈梦沉的一分子，若此番他来是为了剿灭西戎的复国军，或者只是久住，时间长了，以他的聪明才智，花影月来也难免露出破绽，那么这事情，就没有那样简单了，这任何一处都让印程沁细思极恐，胆战心惊。

而那夜，沈梦沉一口咬定烟娘是姜国人，看来也不像玩笑话，登时就让印程沁起了疑心，这烟娘的身份，是否也有猫腻？

若如此，那便留不得她了。

第十九章 试探

于是，隔日的正午时分，印程沁便寻到了烟娘，她让一群小斯抬了好几个箱子进来，箱子“倏”地一开，皆是黄澄澄的黄金，以及满目琳琅的珠玉珍宝。

印程沁轻罗小扇，“烟娘啊，这么些年，你在花影月来里，一贯辛劳，为印妈妈我也赚够银钱了，有时候算来是印妈妈我对不住你，所以从今天起，你就是自由身，这些，也便是印妈妈我给你的。”

这话说得十分漂亮，倒像是一番馈赠之语，但细究起来却也是十分不客气，分明是给出一笔钱，赶人出门的样子。

而那烟娘却明显愣住了，皮笑肉不笑地将手中小绢一扬，“唉哟，印妈妈，要不是印妈妈您收留奴家，奴家早就饿死在那荒郊野外了，哪里还能有今天！印妈妈的大恩大德，奴家还没报呢！”她“嗖”地一声合上那箱子盖，看也未看一眼，嗔怪道，“拿这些做什么呀？多见外呀。”

那印程沁美目流转，渐渐地对这烟娘越发不满，她这样有手腕，为何一定要留在花影月来？烟娘也似乎看穿了她的疑心，一柄团扇遮了脸去，眼珠一转，复又加了一句，“印妈妈还请您不要误会，其实要说小心思，烟娘也是有的，烟娘自恃美貌，加之那一身伺候人的功夫，嫁给碌碌无为之流，到底是有些不甘心的，烟娘要嫁定是要嫁给那权倾朝野的达官贵人。”

印程沁蛾眉稍敛，“所以你就挑中了沈梦沉？”

烟娘一方小帕掩住嘴，整个人笑得花枝乱颤，“连印妈妈也……”

印程沁吩咐下人将那数箱的珠宝抬下去，又径自向前走了几步，她直视着烟娘，牙关里迸出的，是一字一句的毫不客气，“我劝你死了这份心。”

烟娘倏忽一愣，待回过神来时，印程沁已经转身，悠悠然出了门。

而在沈梦沉这边，那些跟着沈梦沉的小厮们实在是想不明白，究竟是姜国的良家姑娘不够美艳，还是姜国风月楼里的花魁不够妩媚？他家主子怎么就心血来潮，千里迢迢地跑来了这梁国？

来梁国便也罢了，客栈还未找，他家主子便急匆匆来了花影月来，一掷千金点了花影月来的花魁烟娘。他这主子，该是有多么性急哦——那些多事的文人墨客们，定然是要认为堂堂的梁国摄政王，竟为了个女人涉险敌国，保不齐能编出一系列冲冠一怒为红颜的话本子来。

而在那遥远的楚国，空荡荡的大殿中，苗半金踱来踱去。他整宿整宿地睡不着觉，若鲁渊和飞云盘的事还未处理好，那么楚君李长歌委实是要震怒了，虽不知这位女君葫芦里卖的什么药，但李长歌交代的事情，定是马虎不得的。子时，三刻，苗半金写了一封千里加急的木鸢传书，送至梁国的花影月来。

而收下这封信的，自然便是花影月来的那位花魁烟娘。信上不过只言片语，意思却是明了——速擒鲁渊弟子归楚。

这信，前些日子，他也让人向苗九瑶送了一回，可九瑶这丫头不知怎的，办事不力，直到今日，也还没个什么动静，而楚国长安殿的那位女君，已是等不及了。

烟娘楚楚风情地看了一眼信，焚香烧了个干净。

而躲在闺房深处的女子暗中看着这一切，垂手侍立，一言也不敢发，瞧起来当真是怕极了。

“今日倒是稀奇，主人他，极少以艳红的木鸢传信。通常，红鸢之事，十万火急。不过是个毛头小子，也值得主人这样上心？”烟娘自言自语，笑得有些不屑。

烟娘甘心为苗半金蛰伏楚国风月地数年，可苗半金待她，终究是有些保留的。苗半金擅于揣测女帝心意，可烟娘却不擅长揣度苗半金的心思。

烟娘自恃美艳，且身负绝技媚术，莫说寻常男子，便是锦衣华服的富贵人，她也瞧不上。可苗半金，却是个意外。那苗半金中过她的蛊，也中过她的毒，却未曾拜倒她石榴裙下。在苗半金面前，烟娘可谓媚术尽施，可所有邀宠献媚，欲迎还拒，欲擒故纵的美人计，在苗半金这里全都失了灵。

她恼过，气过，却不愿服输——这世上，怎会有她烟娘媚惑不到的男人？不过是故作清高，故作君子罢了，她倒要看看，这苗半金能装到什么时候去。

也便是这个缘由，烟娘心甘情愿留在他身边，做他棋局中的一枚棋子。她就是要留在他身边看看，他究竟是个什么样的男人，竟然能抵抗住她的诱惑。

“混蛋。”烟娘似是忆起了留在苗半金身边的初心，这一声咒骂，也不知是在骂她自己，还是在骂苗半金。

香烟袅袅，烟娘踢了一脚雕花镶银丝的榻，向那瑟缩在墙角的女子，“这些日，我有事外出，好好做你的清倌，听见了没？”

床榻微微摇晃，蜷缩在榻上，与烟娘妩媚得如出一辙的女子怯怯地颔首，一言不发。她也是卷睫玲珑眸的样子，三分风情，七分妖艳，只是这周身气度，与烟娘一较，便相形见绌了。

烟娘极轻蔑地瞧了她一眼，“千万不要接客，瞧你这窝囊样子，若是等我回来，砸了我的招牌，我定要你好看。”烟娘冷笑，目露凶光，“对了，每日寅时会有白色木鸢歇在花影月来，若有变故，及时以白鸢传信，通知于我。”

那榻上女子不敢看她，只慌慌张张颔首，战战兢兢，小心翼翼，似是害怕到了骨子里。而那姑娘一抬头，竟是一张同烟娘生得一模一样的脸。

那姑娘，是烟娘打小买来的，每日灌她各种奇奇怪怪的药汁，才能让她的相貌，同自己生得一模一样，到底是一张底牌，必要时候也好让她做自己的替死鬼。

是以人皆传花影月来烟娘几日清倌，几日艳妓的做法，是“若即若离”的韵味，而事实上，那做清倌的时间，多是烟娘不在，顶替她的，则是那个可怜的姑娘。而这段时日，烟娘似乎是极忙极忙的，以至于陪伴沈梦沉的女子，全都是那可怜的姑娘，而沈梦沉也没说错，那姑娘，的的确确就是个姜国人。

该嘱咐的既然嘱咐完了，烟娘也就懒得理那姑娘，在暗夜中一个倾身，便了无踪影了。

她自然是去找公输启了，可要说这烟娘和公输启还真是没缘分。她前脚刚从花影月来离开，公输启后脚就偷偷地溜回了花影月来。

而他溜回来的缘由，也很简单。无非是——没钱，走不了多远。

没钱，莫说是南下楚国寻找苗九瑶，连这锦凉城，他都走不出去。真是—— 一分银两难倒英雄好汉。公输启才去了驿站，竟发觉他连买马的钱也没有，于是乎，他不得不灰溜溜地溜了回来。

数日未见，公输启正斟酌着要怎么开口和印妈妈，和花影月来里其他的姑娘们解释这几天他失踪的事。岂料他还未张口，身边人就有了动静。

那时烟娘正倚在玉砌雕栏上，美目流盼，忽而轻笑，“来了，要热闹起来了。”

周围环绕的其他风尘女子闻言，忽而抛下了手中的活计，聚在一起喋喋不休地笑闹，欢快地向栏杆小跑去，仿佛期待着什么了不起的大事。

黄裳的姑娘嗑着瓜子，“烟娘姐姐，是他来了吗？他来了吗？”

“是了，是了，这时候了，差不多要来了。”

“才一天不见，便觉人生了了，食之无味呀！”

“岂止岂止，简直是一日不见，如隔三秋呢。”

姑娘们你一言我一语地叨咕着。

公输启心里盘算，他才走了这么几日，姑娘们便如此记挂他，委实让他感动。谁说戏子无情，这花影月来的姑娘，实在是一个比一个情深义重。

“各位姐姐如此厚待小爷，小爷这心里，着实……”他抚扇甩风流，可话还没说完，便被一个不懂事的小丫鬟打断。

“这位爷，您且让让，我若再不上去，就来不及了！”粉裙的小丫鬟急得跺脚，一双美人泪也是泫然欲下。

“来不及作何？”

“来不及站在烟娘姐姐身边，多瞧几眼沈公子了！”小丫鬟再顾不上公输启，一把推开，蹿上了小楼。

公输启只剩下无奈苦笑的份儿了，沈公子？这沈公子，倒是个什么主儿？似乎极受姑娘们欢迎的模样？

“公子你这几日没光顾我们花影月来，所以才有所不知，约莫前几日，每晚这个时候，都会有位俊俏的沈公子来找烟娘姐姐，他人俊不可言……”杏黄衣裳的女子比画着向公输启解释，说到此处羞红了一张脸，“气度更是不凡，出手也阔绰，总是以十倍的价格同烟娘姐姐吃茶赏玉，便是进入端茶送水的姑娘，随手也能打赏个几百纹银。”

听到此处，公输启顿觉苍天之不公，大概半炷香前，他还因为没有银子买马而溜回花影月来，半炷香后，便听说有个什么沈公子如此不把银子当银子，实在可气。

欢场女子们笑作一团，嘻嘻哈哈地招呼公输启过来瞧瞧。

亥时三刻，正是花影月来最热闹的时候。花楼里笙歌夜舞，霓裳乐曲，却都比不得烟娘小楼热闹。彼时，鼻尖正萦绕脂粉清香。公输启顺着姑娘们青葱玉指遥遥望去，看到一胭脂雪色锦袍，墨发散漫披肩的高挑男子在一个极好的位置，甩给迎客的小厮一锭纹银。

“今晚，还是找烟娘。”沈梦沉淡淡丢下一句话，轻车熟路上了楼。而烟娘，略施粉黛，倚在小楼上，不迎不拒，分寸把握得极好。

彼时，沈公子散发披肩，却不显凌乱，反而平添洒脱出世的意味。

公输启飞速扫了一眼，此人剑眉入鬓，浓翘的睫毛可以在眼窝扫下一片阴影。肤白胜雪，锦袍玉佩，似不是梁国本地人。

明明是个冰雕的底子，又添了眉下一双深潭般的眸，更显深不可测。许是惺惺相惜，英雄惜英雄，那一刻公输启本能地觉得，这位沈公子，如他一般，是个风月场上的老手。

沈梦沉踱步到烟娘身侧时，一双手自然而然地环上了她的腰。

她妩媚一笑，侧身一躲，“沈公子，今日，烟娘是个清倌呢。”

又是这个把戏。

那沈梦沉亦是笑，招呼小厮看茶，“我与你，这几日，做得可都是清倌的买卖，烟娘莫不信我？”

“是烟娘怠慢了，还请沈公子移步烟娘房中，烟娘煮茶焚香以待，”倏忽又抿唇一笑，“说来，不知公子今日想与烟娘赏个什么？”

“赏归藏玄玉。”他一声轻笑，眸底有一闪而过的精光，随后，便朝烟娘房中走去。

公输启瞅准了时机，和沈梦沉撞了个正着。

“这位爷，不好意思，小的……小的……是新来的。”公输启结结巴巴，身子哆哆嗦嗦。

“无碍。”沈梦沉虚扶起他，折身入了屋。

“倒是个温柔的君子啊。”公输启笑，将方才顺手牵羊到的银袋朝半空一抛，扬扬得意，“不过小爷觉得，你的银子比你的人更温柔。”

银袋从半空中落下，公输启正想伸手去捞，不料另一双手比他更快。

“怎么，你还知道回来？”怒不可遏的印程沁，不知道从哪里窜出来的印妈妈，此时正掂量着银袋，怒目切齿地看着公输启。

“哈哈哈，是印妈妈啊。”公输启尴尬地笑了笑，目光却盯着那钱袋，点头哈腰，“孝敬您的，孝敬您的，您拿好，拿好。”

他话音未落转身便想溜，可在印程沁眼皮底下，他哪里溜得了？最终结果，只能是被印程沁提溜着扔进了小黑屋，面壁思过。

印程沁气不打一处来，“啪”的一个巴掌打上公输启的头，“我西戎国堂堂少君，竟跟个小贼一样，手脚不干净，偷人银钱花！”

公输启撇撇嘴，当年在桃源村，自给自足，种多少地，吃多少东西，哪里用得着支使银钱，如今突然想出门了，倒是让他从哪里去寻银子？

却说这几日，印程沁一直记挂的是沈梦沉的事，倒没多少心思来管教公输启，只将他给踢到了柴房里，将那几卷史册典籍往案上重重一甩，道，“你是留着当枕头也好，用来烧柴也罢，反正明日你若背不出这史册典籍上的内容，我便把你关到后日。若是后日也背不出来，我便把你关到大后日……”尔后凤眉一瞪，“你自己看着办吧！每日的饭食我会遣人送来，饿不死你！”

木门上锁的那一刻，公输启顿觉生无可恋，还不如随鲁渊一起去了。

而锁了门的印程沁也没闲着，方才她听得这沈梦沉提及归藏玄玉一事，闻所未闻。而这沈梦沉又是姜国摄政王，恐里面有什么玄机。

是以在公输启琢磨着怎么从柴房逃跑的时候，印程沁正琢磨着如何在烟娘的香闺外，偷听到烟娘与沈梦沉更多的谈话。

到底是“归藏玄玉”四个字，让印程沁心内一惊了。这，是个什么东西？可值得让姜国摄政王不远万里亲自出行？

第二十章 局中局

梁国子时，花影月来，烟娘闺房。

按说这风月楼花魁的闺房，向来是寻欢的极乐场所。可自从沈梦沉来了花影月来，倒还真有些不一样。青钱白璧，沈梦沉照给。金银珠宝，他也没少赏。可这人，却确确实实是在同烟娘吃茶赏玉，除了方才玉砌雕栏上的一抱，他倒是一点逾矩的事都没干过。

“今日这块玉，烟娘可喜欢？”他微抿了一口茶，笑道。

“沈公子的玉，烟娘从来便没有不喜欢的。”媚眸流转，涂着蔻丹的十指抚过白玉温润纹路，“沈公子送的，向来也是世间罕见的玉。”

“这算不得什么，若他日能寻来传说中的归藏玄玉，送给烟娘，那才值得换烟娘一笑。”他似漫不经心，可抬眉敛目间，却细细观察烟娘神态。

“归藏玄玉，为何物？”烟娘蹙眉，百思不得其解。

“归藏玄玉，非顶级机关师打造的飞云盘不可探。”沈梦沉笑，勾了勾烟娘下颚，“烟娘恩客众多，这样有名的传说，难道不曾听人说过？”

烟娘笑迎，且斟好了香茶，打趣道，“恩客们的话，不该记的，烟娘从来不记。”

沈梦沉闻言轻笑，放下茶盏，忽地逼近烟娘，“旁人的话忘也便忘了，我的话，烟娘舍得忘记？”

烟娘红袖遮面，痴痴地笑，而沈梦沉今日似也无甚太大的兴致，草草留了一锭黄金，笑了笑便抚扇而出。瞧烟娘这神态，此事该是她不知晓的。沈梦沉出来时，正碰上蹭花酒喝的贴身小厮。

“咦，公子今日怎么这么快就出来了？”小厮眼珠子一转，一不小心又想歪了，“烟娘是花影月来的花魁，这房中术定是不必多说的，如此，那便是公子招架不住？”

话音方落，沈梦沉一柄折扇便拍在他的脑上。

“口不择言，去，把那杜如仪寻来了。”沈梦沉意兴阑珊地望了一眼烟娘的楼阁。

“咦，公子喊杜将军做什么，他那木头，不识风情，来了也是浪费公子的银两。”

“叫你去你便去，怎么，本王还使唤不动你了？”沈梦沉压低声音，勾唇一笑，“今夜，或许会有趣事发生。”

小厮一头雾水，可沈梦沉都拿出摄政王的身份压人了，他也不敢太过造次。其中玄机，他是参不透，可沈梦沉心底却明镜似的。他之前也查过这花影月来，凭空而出，成了梁国第一大风月场所。而花魁烟娘，来历不明。更为重要的是，这烟娘几日清倌，几日艳妓的法子，看似是个为花影月来揽客的噱头，可内里，沈梦沉总觉得有猫腻。他问过那些既见过烟娘清倌，又见过烟娘艳妓的男子，依着他们的形容，所谓的烟娘，全然不似同一人。

这人的音容笑貌能变，可气质骨相，却难有变数。而这烟娘，身为清倌与艳妓时，予人感受相差甚远，这其中，定有什么不平常的事情发生。

且无论烟娘作何打算，沈梦沉此番故意透露归藏玄玉与飞云盘之事，若烟娘真与此事无干，他来花影月来已数日，能打听到的消息已打听到得差不多了，那这烟娘，也就没什么利用价值了，他日后也不必来此一掷千金。可若是烟娘与归藏玄玉或飞云盘有干系，今晚定会有所行动。

那沈梦沉，便也可以顺藤摸瓜。他这算盘打得甚好，余下的，便是让姜国大将，沈梦沉心腹之一的杜如仪守株待兔，看看他这一“打草”，能引来烟娘这边多大的“惊蛇”，如此一观，便能知道最终的结果了。

寅时，花影月来的笙歌已渐渐隐去。

而印程沁恰恰听见了“归藏玄玉”的事，闺房中，她燃着香烛，吩咐秦瑛去查归藏玄玉的事。

而楼阁之中的烟娘提笔，思考的亦是和印程沁相同的事，她在泛黄的宣纸上落下一个玉字，可很快又将墨迹掩去，唤来白鸢报信后，又支开了屋内的雕花窗，唤来昏昏欲睡的小厮。

“小哥，这锭银子，你拿着。”平日里端茶送水的小厮头一回见花魁正眼瞧自己，登时乐得寻不着北了。

“烟娘……烟娘，有何吩咐？”端茶送水的小厮搓搓手，满脸期待。

“这是先前恩客赠的白玉，我不喜欢，小哥便替我卖了吧，所得银子，你我二人平分可好？”她媚眸轻轻眨，不消多语，那小厮便已失魂落魄。

接了白玉，小厮正准备趁夜动身寻家铺子，烟娘却忽地勾住他长衫。蔻丹的十指在小厮眸前一晃，刹那间碧落黄泉。

“小哥，若是不麻烦，可否顺便替奴家问问这玉的来历，想必赏玉收玉之人，多半是识货的。”

待小厮回来时，已过了卯时，白鸢已然远走高飞，杜将军在花影月来外似门神一般站了一宿，并未发现任何异样。

烟娘则倚在雕花窗上昏昏欲睡，小厮蹑手蹑脚推醒了她，将银子悄摸摸放进她掌心。肌肤相亲间，小厮三魂七魄都散得厉害，“烟娘姐姐，这白玉果然是好玉，典当铺的老板说，是姜国宫中玩意儿，若不是他有人在姜国，还真不敢收呢。”

“姜国王宫之物吗？”烟娘轻声一笑，若有所思，她想，若那沈公子真是姜国王宫的人，或许可以救我，也说不定呢。又或许，他是唯一可以救我之人。烟娘思索着，旋即将纹银放回了小厮掌心，合了窗子，“劳烦小哥跑这一趟了。”

烟娘合了窗子，摘了朱钗，正要歇息，门外却一阵骚动，吵得她不得安宁。她支出半个身子，这才发觉花影月来门前，不知何日多了个门神似的人物，吓得姐妹们都不敢出去买胭脂水粉了。

沈梦沉让杜如仪在花影月来门口守着，观察烟娘行踪，他这榆木脑袋，便真就明明白白在门口守着了。

昨夜，他尾随小厮，将烟娘当玉的消息告知了沈梦沉。沈梦沉食指敲着案台，感慨烟娘作为花影月来的头牌，竟落魄到这地步，心生同情。尔后，他又嘟嘟囔囔说了好些杜如仪听不懂的话，他便也索性不听了，回了花影月来当门神，这一当，就又是一昼。

印程沁好言相劝了杜如仪许久，皆不奏效，也便摇着扇子随他去了，不过一时竟也忘了被锁在柴房里的公输启。

公输启在柴房里自生自灭地折腾了一日，后来实在饿得厉害，溜门撬锁了几个时辰无果后，他又把视线转移到了那几扇被封好的窗户上。

彼时花影月来正是热闹的时候，就算他在柴房里动静闹得大了点，也没几个人会在意。尤其是，当公输启隐隐约约听见风月楼里的姑娘一口一个“沈公子”的时候，他便明白，此刻他就算把这花影月来翻过来，都没人会管他了。

沈梦沉今日，自然还是来找烟娘的，且带了不少珍稀美玉。烟娘媚笑着迎了上去，正玩弄着美玉搔首弄姿，沈梦沉却道，“初见时的场景，烟娘可还记得？”

“沈公子替我摸骨，说我是姜人，烟娘不敢忘。”她细细瞧着美玉上精致的花纹，的确不似民间物。

“过几日，我便要离开，今日这些玩意儿，若烟娘喜欢便都收着，算是留个念想，不枉你我相识一场。就算是不喜欢，拿去当了，也能换不少漂亮首饰。”沈梦沉这话说得有情有义，可烟娘却忽然没了探看白玉的兴致。

“沈公子，今日，是来辞行的？”烟娘眸中头一回生了不可言说的悲痛。

“天下无不散之筵席，可我总要吃了烟娘一盏香茶，才舍得走。”

烟娘微微一愣，强颜欢笑，迎着沈梦沉入闺房。

“怎么了，看烟娘今日，似乎心不在焉。”沈梦沉笑笑，勾了勾烟娘青丝，自顾自洒了一把新茶入小火炉，“可是昨日在下唐突，惹得烟娘不悦？若是如此，我再赔个不是便是。”

烟娘缄默，始终不发一言，直到那温热的茶水烹好，将将要入唇时，烟娘却突然拦了下来，将茶盏打翻。温热的茶水洒了一地，烟气氤氲，暧昧而缠绵地纠缠在两人之间。

“沈公子说，要吃了烟娘一盏香茶，才舍得走？”她笑，笑得千种风情，万般妩媚，连呼吸都倾吐着妖娆之气。

若是平日，她素来是厌恶自己这般模样的，本来就生得和烟娘一般容貌，若是也习得她那邀宠献媚的本事，学得她那般待人接物，那她便真的分不清何为烟娘，何为自己了。

世上皆道花影月来的头牌烟娘，是世上难寻的妙人，尤是那几日清倌，几日艳妓的法子，真真是勾人心，可这其中的缘由，哪有世人想的那般简单。

而这其中奥妙，外人不解，她却是懂的。因为，她就是烟娘，是那清倌时的烟娘。

她打记事起，眼前所见到的人就是烟娘，那委实是个噩梦般的存在，不知道烟娘给她下了什么蛊，吃了什么药，让她生得和烟娘一般无二，又这样乖巧地听她的话，心甘情愿扮演了她那么多年。

烟娘有事要离开花影月来时，便由她以清倌挂牌，替烟娘与那些恩客周旋。若烟娘在花影月来，她便被锁在屋子里，不见阳光，不得自由。

这么多年了，她像个影子一样活着。卑微，低贱，痛苦。她不是没想过逃，她甚至这么做过。但次次都被烟娘捉了回来，而且每次捉回来，烟娘便会变着法子地折磨她，又强令她喝下那样多的药汁，而这药，也真是奇了，竟能使她忘掉许多事。

渐渐地，她也不敢逃了，因为她害怕，有一天连她自己，都会忘了自己是谁。但她不愿意一辈子这样屈辱地活下去。每每，当那些富贵闲人，风流公子，甚至是俊俏小哥，用痴迷的，贪恋的，愿意为之去死的目光看着她的时候，她心里总会升起一寸邪念。

他们口口声声喊着烟娘，可还不是拜倒在了她的石榴裙下。她和烟娘啊，明明生得一模一样，那凭什么烟娘是花影月来的花魁，坐拥万人艳羡与珠玉，可以恣意潇洒地活着。而她，却只能像个影子一样，痛苦地挣扎，卑微地祈求烟娘的怜悯？

凭什么？她凭什么！

她是烟娘一手调教出来的替代品，拥有着烟娘的美貌与媚术，甚至还熟悉她勾人的手段。这样的她，凭什么就不能拥有恣意快活的人生呢？那些愿意为了烟娘一掷千金，愿意为了烟娘生为了烟娘死的人，同样也会爱上这样的她啊。

但她不敢贸然行动，她必须蛰伏在深夜，等待最好的时机。她需要一个人，有权有势有才，且爱着的是她，她才有可能，一击制胜。

而沈梦沉，就是她等了多年的机会。她不可以错过，绝不能错过。

“沈某今夜，就是特意来吃烟娘这一盏香茶的。”沈梦沉轻笑，“却还被烟娘给打翻了，这可如何是好？”

“那烟娘，便赔沈公子，一盏艳茶。”染着蔻丹的十指抚上肩，挑去了那一层碍事的外衫，只留一件薄纱，若隐若现，“这艳茶，当使柔弱无骨且烟视媚行的女子，以唇摘之。”

她一面说，一面叼起几片新茶，投入小火炉。

“尔后，采茶女当着薄纱，取茶置于酥胸处，呈给心上人一品。”她一面解说，一面将茶盏小心翼翼置于胸前。

“小心，烫。”沈梦沉一甩折扇，将还未来得及置于酥胸上的茶盏接了过来，“烟娘肯如此用心为我上一盏茶，于沈某来说，已是欢喜。”

他微抿了一口，又道：“此等艳茶之术，在下也略知一二，成茶之工序繁复，烟娘不必为我如此讲究，且，这艳茶也需处女之身浸泡，这点太为难烟娘了。”

“若烟娘是处子，沈公子当如何？”她剪水秋瞳微微一眨，须臾间便跪坐在了沈梦沉膝上。

沈梦沉喉头一动，却出奇地坐怀不乱，“若我没记错，烟娘今日，也是清倌人。”

“若为沈公子，烟娘今日做一回艳妓又何妨呢？”她挑眉，欲娇又嗔，咬上了他的唇，“只盼，沈公子辞别后，尚能记得烟娘，可带烟娘，离开这风尘之地，烟娘做牛做马，亦会报答公子恩典。”

他一时失了神，轻唤了一声烟娘，却被她以唇封口。

“沈公子，唤我扶芸。”她诚恳而殷切地祈求。

“好，扶芸。”沈梦沉搂住她，步入一夜旖旎风光。这姑娘，原名是叫扶芸的，可如今的她，除了记得自己叫扶芸，来自姜国之外，什么也都不记得了，烟娘喂她服下的忘忧蛊，蚕食了她所有的记忆，令她浑浑噩噩，变成了行尸走肉一般的东西。

这时的扶芸何其天真，她以为，她将自己最纯洁最美好的一切献给了沈梦沉，沈梦沉便真的能将她救出这烟花之地，救出烟娘的魔爪？

扶芸在花影月来待了这么多年，眼力是长了不少。她选对了人，沈梦沉，是姜国摄政王，只要他愿意，救扶芸，太轻而易举。但扶芸，忘了这世上，有一样东西，唤作人性。

沈梦沉本就是为从烟娘口中探听消息而来，哪来的什么痴情与真心。更何况，再有权势的男人，也逃不过得到了便不珍惜的死局。

扶芸将自己给了他，她便也没了最后的筹码。姜国王宫，不缺待选的秀女。姜国民间，更是盛产美人的都城，何况沈梦沉……亦不是什么太将女人放在心上的角色。

所幸，这一夜，扶芸不是唯一痴傻的人。还有个痴人，正在瑟瑟寒冬的夜里，如门神一般，守在花影月来的门外。而他要蹲守的那位姑娘，此刻正和他家主子，翻覆云雨呢。

沈梦沉的贴身小厮暖了一壶酒，递给杜如仪。

杜如仪看了一眼，强压住欲望，“喝酒误事，好意本将心领。”

“痴人哟。”小厮自顾自灌了一口酒，道，“平日这个时辰，公子早该出来了，如今都过了子时，他还没出来，都这样了，杜将军还不明白发生什么了吗？”

杜如仪一皱眉，生了老茧的手立刻扶上了刀，“莫非，公子有危险，遇上了什么不测？”

“哎哟，我的呆子，你可省省吧。”小厮吞了一口酒，生生拦住杜如仪，“便是楚国那位巾帼女帝，都未必能让咱们公子受伤，更何况区区一个风尘姑娘。”

“公子他啊，这个时辰还未出来，多半是和烟娘她，好上了呗。”小厮又讽刺挖苦了杜如仪这榆木脑袋一番后，同情地将剩下的半坛酒交到了他手上。

杜如仪似懂非懂地捧着一坛子酒，暂且归去。而印程沁，看着这门神一般的人物终于离开了，也懒得追究缘由，可算是松了一口气，这才想起要去烟娘房中探探沈梦沉的虚实。

而她来的，也的确是时候。

那时月色正浓，星子清辉静悄悄地洒落在窗楼之上。

扶芸依偎在沈梦沉怀里，半娇半羞，与落红相映衬的，是她新嫁娘般的模样。

“你可真让本公子惊喜。”沈梦沉一笑，轻抚过扶芸青丝，“想不到，花影月来里艳名远扬的烟娘，竟是个处子。”可管你是不是处子，在沈梦沉眼里，不过是一道可利用的工具罢了。

扶芸咬唇不语，躲进沈梦沉怀里，羞红了脸。

而蛰伏在门外的印程沁，在那一瞬间，嗅到了极度危险的气息，“烟娘，尚是处子？这……怎么可能！”

印程沁不禁惊呼出口，又拼命地捂上了自己的嘴，“这么多年，烟娘与那些达官贵人的床笫之好，我明明瞧见了，有多少回！”

这一惊，印程沁吃得委实不小。

第二十一章 暴露身份

九月初三，秋至，露如珍珠，明月似弓。

深夜，大梁国瑟瑟的风，吹着有些寒。而在这月凉如水的夜里，许多埋藏在暗夜里的秘密，渐显端倪。

翌日清晨，扶芸起得很早，她还来不及梳洗绾发，便得匆匆忙送沈公子离开。小厮在花影月来门口伸长脖子候了多时，待沈梦沉出来，东方渐白，初阳微红。

“哟，公子，舍得出来了。”小厮嬉皮笑脸，对扶芸倒也比往日客气。

扶芸朝沈梦沉施了好几个辞别的礼，才依依不舍地将攥在掌心多时的秦哪（当归的别名）递给他。

沈梦沉安慰了扶芸几句，便扯着掩唇憋笑的小厮走了。

“公子不再与烟娘姑娘多唠上几句？”小厮满脸春光，一副等着看好戏的嘴脸。

“花影月来，已经没有可以利用的价值了。”沈梦沉抚扇一笑，忘情处果断决绝，“我们得换个法子，通知杜将军，将飞云盘在我们手上的消息，散播出去。”

“是，公子。”小厮自然是不懂那“飞云盘”是什么东西，亦不懂为何要散播，只本能地又多嘴了一句，“那烟娘姑娘，可要替公子收回王宫？”

“不过是个烟花女子，她身上虽有秘密，可对本王并没有什么利用价值，那这秘密，便也一文不值。”他漫不经心，一句话将扶芸所有情愫同希翼一道击碎。

话都说到这份儿上了，小厮自然也知趣地住了口，只是可怜了扶芸姑娘。她赠沈梦沉秦哪，无非是想让沈梦沉记得当“当归”，这女儿家细腻的心思，沈梦沉自然是懂的，只是懂与做，那是两码事。

那天，沈梦沉和小厮走得很急，绵延小路上空留两行足印，直至再望不见人影，扶芸也未归去。她在那里站了许久，清晨的薄雾敛着，衬托得她整个人都孤零零的，她那萎靡的模样，仿佛在一瞬间苍老了十岁，一刹那将这一生都走到了尽头。

公输启打着哈欠，隔着木窗看了一场离别大戏。尤其是他看到沈公子走了十里远，烟娘还驻足在花影月来牌匾下不肯归去，不禁感慨，“完了完了，这烟娘姑娘怕是动了真心了。”

“可问题是那沈公子一看就是个风月场所的老手，烟娘你对他动情，还不如对我动情。”

公输启自言自语，没留神秦瑛不知何时开了锁，站在了他身后。

“烟娘姑娘那是一夜千金，她若是对公输兄动了情，只怕公输兄不久后，日子将会比现在还要穷困潦倒。”秦瑛头头是道地分析着。

公输启看了他一眼，大喜过望，“不愧是真兄弟，总算有你还惦记着小爷，小爷我在这里都快憋死了。”

他一面说，一面饿狼般朝大门扑去。幸好秦瑛反应及时，将他生生给拦了下来。

“印妈妈嘱咐我，给你送点吃的，但这史册典籍，该看的，该背的，还是得看，还是得背。日后，还有行军作战，兵法王道的书……”

相处了这么多日子，本以为秦瑛是个办事麻溜、话少的老实人，待熟悉后，竟发现这人竟是个话唠。公输启捂着耳朵，大喊，“王寡妇，我算是知道你为何嫁不出去了，你这叨唠的毛病再不改，你你你！”

见公输启又拿男扮女装这事怼他，秦瑛脸一阵红一阵白，忍不住嚷嚷，“你当我愿意？”

“哦？”公输启将块石头在手中掂了两掂，“那是怎样？”

“还不是为了隐藏身份？梁国礼法，寡妇得为丈夫守孝三年，在此期间，谢绝外客，生人勿扰，自然清静。”

“哦……”公输启忽然跳起来，“那你还偶尔明目张胆地前往花影月来？都被一些乡亲们给看到了，”公输启又忍不住揶揄，“你果真是不守妇道。”

秦瑛涨红了脸分辩，“那都是极为危急的时候，又不便走暗道，才不得不明目张胆地前去！‘王寡妇’的尊容，去了花影月来也只能帮忙做杂活，做杂活的人那么多，谁会注意？扮了男装去寻姑娘，许多人都会这样做，容易……”秦瑛忽又铁青了脸，住口不说了。他“咚”的一声搁下吃食，将公输启狠狠指着，“我同你说这些做什么，有什么用？这么多年，你可有半分心思留在我西戎国上！你知道我们为了你，付出了怎样的……”

秦瑛垂下头，他说不下去了。他转身离开，将木门用力一摔，又似是发泄一般，给狠狠上了锁。

公输启有些无奈，这么多年吗？他可是最近，才知道那些掺杂了血泪的往事啊。

秦瑛抹了把脸，自顾自地离去了。他当然不会发现公输启身上有什么猫腻，就在前夜，公输启顺走沈梦沉身上银袋时，沈梦沉也没察觉。那如今，他故伎重施地寻个空隙，再顺走秦瑛身上的钥匙，秦瑛自然也察觉不了。

而这位被偷了钥匙尚不自知的秦瑛，此刻倒真乖巧地去寻印妈妈，完成公输启的关于“问好”的嘱托。不过眼下，印程沁并未有闲暇来搭理他。

因为扶芸，已经回来了，似是失魂落魄，又仿佛满怀祈盼。

“哟，这大清早的，烟娘你这是打哪儿回来啊？”印程沁甩着帕子迎上去，心中盘算着昨夜之事。

“印妈妈，烟娘这不是去送沈公子了嘛。”扶芸故作媚笑，却没有与印程沁过多纠缠的意思，从腰上取下白玉，递到印程沁手上，“印妈妈，这是沈公子昨夜打赏我的，按照花影月来的惯例，交由您保管。”

印程沁倒也没客气，落落大方收下了，拉着扶芸亲密地叨叨着，“这白玉成色甚好，与你前几日交于我的翡翠倒是登对。”

“印妈妈喜欢便好。”她浅笑，未曾否认。

印程沁于是也是笑，只是笑里充满了试探，“哎哟，烟娘，你瞧我这脑子，翡翠是小翠给我的，你给我的，是玛瑙来着。”

扶芸突然意识到十分不妙。

“这些日子恩客甚多，赏的物什甚多，莫说印妈妈，连我自己，都弄不清了。”

这解释倒也说得过去，印程沁便将计就计，“是啊，烟娘你不愧是我花影月来的头牌，初五那日，恩客也多，呈上来的金银珠宝，印妈妈一双手都捧不住哟。”

扶芸附和着笑，欠了欠身子，“承蒙印妈妈关照，烟娘才有得以安身立命之所，这些个金银珠宝，若印妈妈喜欢，烟娘日后一定多为印妈妈挣些。”

“今日烟娘着实是有些累了，若印妈妈没有其他事，可否容烟娘先去歇息，今夜好再为花影月来好好揽客。”

“去吧。”印程沁一挥手，容她去了——不会再有什么事了，以后也不会有了。若印程沁没记错，初五那日，烟娘一直纠缠着公输启，未曾接客，也未曾给她献上任何金银珠宝。

这烟娘与扶芸之间的把戏，她作为花影月来的老鸨，与两人接触最深之人，本应第一个察觉。奈何印程沁一心一意记挂着复国之事，未曾上心过，不过是一个小小的花魁，但竟无意中留下了这么大个隐患。

而这件事，扶芸是在回房之后，才意识到不妙的。

前几日，她曾在花影月来替代过烟娘一阵子，尔后烟娘归来，还勾了公输启回房。如此说来，烟娘那日，并没有什么机会向印程沁进献金银珠宝。

更何况——印程沁往日对这种事素来是不过问的，莫非……

那扶芸愈想愈瘆得慌，她将屋门开了半扇，敛目瞧着印程沁那边的动向，巧不巧就看见秦瑛闪身进去，腰间长刀倏忽现出了一抹亮光。那阴恻恻的刀光，她瞧了去，不禁整个人都惊得贴在雕花木门上。这秦瑛虽是生得极周正，剑眉星目，却让扶芸没来由地觉着危险和不祥，好似他腰间那明晃晃的刀，就是用来对付她的一样。

扶芸惊魂未定回过头来，瞧见窗前白鸢扑腾着翅膀，尚未离去，便匆匆忙铺了宣纸，写下几个关键字——归藏玄玉，印妈妈，身份有疑。

扶芸觉得，沈公子口中的归藏玄玉，闻所未闻，玄之又玄。而烟娘背后的势力，对扶芸而言，亦是如此。但她的直觉告诉她，这两者是有干系的。

而印程沁若真的发现了她与烟娘之间的秘密，并揭穿了出来。烟娘会怎样，她不知道。但她知道，烟娘断不会放过自己，为今之计，只有赌上这一把了。

烟娘收到白鸢传信不过半日，便匆匆忙赶了回来。

她将自己的气息隐藏到最深，一身灼灼红衣踏窗而入，愣是没引人注意。烟娘见到扶芸第一眼，还未张口，一个火辣辣的巴掌便扇了上去。

气力极大，“啪”的一声，将扶芸扇翻在地，她艰难地支起身子，嘴角一抹红艳艳的血，倏忽流下。

“没用的货色，连个身份都瞒不住，说，怎么泄露的？”烟娘蹲下身，殷红的五指狠狠捏住扶芸下颚。

扶芸瞥了一眼烟娘艳红艳红的十指，心惊胆战。她记得很早以前烟娘便说过，她们都喜欢将十指染成蔻丹色。可不同的是，扶芸用的是红花汁，而烟娘用的，是血。

如今，她便是一朵，在鲜血中挣扎，且要怒放的花朵。她要忍，忍到沈公子来救她，带她离开的那一天。她心中有了祈盼，有了夙愿，她不会再做烟娘的影子，只待时机成熟，她便要潇洒自在地做自己。

脸颊上生疼生疼，扶芸不敢去揉，只怯怯地望着烟娘，谎话说得滴水不漏，“前些日子，有个恩客，提起归藏玄玉，他说此物甚妙，但需机关师鲁渊打造的飞云盘方可探，我不知这是不是烟娘您需要的消息，也不敢擅自惊动您，便暗自着手调查。”

“谁知，却意外撞见印妈妈……”她蹙着眉，泫然欲泣，编造了一场她为助烟娘而泄露了身份的大戏。

“呵，你何时这样尽心尽力助我了？”烟娘狐疑地看了她一眼，并不信任，“该不是，又玩什么花样，想逃吧？”

“我只有助你，才能更好地活着。”她眨了眨眼，义正辞严。

“罢了，信你一次，即便是想逃，你也逃不了。”烟娘挑眉轻蔑，松开了禁锢扶芸的五指，“若真如你所说，那这印程沁，便不能留了，只是……”

只是这公输启与印程沁，似乎渊源颇深。而公输启，是主人要的人。既如此，这件事还是选个公输启不在的日子，暗中进行的好。

烟娘眉头一皱，却是计上心来，她当即招了墨色木鸢，写了封千里加急的信，送至苗半金手上。信中提及这玄玉之事已有眉目，但花影月来印程沁身份可疑，恐有阻挡，待排除阻碍后，便立即行动。

而苗半金的答复，亦是简单——速杀速决。只四个字，便决定了一个人的生死。

而那日，苗半金不仅给烟娘传了信，还将墨鸢系了信予苗九瑶，让苗九瑶将公输启从花影月来骗出来，且拖住他。

苗九瑶望着信，有些迟疑。不知为何，自那晚与公输启月下对饮后，苗九瑶心中便有了他的影子。甚至，在月下对饮之前，在公输启第一次救她的时候，甚至是她初见公输启的时候起，心底的天平，便有失公允了。

她原本想辞了这桩事，可义父的养育之恩，教导之恩，她亦不敢忘。加之这信中只说要拖住公输启，并未打算加害，她还没有到两难的境地。

这样思索着，苗九瑶像吃了一颗定心丸，终于决定接下这个任务。

说来也巧，苗九瑶才到花影月来，公输启便用从秦瑛那儿偷来的钥匙，打开了门，扮成端茶送水的小厮，溜了出来。

这一出门，正好同将要进入花影月来的苗九瑶撞了个正着。

此间公输启心心念念的，买了马，南下入楚，一来是为了要调查师父的死是不是同楚国有关，毕竟那些腰牌全都是楚国的，二来也是为了寻找自己心心念念的姑娘，苗九瑶。

而这次，不等他去楚国打探那姑娘的消息，这么一开门的功夫，她竟已出现在眼前，多么令人振奋的事——踏破铁鞋无觅处，得来全不费工夫。

公输启揉了揉额头，下意识喊了一声，“客官，您里面请嘞……”

这戏要做足，可公输启这个语气助词还没吐完，就被苗九瑶“扑哧”而来的笑声给打断了。

“你怎的，扮成这个样子？又闯祸了？”苗九瑶一脸看戏的表情。

“怎么是你？”公输启先是一愣，旋即道，“唉唉唉，我说你一个姑娘家家，干吗总来逛青楼？你家里人知道吗？信不信小爷我戳穿你女扮男装的身份……哎，等会儿，让我捋捋，你今天怎么没有女扮男装了？该不会是想卖身到花影月来吧？”

公输启这个想象力，可以说是非常丰富了。苗九瑶拍了拍他的肩，笑得春风满面，“我义父知道我来逛青楼，还怕我银钱不够，特意又寄来一些。”

她掂量了掂量手中钱袋，顺手丢到公输启手中，道，“义父素来宠我，他说了，若我看上了哪个小倌，带回去便是，他老人家，绝无异议。”苗九瑶笑容愈发灿烂，“银子，你已经收了，那就乖乖随我走，陪我醉上一醉。”

公输启听了这话，眼睛一瞪，“真的？义父他绝无异议？”说罢，脑袋顺势往苗九瑶肩头一斜，“既如此，姑娘且看，我这个小倌怎样？”

苗九瑶的手“啪嗒”往他头上一打，倒也不甚疼。公输启拿着那银袋，觉着甚沉，约莫能有百来两。有钱赚的生意他自然喜欢，毕竟他到现在惦记着驿站那四蹄生风的骏马呢。

只是，旁的人也就罢了，怎么偏偏是苗九瑶……

正所谓，无事献殷勤，非奸即盗。正所谓，色字头上一把刀。正所谓……公输启在心中所谓了半天，最后还是乖乖被苗九瑶拽着衣袍，屁颠屁颠地跟着走了。

毕竟，让一个男人拒绝女人，本就不是件容易的事。更何况，那个女人，还是他心尖尖上的人。

那时的公输启并不知道，他这一走，便让他和人生中最重要的某个时刻，失之交臂。那是他人生中最快乐的一天，亦是他这一生，最后悔的一日。

公输启离开花影月来不过半炷香，烟娘便已将蛊虫藏入蔻丹的十指，风情万种地去寻印程沁了。

印程沁见是烟娘，先按兵不动，未提及烟娘身份之事，倒是烟娘先开了口。

“印妈妈，我们这花影月来做的是晚上的生意，我这睡得晚了，白日起来总是糊涂。今晨与印妈妈提及珠玉之事，回去补了一觉，醒时一琢磨，你说的那日我的确有许多珠玉想要进献给印妈妈，结果公输爷寻我有事，一时便也忘了，这下想起来，赶紧补过来。”烟娘媚笑着，将金银美玉，一把把交到印程沁手上。

那当真是一双手捧不过来的珍宝。而烟娘每交一次，与印程沁十指相触的刹那，藏在蔻丹十指里的蛊虫，便落在印程沁身上一次。

待十指蛊虫尽数在印程沁身上落了家，烟娘便也打着羽扇，笑着归了房。

其实杀人，倒也用不着这样残毒的法子，明晃晃的一刀了事便好，何苦放毒折腾人呢？可烟娘明显不是这样的主儿，她从来就恣意，本就是个无所顾忌的美艳杀手，为了那苗半金，在印程沁手下装孙子装了这么久，怎的都是有不爽的，如今既要杀，那么，又怎会让你这么容易地死去？

出门那时，烟娘回眸看了一眼若无其事的印程沁，弯起的嘴角蓦地漾出一抹极其残忍的笑意。

而那印程沁则是毫无发觉的，摊了宣纸，提笔泼墨，俨然要绘上一幅盛世河山。西戎，印程沁心心念念了一生的——西戎。

第二十二章 蛊杀

酒，至半酣未酣，半醉未醉时，最畅快。

昔日里，公输启饮过许多酒——陈年的美酿，掺水的街酒，青楼美人醉，还有那新嫁娘的女儿红。那些酒，或浓或淡，或炽烈或醇厚，可是，千千万加在一起，竟比不上同苗九瑶对饮的那一樽来得酣畅淋漓。

月色的清辉流水一般，淌进酒里，淌进灼热的血液里。

公输启喝得似醉非醉，摇着酒壶，壮着胆子，问起了苗九瑶他们第一次共醉那夜之事。虽然那夜，公输启确实什么也没干，清白无辜得很，但姑娘家生气生成了那个样子，以至于一句话都不留地离去，他本以为苗九瑶这辈子都不会再理他了。

却不曾想，才一日的光景，苗九瑶竟主动来寻他对饮。

当真女人心，海底针。

公输启默默地感慨着，未曾留心苗九瑶唇边一闪而过的笑意。此时她正是半醉不醉的时候，月光如薄纱，披她周身，美得不似人间姑娘。

她晃了晃樽里的酒，似笑非笑，“虽然那夜的事，我后来醉得太厉害，记得并不十分清明。所以醒来时，看见自己依偎在你怀里，觉得又气又恼。”

“后来我晕晕乎乎过了一日，酒彻底醒来，才觉得，你应当没本事，也没胆量对我做什么，应是我多心了。所以，才请你来喝这碗酒，讨个不是赔给你。”苗九瑶笑得有些久，一时让公输启捉摸不透，她这是酒后吐真言，还是酒后胡言?

“我记得你说过，你是喜欢漂亮姑娘喝酒的。”苗九瑶浅笑，露出动人梨涡，“这句话，是你说的吧。”

“对，是小爷我说的。”

“那这，是你喜欢的酒吧。”苗九瑶指了指杯中物。

“对，这是小爷最喜欢的酒。”

“那我，是漂亮姑娘吧。”

“对。”公输启刚吐出一个字，惊觉自己被诓骗了，一时哑然，隔了好久，才有些结结巴巴道，“对，你是漂亮姑娘，是小爷见过的，最漂亮的姑娘。”

他唠唠叨叨“漂亮”这两个字好几个来回，混迹于风月场所的公输启，竟然也有找不到词勾搭姑娘的时候，委实难得。怨不得世人说，心上人，最是软肋。

“就算你和那不安好心的烟娘是一路货色，似乎，大概，也许，八成对我有所图谋，但小爷我还是觉得，你漂亮。”公输启斟酌了半天用词，也没说出一句好话。

“也不算是有所图谋。”苗九瑶将樽里酒一饮而尽，倒是将那所有的事，都和盘托出了，“烟娘不知是想做什么，但我这里的确只是义父有事，我告诉过你，我义父是楚国国师苗半金，我估摸着他令我寻你，也就是打造机关武器，为他效力的事，你又是鲁渊弟子，这天下，非你不可做，我这才想请你去楚国一趟。但是你这人，说话半真半假，我也不知该不该信，琢磨了许久，还是把你敲晕绑过去，最合适。”

“其实，你可以直接和小爷说的。”公输启笑笑，“就算九瑶你不愿意陪我去看楚国月，姜国玉，小爷还是要去的，路过楚国的时候，去见见你义父，不碍事的。”

他斟酌了一番措辞，稍稍给自己留了点情面。

“若此事告一段落，或许，我也不是不能……”苗九瑶轻声细语，却终究什么也没说出声。

那夜月色清明，倒是个曼妙的夜晚。可对印程沁来说，那夜的月光却太过惨白，凄楚。

她也不知怎的，接了烟娘不少金银珠宝后，便觉得头晕脑涨的，有些乏，去睡了一个时辰，醒时便觉得头痛欲裂，思绪都有些不甚清明了，可一探脉象却无任何问题。

清茶，金银，珠玉，皆以银针做探，一切正常。

她几乎以为自己染了恶疾，正要让秦瑛去寻个名医过来瞧瞧，却突然在她经脉处，撕咬出一只赤红色的虫子。

嗜血，食肉，凶残至极，那是楚国特有的蛊。印程沁痛呼一声，不觉脊背都发凉了起来。这蛊，印程沁见过，印程沁认识！印程沁想，她约莫是知道了，想杀她的人是谁，不，她想，她该是知道了一切，包括归藏玄玉的阴谋，包括李长歌、苗半金、沈梦沉，甚至还有……还有鲁渊。

印程沁想要运功逼出蛊虫，却为时已晚。就在印程沁入眠的那一个时辰里，蛊虫已深入心脉……也约莫是在这一刻，印程沁知晓，她已无药可救。

她一哆嗦，堪堪握住一支狼毫，她想要写出些什么，想将脑海中闪过的一切真相都白纸黑字的向世人宣告。可蛊虫撕咬心脉，连研墨都如同踏过刀身火海。每用一分力，经脉连接处便痛一分。

豆大的汗珠从额间落下，她手一抖，刚写好的只言片语，便这样飘了出去，颤颤巍巍地落在地上，就好像这世上一个飘摇不定的灵魂。

而伴随着这张宣纸落下破碎的，还有整整一桌子的笔墨纸砚。

而此时，印程沁已经无心去捡那张纸，更没有心思再检查是否遗漏了哪些重要的信息。她颤抖着从头上拔下一根发簪，发簪尾部泛着凛冽的寒光，竟是一把小刀。印程沁的眼睛一直盯着自己的手臂，盯着洁白皮肤上那一闪而过的黑影，再急急忙忙地撩起袖子却只来得及扫见那抹黑影滑进自己胸口。

秦瑛听见动静，敲了半天门，也不见印程沁搭理。他忧心印程沁出了什么意外，慌张中破门而入。

彼时，印程沁正闭着眼睛，哆嗦着喘息，身体时不时痉挛，觳觫的双手拉开胸前的衣裳，胸口急剧地起伏着。印程沁睁开眼，第一滴泪就像是终于按捺不住的先锋，夺眶而出。身后的千军万马接到指令，也争先恐后地涌了出来，一时间印程沁泪如雨下。

“郡主，您！”秦瑛一跪，扶起面色苍白的印程沁，秦瑛手忙脚乱，“郡主，您，您是怎么了？”

她见是秦瑛，痛极的脸上竟涌出一丝笑意。“秦瑛啊。”她艰难地颤抖着嘴唇，吐出一句话，“让……让公输启，过来，我有话，有重要的话要同他……鲁渊他，鲁渊他是……”

“郡主，别说话，我带你去看大夫。”他音落，便要将她扛起，却被印程沁死死攥住衣角。

“来，来不及了。叫公输启过来！要快！”她一把将他推开，仿佛用尽了一生中最后的力气。

那秦瑛看着此间形势，再不敢犹豫，转身便朝锁着公输启的柴房跑去，可也正是那时，他才悲凉地发现，腰上的钥匙不见了。他发了狠，一脚踹开那小木门，望着空荡荡的屋子，内心深处蓦地涌上一阵悲愤——就是死，他今夜，也要将公输启绑到印妈妈面前。

印程沁知道自己活不了多久了，那个人的蛊，最残毒的蛊，世间无药可救。印程沁望着香炉里，冉冉升起的青烟，只觉着，也许她会比眼前这盘精致的熏香更早燃尽。不甘心啊，不甘心啊，她还没有看见西戎重振往日威严，她还没有看见公输启华服加身，回到他本该坐上的那个位子，她还没有看见公输启统领狼军所向披靡，收复故土，她甚至，还没有看见公输启拿出一个皇子该有的样子。

是了，公输启——那孩子还不成熟，没有人管教，他王权谋略都没学好，自己这一走，还有谁能逼着他去学呢？他不学，往后这西戎故土又由谁来统治呢？秦瑛吗？秦瑛倒是个好孩子，只是太过死板，未必愿意担此大任。

更何况，更何况——公输启，到底流着西戎皇室的血。他是西戎留在世间，最后的希望。

花影月来，对了……还有花影月来！

印程沁因痛苦而迷蒙的双眼突然闪现过一丝清明，她重新攥紧了手中的簪子，再定睛去看自己的身体——胸腹处黑影攒动，宛如乌云盖顶。

发簪的尾部划过一道锐利的光，随即没入了肉体。暗夜中，花影月来外，有一袭赤红色的魅影，在看够了印程沁痛苦的模样后，勾唇浅笑，趁着夜深，悄悄离开。可她却不知道，夜的更深处，一个守株待兔多日的男子，尾随其后，一同消失在了夜的尽头。

而那人，便是沈梦沉去而复返的心腹，杜如仪。

第二十三章 子欲养而亲不待

却说，在那千钧一发的时刻，西戎国的王子公输启却正在某个小酒馆里拉着苗九瑶，喝得那叫一个大醉酩酊。

“叮——”一个酒杯落在地上，公输启一声惊呼，眼疾手快地一捞，将那酒杯稳稳地接在了手心。苗九瑶单手撑着脸颊，向来清冷的眸子里带着一丝笑意，她有些醉了，因此身形显得有点懒散。

反正这也不是什么严峻的任务——不过是拖住公输启罢了，又有什么在意的？烟娘不是说过吗？一个女人，若想拖住一个男人，是再容易不过的事了。

她纤纤玉手一翻，另一个酒樽里已经满上。

“怎的这么不小心？”她声音里的笑意，仿佛一杯掺了蜜糖的白水，看着清清冷冷，平淡无奇，可一口入喉，那香甜却是直通心底。

公输启觉得自己好像也有点醉了，不然他看苗九瑶怎么都会觉得她身上蒙了一层微光。

苗九瑶拿起酒杯一仰头，将杯中酒尽数饮下，落杯时有一滴酒顺着嘴角滑下，苗九瑶抬手，拿手背擦了擦，公输启目不转睛地看着她，喉结不自觉地上下滑动了一下。

那美貌的女子也在看着他，她弯着眼睛，慵懒的眸子里摇曳着烛火，就像是一轮破晓的太阳，公输启不觉有些痴了。

“发什么呆呢？”

黄鹂啼春般的声音让公输启稍稍清醒了一点，又或许是醉得更深了一点，公输启低头笑笑，给自己也满上一杯，正想说什么，忽觉胸口没来由地一痛，不禁呼出声来。

“怎么了？”苗九瑶依然是那副懒懒的样子，公输启脸上一闪而过的诧异却没逃过她的眼睛。

“没什么，只是忽然觉得好像有人在叫我，好似是印妈妈。”公输启摇了摇头，只觉有一刹的恍神，亦没曾细想，只觉良辰美景不可负，他咕哝了句，径自端起樽中酒，一饮而尽。

当时的公输启并不知道，这一个错过，会让他错失生命中最重要的东西，那约莫，是他这一生中最为遗憾的事了。

公输启和苗九瑶只顾着笑，却不曾想此时的秦瑛却是疯了一般，将那锦凉城的风月地寻了个遍。醉月楼、怡红院、迎春阁……烛影摇曳，小帕轻招的风月地，还有哪些？哪些？还有哪一个遗漏掉了？秦瑛一个个查了去，他推开那些女人，又捉起压在她们身上的男人，挨个揪着衣领看一眼，见不是，又给狠狠一脚踹了开去，然而他揪起了成百上千个，却都没有发现公输启的影儿。

郡主她，没救了。秦瑛看见那从印程沁体内游出第一只蛊虫时，便知晓她没救了，那是彼岸蛊，出自楚国的，最为残毒的，当世无解的蛊。而这蛊，分明已绝迹二十年了啊，秦瑛他从来都是打古书上见过的，却不知为何这蛊突兀出现，最后竟至用到了印程沁的身上。

秦瑛血红着眼，他近乎绝望地摇头，此时此刻此地，那公输启是混帐也好，不愿复国也好，恁是怎样，他真的，都不想在哪个女人床上看到他。

花影月来里的印程沁，满面血污，此刻的她已说不出一句话，饶是挣扎着，铺纸研墨。颤抖的手提起笔，歪歪扭扭的一笔一画，她写：鲁渊、梁王、楚国祭司司徒云铎……她写：归藏玄玉为诈！李长歌……她写西戎，写狼卫，写大漠以北的以北，写西戎还有族人，写西戎名将梅沁，写……

可这落笔的每一画，都像是抽空了她体内的所有力气。太多了，她体内的蛊虫太多了，她用金簪挑出一只，却还有一只，它们迅速地繁衍着，在她皮肤下的每一寸纵横交错，疯狂地蚕食着，用不了多久她就会被吞噬成一具没有骨肉的躯壳。她的时间所剩无几，她还想见公输启最后一面，她想要告诉他的，那些在脑中赫然清醒的真相，但她还没来得及写完！

鲜血模糊的世界里有一个熟悉的身影，好似是西戎王，好似是琼觞姐姐，好似是金枪铁甲的赫赫兵士，好似是十九年前的一切一切……万千过往，此刻都在她脑海中一幕一幕地闪过，但却没有一幕是他公输启！

突然，印程沁整个人像散了架般地倒落，没有生命的躯壳覆在眼前的墨迹上，渗出的血慢慢将那些写好了的墨迹融化，最后只剩下了断续几字：鲁渊……鲁渊。

她死前拼尽全力想要留下的讯息，血色染就下，终于是徒劳。

长风乍起，凛冽到似乎是穿过了行人的身子，而在那不知名的小酒馆里，公输启兀自摇晃着酒杯，眼睛却跟着苗九瑶的身影不安分地乱瞟，整个人在酒的作用下，一颗心好似要烧起来了。

那姑娘，她是在笑吗？美人儿笑起来都和别人不一样，嘴角只是微微得挑起，可那双眼睛却是晶亮摄人，眼波流转，公输启只觉哪怕是让他溺死在那双眸子里也值得了。二人的呼吸纠缠在一起，也萦绕上了一股幽兰的淡香，就宛如眼前这个女子，含薰待清风。

醉了，真是有点醉了，酒不醉人人自醉。

苗九瑶身子俯得很低，长发垂下来坠在两人之间，公输启也看着她笑，伸出手将那一缕碎发为她绾在耳后。

苗九瑶觉着，虽是奉命来拖住这少年郎，而她不知不觉地便忘记了这个使命，不自觉地想要和他待久些，再待久些……

公输启抹了一把脸，眼眸里被晃动的烛火映照出晦暗不明的光。

而此时，秦瑛一个人孤零零地站在花街口，一时不知该往哪儿去，他走投无路，他寻不到公输启。

待秦瑛将那锦凉城几乎翻了个遍时，方在那个犄角旮旯处遇见了被苗九瑶搀扶着的，醉到歪歪扭扭的公输启。

那一瞬，秦瑛只觉全身的血液都涌向了大脑，世界一时安静了。

“公！输！启——！”那声音不像是从喉咙里发出，带着溶解在血液里而蜿蜒至全身的悲痛和压抑在每一根筋骨下的愤怒，甚至不像是人发出的，他像只失去理智的兽。秦瑛血红着眼扑上去，一拳就将公输启打得扑倒在地上，酒意阑珊下的公输启没站住，直打了好几个滚儿。

“你做什么！”苗九瑶上前一步怒喝，却被秦瑛伸手指着，冷冷一句，“你给我滚。”

到底是个女子，被这么一吼，眼神扑闪，整个人都似被吓住了。

公输启爬起来，用手背擦了血水，再吐出一颗牙，这一下重击，让他的酒醒了大半，抬眼看是秦瑛，心想着秦瑛你要是再打老子一下老子就跟你翻脸。

秦瑛揪住公输启的衣领，一旁的苗九瑶拉也拉不住，被狠狠甩了个趔趄。

“秦瑛，秦瑛你发什么疯？”见苗九瑶被甩出，公输启自然是极不乐意了。因半边脸肿得老高，公输启说话有点含糊，秦瑛一把把他掼到墙上压着，他血红着眼，“印妈妈快死了你知不知道？”秦瑛提着公输启的衣领将他往壁上就那么狠狠地一砸。

“咚”的一声，公输启的脑袋狠狠砸到坚硬的洞壁上，登时天旋地转。

“你……你不要乱说！”

而秦瑛只是冷冷看着他。

“你不要乱说！”公输启飞起一拳砸在了秦瑛脸上。秦瑛被打得一个趔趄，低头嗤笑了一声，那表情委实凉薄。

公输启狠狠指了指秦瑛，拔腿就沿着空旷的街道疯了般跑去，脚步越来越快，越来越快，酒气上头，一个踉跄险险摔倒，他愣是跌跌撞撞挣扎着向前而去。

印妈妈，她怎么会死，她怎么可以死！定是秦瑛那厮在瞎说！

待到了花影月来，公输启一脚踹开印程沁的屋门，却被突如其来的血腥气熏得头晕脑涨，印妈妈，公输启发疯地在寻着印妈妈，而那伏在案前的，该不是印妈妈吧，那东西，甚至，不能被称作是个人吧，只是一个——被蛊虫撕咬的千疮百孔的、不成形状的、浸泡在血泊中的肉块吧。

公输启伸出手，一步步向前走去，身边秦瑛和苗九瑶的呼喊似已听不清，他只看见他们的嘴唇一开一合着，公输启就颓然坐在了地上，任凭苗九瑶怎么拉都拉不起来。

地上有一只蛊虫，通红着身子，懒洋洋地蠕动着，又被苗九瑶上前一脚踩爆。公输启瞥到那血肉下压着的纸张，那里模糊不清地写着，鲁渊……鲁渊。

公输启看到那两个字时，眼泪"唰"地淋漓而下，他侧过头去，不忍再看。公输启踉跄着起身，背对着印程沁的尸身，转身而去。

恰同苗九瑶擦肩。

公输启低头一笑，"这事儿，跟你没关系吧？"

说这话的时候，公输启并未望向苗九瑶一眼。

苗九瑶望着印程沁的尸身，一时失语，此番光景，她委实不知道要说什么好，她起先是什么都不知道的，可当她看到那些彼岸蛊时，就忽然全明白了。这是楚国的蛊，烟娘会用的蛊，二十五年前，由楚国祭司司徒云铎所培育，进献给楚君李长歌的彼岸蛊！她想她终于明白了，义父苗半金嘱咐自己拖住公输启是个什么意思，苗九瑶觉着，自己突然就看不清苗半金了，她不知道他想去哪里，想做成何事。

尚未等到苗九瑶答话，公输启突然侧眸，布满红血丝的眼睛狠狠瞪着她，似圈着一只几欲出笼的兽。惊得苗九瑶一个哆嗦。

公输启瞧见印程沁的一双眼，晶莹剔透的，曾美丽的眼皮已被蚕食殆尽了，却依然死死地圆睁着。而她在等的人，始终没有来，否则，她是可以安息的，她本该可以合眸安息的。公输启的眼睛，好似是挨了谁狠狠一拳，疼得无奈闭上。

公输启失神落魄地走到床边，口中喃喃着印程沁的名字，缓缓跪下，他覆上印程沁枯柴一般的手，手心传来冰冷而僵硬的触感。那只手还死死地紧握着，维持着生前的样子。

公输启不会知道这双手的主人生前到底经历了什么样的痛苦，也不会知道她承受了怎样的绝望，他只知道——她在等他回来。

一直到熏香燃尽落下最后一撮烟灰，她都在等他回来。

可是他没有来！

他辜负了她，从生至死。

秦瑛一把推开公输启，公输启便脚步不稳地跌坐在了地上。秦瑛踉跄几步，声嘶力竭冲着他，“你算是个什么东西？你有什么资格，有什么脸面收敛郡主的尸身？除了你的那些机关小玩意儿，这么多年，你还做过什么？对狼卫，对复国军，对西戎？你凭什么？”

此时的公输启耷拉着脑袋，不说一句话。

他这窝囊样儿，秦瑛瞅了委实气不过，一脚就踹在了他的胸口，踹的他侧身吐出一口血来，身侧的苗九瑶登时尖叫一声，将公输启扶住，“你不要打他！”

公输启一把拨开苗九瑶，抬头直视秦瑛，不远处的烛火映照在他双眸里，似一团熊熊的火苗，恣意燃烧，他突然厉声，“就凭我是西戎王慕容珏的儿子，印程沁的唯一的亲人，”他咬牙切齿，牙关里一字一句迸出了，“就凭我是你的少君！”

秦瑛呆呆一愣，尔后苍凉笑了去。他推开门，踩着一地荒凉月色，身形渐行渐远，消失在了花影月来的竹林掩映里。

却终归是有些颓然了。

第二十四章 泄露军机

话分两头说。

这花影月来内，印程沁正与公输启生离死别，而那花影月来外，杜如仪将军，正和那花魁烟娘，生死相搏。

也不知怎的，自烟娘离开花影月来后，便一直疑心身后有人跟着。于是乎，她将人引到那开阔荒原，忽而站定，一袭红衣楚楚，映衬着明月清辉，绰约极了。

“既然都跟了一路了，英雄何不出来相见？”烟娘黛眉一敛，敌在暗，她在明，实在太过危险了。

“姑娘好本事，在下追踪人，少说也有千次了，被人撞破，今遭还是第一回。”见被发觉，杜如仪也不再躲躲藏藏，坦坦荡荡地走了出来。

“英雄过谦了，不过是小女子天生对男子敏感，若英雄是个女子，我倒未必发现得了。”她笑，媚眸精光流转，“说吧，英雄你是劫色，还是劫财？”

杜如仪一愣，未料想她竟把自己当成那种贼人，他竟不知，他何时生了如此让人误会的面相?

“劫色劫财，皆非君子所为，在下不过是看姑娘独自夜行，颇有奇怪罢了。”说来也巧，杜如仪本接了沈梦沉的指令，不必再监视烟娘。可就在他领下命令，正要离开之刹，却恰好见一袭赤衣翩翩，从花影月来中飞速逃了出来。

听闻，这花影月来中，唯有花魁，可袭红衣楚楚。

“英雄这话倒是有意思，难道深夜偷偷摸摸跟着人家姑娘，便是君子所为了？”

杜如仪被她这一句话，怼得脸一阵红，一阵白。

“那在下，便先向姑娘赔个不是。”杜如仪略略一拱手，又道，“请问，姑娘可是这花影月来的头牌，烟娘？”

他问得倒坦荡，可烟娘明显不是那么磊落的人。

“不是。”她微一抿唇，谎话信手拈来，“小女子因生得与烟娘有几分相似，受尽烟娘排挤，实在不堪其辱，这才逃了出来。”

“可是——我听闻，这花影月来中，只有花魁方袭红衣。”杜如仪将心中疑惑点出，烟娘暗道不妙，掌心藏蛊，“嗖”地一声飞了过去。杜如仪侧身避开，银剑出鞘，“既然姑娘不愿说实话，在下只能得罪了。”

他挽出一个不怎么漂亮，却异常实用的剑花。烟娘红衣翻飞，点足而退三尺，堪堪避过其锋芒，却也被那剑气所伤。

此人武艺甚高，不知来路，若是往日倒能拼上一拼，可今日她方才给印程沁下过蛊。算算时辰，此刻正是蛊虫反噬蛊主的时间，她怕是没那个功力，再与这位英雄缠斗。

“按将军的说法，我一离开花影月来，将军便尾随着我。那时，我的面容，将军多半是看不清的，何以只凭我一个背影便笃定我是烟娘？”她点足，红绫自袖间翻飞而出，缠住杜如仪的长剑。

他正要挣扎，不料烟娘自腰上抽下一鞭，“嗖”地朝杜如仪挥去。不好，杜如仪腾空而起，将缠住自己的红绫朝上一带，堪堪挡下烟娘此鞭。烟娘这鞭下了七分力道，一个未留神，没伤到杜如仪也就罢了，还反将自己的红绫击碎。点点碎绫，伴着飘雪，自空中散落，一时竟教人分不出那艳红色，是取人性命的染血红绫，还是春风催绽的桃花朵朵。

杜如仪占了上风，这才想起说话，“在下，并未见过烟娘。”他出手极快。音方落，那杀气便落在了烟娘颈上。杜如仪原只是想逼烟娘说实话而已，可不知怎的，长剑甫一落在烟娘肩上，她一口血，便吐了出来。

蛊虫反噬，烟娘朱唇霎时无色，目光涣散，一个踉跄，忽地跪倒在地。幸而杜如仪及时收了剑，才没让剑气再次伤了她，给她的伤势雪上加霜。本着君子风度，杜如仪及时扶住了她。他有君子之礼，可烟娘的心中，却只有算计。她心机之深沉，哪怕是死，她也得算计一番。

烟娘倚在杜如仪怀里，面色惨白，可血色蔻丹点染的十指却不安分，勾过杜如仪脖颈，在肌肤相亲的刹那，将藏在指甲里的蛊虫给送了进去。

凭她现在的血气本事，再下不了杀人的蛊，可控制人心神，却是绰绰有余。方才缠斗中，杜如仪武艺甚高，她无法近身下蛊，如今他自己送上门，这样的机会，她又岂会放过？

“英雄倒是好眼力，英雄又是否知道，花魁外的女子，深夜皆不得擅自离开，若小女子不着红衣，又如何出逃？连英雄这般能人，都能将小女子错认为烟娘，那即便守门的小厮察觉了，多半也会这样认为，我从此，便可得自由。”烟娘泫然欲泣，楚楚可怜地望着杜如仪，“英雄，救我。小女子下半生，当牛做马，亦会偿还英雄大恩。”

这一次，约莫是烟娘这辈子，泫然欲泣最真的一回。连下两蛊，这反噬，折腾得她生不如死。而她这番说辞，既可信，又不可信。可杜如仪，终究还是选择了相信，毕竟他本就是个榆木脑袋，再加之又中了烟娘的蛊，也就没有不信的道理了。

烟娘醒来的时候，人已在杜如仪的将军府上。

她也不记得自己昏睡了多久，但从一睁眼便到了姜国境内这事来看，她约莫睡了有好几日。

闻说她醒来，杜如仪带了好些珍贵药材来探望。烟娘哭哭啼啼扑进杜如仪怀里，说着些大恩难报的话。

杜如仪象征性地安慰了她几句，未曾留心她眸底的算计。这起居室内尽是姜国特有风物，玄关上置一玉，成色极好，非权贵所不能有。

“原来英雄，竟是姜国杜将军。”姜国，姓杜的将军，只有一位，而且还是最受姜国摄政王恩宠的一位，堪称他的心腹，他的左膀右臂。

“姑娘既已知道在下身份，不如也将你的身份坦言相告。”他略略一拱手，道，“烟娘？”

“小女子，并非烟娘。”她巧言令色，“若将军还是不信，不妨请人去花影月来瞧瞧，那烟娘这个时间应正与恩客欢好，哪里会像小女子这样狼狈，寄人篱下，还饱受怀疑。”

话都说到这份上了，杜如仪一时竟也有些哑然，折身出了烟娘卧房，留下一句，“姑娘大伤初愈，还是好生歇息吧，烟娘的事，在下还会派人查探，看能否还姑娘一个清白。”

小窗门启，杜如仪正要离去，烟娘却突然嘤咛了一声，捂着胸口喊疼。杜如仪一时心切，上前查探，却不料被烟娘一双手擒住。他下意识想躲，可她那葱白十指，却也未触及命脉死穴，反倒像是——勾引。

“无论将军信不信我，英雄大恩，小女子总归是要报的。”她十指轻佻，点过杜如仪肌肤，与藏在他体内的蛊虫，里应外合。

那时，杜如仪也不知怎的，仿佛失了智，丢了魂，竟一丝拒绝的心意也没有，由得烟娘在他身上放肆。

“小女子深夜偷偷摸摸从花影月来出来，是为了逃跑。那将军您呢？你深夜鬼鬼祟祟守在花影月来外面，又是为了什么？”姜国杜将军的榆木脑袋，和他金戈铁马的威名一般大。这样的男子，未必存了寻花问柳的心思。

“在下……不过是顺路经过。”他渐渐有些神志不清。

“将军真是辛苦，忙到深夜。”

“只是摄政王交于在下一些事，做得久了些。”杜如仪说着说着，意识开始混沌了起来。

“如此，是何事？”烟娘伏在他耳骨，唇齿间吹着勾魂摄魄的香风。

“也不是什么要紧的事，不过是让我散播些飞云盘在我们手上的消息罢了。”杜如仪一语带过，渐渐欺身压上。

“那这消息，是真是假？”烟娘双目精光。

“摄政王心思，难说，但就我所知，姜国自然是没有的。”

烟娘暗自揣摩，也懒得再动，由得杜如仪反守为攻。

再后来的事，杜如仪便怎也不记得了。因着蛊虫的缘故，他未看见烟娘千万种风情，也未看见夜深人静时，烟娘起身送至楚国的那只木鸢。他唯一瞧见的，便是翌日清晨，美人赤身裸体，依偎在他怀中。也是那时，先前派出去的探子来报，说花影月来，烟娘尚在。

这下，杜将军的榆木脑袋更加不够用了，只对那怀中女子越发越言听计从了起来。

第二十五章 决裂

而花影月来那边，自同秦瑛打了一架后，公输启整个人都变得异常沉默，那苗九瑶更是衣不解带地看顾着他。虽然公输启说想一个人静一静，但苗九瑶可没敢真的扔他独处，若是他嘴上说着冷静，结果却一个人想不开干了傻事，那义父苗半金这里，她可是交不了差的，更何况……她也委实极担心这傻小子。是以接下来的几日，纵是公输启让她离开，她也一直都躲在暗处，悄悄地盯着公输启。

苗九瑶为公输启担心的同时，也在暗暗地为苗半金担心。印程沁定是苗半金令烟娘杀害的，苗九瑶虽不明就里，可却隐隐觉着此番苗半金同公输启的梁子，算是结大了。公输启这厮表面上看起来虽是落拓和痞痞的，但真做起事情来，可是极认真的，再加上那一身的机关术，委实是不敢小觑。而自己往后若夹在这两者当中，滋味当是极不好受的。

印程沁去后，公输启便将自己关在房间里，和印程沁那已不成人样的尸体直待了一个昼夜，而在那个昼夜里，公输启都做了什么，又对印程沁都说了些什么，旁人不得而知。

东方渐白时，苗九瑶念着一个昼夜了，那公输启应当是早已饿了，便做了些甜粥给送了过去。她在那间屋子旁踱来踱去，暗自思忖该不该这样敲门进去，却在踌躇的那刻，公输启已是赫然打开了门，苗九瑶伸出的手，就差点敲在了他的脸上。

苗九瑶仓皇笑了笑，却惊觉公输启好似是换了一个人，看起来虽然有些颓靡，但那双眼睛却是极为透亮，神采奕奕的，像不断跃动的火苗，面上虽仍有愁云笼罩，却已然不再迷惘。

苗九瑶就缩回了手去，公输启笑了笑，“你说一句，我义母这事儿和你没关系，我就信你。”

苗九瑶低下头，小声道，“我当真不知道会这样。”

公输启接过她手中那碗甜粥，吸溜地喝了去，尔后抬头将碗递给她，整个人笑得没心没肺，这让苗九瑶的心里“咯噔”一跳。

而以后的几日，公输启的反应太过正常，正常得让苗九瑶觉得有些诡异了。他就如同一个普普通通的刚丧母的孝子，将印程沁的尸体下葬，并为她立了一座坟，就立在公输启住处的后山上——自然，那鲁渊的衣冠冢，他也是立在了此处。公输启想，印妈妈她，应是极愿意和鲁渊师父葬在一起的。

那场丧事，甚是简陋，公输启也只雇了几个人来抬棺入土。秦瑛对此颇有怨言，我堂堂西戎郡主，身死当以国礼葬之，岂能如此潦草了事？公输启就血红着一双眼，“国礼？你所说的国在哪里？你且带我去看看？”

当时秦瑛攥着拳头不说话，只恨恨瞪着公输启。说到底，西戎没了，没了就是没了，此番丧事，不只要从简，甚至还要……掩人耳目，更重要的是，花影月来的生意不能垮，复国军各部的联络不能因此中断。

是以印程沁下葬时，只有几个花影月来的老人陆陆续续来过，期间搭把手帮了帮忙，或是说到动情处落了几滴泪，亦不知真心与否。

而关于复国军的事，公输启从未接手过，也便任由秦瑛他们处理去了，公输启的眼中只有印程沁，他那临死前还在眼巴巴等他回来的姨娘——不是什么西戎国的郡主，只是他的姨娘。

印程沁的坟头落成后，公输启跪在坟前重重磕了三个头。三叩之后，公输启站起身来，写满疲惫的脸上扯出一个尽可能轻松的微笑。

公输启在那坟头静静地洒了一杯酒，尔后，拜了又拜，拜完后只神色复杂地看了那石碑一眼，便回了自己的屋子里。

再接着，公输启一连几天都没有出门，但苗九瑶也没有等他太多的时间，因为木鸢为她带来了苗半金的信：速捉公输启归楚。很明显，这已经是第三回了，苗半金已再等不及了。

苗九瑶在花影月来的阁楼上转悠了三天，愣是没好意思去敲公输启的门。不过在这期间，公输启也不光是待在屋子里黯然神伤，中途花影月来的一个老姐姐来过好几次，不像是来叙旧，倒像是来给公输启回话的，苗九瑶略一沉吟，便私下查了查。

原来公输启是托她寻那秦瑛，原来秦瑛那日负气离开后，公输启这厮到底是担心他的，可恁是公输启怎样托人寻找，愣是寻不到秦瑛人影，这事儿，也便这样不了了之了。

夜色，如期而至，公输启烧了一架纸梯，又去天香醉楼点了一桌子菜，自己却什么也没吃，发呆了许久后便蒙头大睡，而他一闭眼，积压了多日的泪水，瞬间便决堤而出。

这是最后一次软弱了，明天起，他也应该去干些真正能让印妈妈开心的事了。

那天一直阴阴沉沉的，到了傍晚，积攒了几天的雨连连下了一整夜，半夜里没关紧的窗户被风“吱呀——”一声吹开了，些许倾斜的雨就飘进了公输启的房间里，浇得他浑身湿淋淋，而那夜的公输启只顾攥紧被角，咬牙呜咽，竟也未曾发觉。

第二日，公输启起床时，天已经放晴了，明媚的阳光从敞开的窗户里倾洒进来，仿佛能驱退一切黑暗。公输启收拾收拾屋子，又清理了几件衣物和盘缠打包在一起，正准备出门，就碰上了前来寻她的苗九瑶。

“你要去哪儿？”苗九瑶惊讶道。

难得看她瞪大眼睛露出这样惊诧的表情，瞧着可爱极了。公输启阴郁了几天的心情倏忽好了很多，忍不住想捉弄她，但那面容还依旧是疲惫，他浪荡地笑，“当然是准备去找苗姑娘你啊，你看小爷我一个人闷在这屋子里好几天，都快发霉了，再不和美人聊上几句，我可怕你忘了我。”

苗九瑶没心情和他打趣，“正好我找你也有事。”

“何事？”

“我……要去楚国一趟，你愿意和我一起吗？”苗九瑶顿了一下，想了想，还是直点儿好——本就不是什么见不得人的事。

这下倒是轮到公输启诧异了，他正有心要深入楚国调查鲁渊和印程沁之死的真相，还想着这一别也不知道什么时候能再见到苗姑娘，甚至是想要不辞而别，结果居然有这么巧？苗九瑶居然刚好也要去楚国，还邀他作陪？

这可真是——刚想打瞌睡就有人给送上一个枕头。

“一起，当然一起。美人相邀，那便是刀山火海、龙潭虎穴也应当作陪。”公输启完全不掩饰自己的喜悦，“不知苗姑娘打算什么时候出发？”

“就现在。”苗九瑶贝齿一咬，轻飘飘吐出三个字。

公输启微微一笑，“如此，甚好。”

而就在他们二人想要迈步前行的刹那，秦瑛伟岸的身躯便横在了面前，一贯的面色清冷，布满了红血丝的眼球，无一不昭示着他许久未睡。秦瑛这回来的时候，手里攥着的是一柄长刀。

“你真要，同这来路不明的女人一同去投奔楚国？”秦瑛开口，嗓子也哑了。

公输启一把将苗九瑶护在身后，“话说清楚了，她可不是什么来路不明的女人。”

秦瑛神色苍凉地一笑，横刀便在地上狠狠划出了一道印痕。

公输启面色一变，“什么意思？”

“跨过这条线，你就不再是我们的少君。”

“说得我就那样想做你们少君似的。”公输启无所谓地轻松一笑，径自抬脚跨过，秦瑛的脸色，登时如死人般惨白惨白，他盯着公输启踩过那条线的脚，死死盯着，眼圈竟慢慢红了。秦瑛狠狠地一口啐在地上，“郡主活了一辈子，也真是看错了人，枉她拼死将你从乱军中救出！竟是个养不熟的白眼狼，是……”

公输启回头望向秦瑛，目光凛冽而有杀气，“是不是少君，不是由血缘说了算，也更不是由你说了算！能够带领你们夺回国土的，便是你们的君主，但这个人未必是我公输启！即便是，我也不做什么象征性的傀儡！我不论是你们的少君还是公输启，都无须遵从你的意志！而你今天，划下的这条线，算是什么！”

秦瑛倏忽一愣，似乎是被骇住了，待反应过来时，公输启已用脚抹平了那条线，风轻云淡，他侧眸向苗九瑶伸出手，微笑道，“九瑶，过来。”

苗九瑶一咬嘴唇，小心翼翼地越过身子挺得笔直的秦瑛，走到公输启身边。公输启牵着苗九瑶的手要离开了，却听那秦瑛在身后问道，“你要走，我不拦，你有你的意思，我知道，但郡主的事怎么办？”

公输启低头，长发遮住了他半边脸，看不见他的神情，不知是凄凉抑或愤怒，只听那声音淡淡的，“血债血偿。”这轻飘飘的四字，却只听得苗九瑶心里“咯噔”一下，她有些迷茫地望向公输启，秦瑛口中的郡主，是说印程沁吗？而少君，指的是公输启？他何时这般威武了？而这扮过“王寡妇”的男人，神情似乎很是激动？

事情变得越来越扑朔迷离了，苗九瑶觉着自己要理不清了。

约莫是苗九瑶的面色太过惨白，公输启侧目瞧了她一眼，微笑道：“九瑶，你先出去等我，我很快就来。”

苗九瑶低着头离去，秦瑛瞧见她的背影，方觉着刚才那些话说得有些不妥，虽然颠三倒四，语无伦次的，但被有心人听了，到底是祸端，于是低了声，“少君，领兵驻扎在漠北的梅将军听闻此事，极为震惊，此时快马加鞭，已在路上了，他定要来见您一回，此番花影月来出事，他实在是焦急万分……”

“你说的，可是安阳城一战后，带领西戎残部北迁的梅沁梅将军？”公输启似乎想起了什么，侧头赞赏，“他倒是忠勇可嘉，听说，他是你的父亲？”

听得公输启准确无误地报出了西戎将士的姓名，秦瑛登时感动到热泪盈眶，心念着，看来，公输启这小子也没有自己想象的那般吊儿郎当不上心，或许，别有计划也说不定。念及此，秦瑛点头如捣蒜，“对，对，正是家父大人。”

“嗯，”公输启侧头一笑，“也好，反正他已在西戎遗民那边主持大局主持了那么久，让他来当西戎帝王也不错，也能服众。”公输启顿了顿，又将秦瑛上下打量一番，笑得更加意味深长了，“日后，传位于你，也不错。”

这一声看似无意，却恍若晴天霹雳，着实让秦瑛“扑通”一声跪了下来，“臣有罪，臣有罪！”他低着头，良久不敢抬起，豆大的汗珠从额角渗出。从古至今，做君主的，很少有不疑心臣下的，若臣下问心无愧也便罢了，可若问心有愧……

而秦瑛自然是属于问心有愧的那一种了。

若秦瑛没有记错，他的父亲梅沁，的确是向他提过，如今慕容家式微，可取而代之的事情，甚至于暗示可寻机会，杀死公输启。而秦瑛，到底是打小跟在印程沁身边的，执行的也都是印程沁的意志，让他加害公输启，他是万万不敢的，何况……公输启人还不错。

可是那公输启，发现了什么蛛丝马迹？

秦瑛没来由地嗅到了一丝危险的气息，正当觉着应该重新评估公输启的权谋智慧时，一抬头，却发现走在不远处的公输启赶上了走在前面的苗九瑶，此刻正小心翼翼地，偷偷将手搭在苗九瑶的腰上，被苗九瑶发现后猛力一推，就在门口处头朝下地跌了个大马趴，正“嗷嗷”地假叫着，妄图吸引苗九瑶来心疼几句。

公输启那浮夸造作的表情，秦瑛委实觉着尴尬到有伤西戎国体，而在下一秒，却发现公输启那厮竟真的骗到了苗九瑶，这姑娘正小心翼翼地扶起他，嘘寒问暖的，问他可是哪儿摔疼了。

秦瑛觉着自己对某些事态的发展，有些摸不着头脑了。而唯一能确定的是：公输启，的确不适合做西戎的国君。

第二十六章 前往楚地

初阳的光芒，透过云层，洒向梁国这片连绵起伏的大地，金灿灿的，似给河山万里都镶了一层金边。公输启已在这片土地上住了十九年了，此间，因了这样那样不愉快的事，终于不得不离去。

苗九瑶为他找来一辆马车，硬生生地将公输启给塞了进去，公输启觉着自己一个大男人被塞在狭窄的马车里，有些拂了面子，故而一路上絮絮叨叨，“苗姑娘你可是有要事在身？是何事这么急？哎，苗姑娘你的行李呢？已经收拾好了？苗姑娘你要亲自赶车吗？这不太好吧，哪有姑娘家为我赶车的道理，还是小爷我来吧。”

“谁要给你赶车？”苗九瑶回头狠狠瞪他一眼，觉着这公输启似乎是误会了什么，不由在心里嘀咕着，“这小子有没有弄清楚状况？明明是我捉他去楚国，难道还要他这犯人赶车？成何体统！”

“那行，苗姑娘你先随意赶赶，一会儿累了就由我来接替，噫噫噫——”苗九瑶一扬马鞭，公输启没说完的话就被飞驰的马车颠得支离破碎。公输启坐在马车里好一会儿才缓过神来，觉着这姑娘可真是温柔不过一刻钟，不过一眨眼的工夫，生猛剽悍劲儿就给显露出来了。待确保了自己不会在说话时因马车的不断起伏而咬到舌头，他又忍不住掀开帘子把脑袋蹭到苗九瑶肩膀边。

“苗姑娘你赶得这么急干什么，可是家里真有什么急事？”

苗九瑶在百忙之中用手背拍了一下公输启的额头，公输启又堪堪地缩了回去。苗九瑶她当然急了啊，她可是五天前就接到了“速捉公输启归楚”的木鸢传书，结果恰恰碰上了印程沁死亡一事，她瞧着公输启情绪不好而于心不忍，生生地给耽误了五天，虽然不担心义父会将她怎么样，但她从小到大都是最出色的孩子，当久了好孩子，“完美达成”也就成了“成功达成”的一部分，“擒捉公输启”一事，算是她办的最拖泥带水的一件了。

“公输启。”

“到！”

“我要回去见我义父，你可愿陪我一起去？”苗九瑶显然没有正面回答公输启的问题。

闻言公输启先是惊讶地一挑眉，再是露出了戏谑的笑容，“哎呀呀，苗姑娘这就想带我见父上母上了啊？放心，放心我一定会在义父面前好好表现——哎呀！”

苗九瑶又狠狠地抽了公输启一下。

“你只要回答我‘愿意’就可以了。”

“愿意！”

公输启的声音洪亮，还是带着几分笑意，但在苗九瑶看不见的地方却忍不住微微皱了皱眉——苗九瑶的义父吗？那自然是楚国国师苗半金了，便是此人想要鲁渊，想要鲁渊的机关术吗？不知他是个怎样的角色，而那下在印程沁身上的蛊，自然也是出自楚国的。那么，他和印程沁、鲁渊之死，到底有没有关系？若无，那是谁杀了鲁渊？为什么？又是谁杀了印程沁？为什么？若有关系的话，那苗九瑶她……

这段期间，公输启的脑海里，不自觉就萦绕着这些问题，委实头疼。表面上他虽是依旧戏谑，可那些不断出现在眼前的影像，桃源村燃起的熊熊大火，花影月来若有若无的血色，终究是剪不断理还乱。

公输启正在低头沉思间，一侧头看见苗九瑶扬起嘴角的侧脸，公输启毫不犹豫地答应显然让她很开心，面上也难得放松下来露出一抹与此间晴日较为相称的微笑。

可公输启此番显然没空去留意她，只在脑海中一个劲儿地分析着。

那印程沁是死在自家的地盘——花影月来，公输启本以为青楼内人多眼杂，凶手总会留下些蛛丝马迹，然而他连问了好几个老妈妈，那晚有谁进了印程沁的房间，得到的结果居然只有一个——秦瑛。

而这自然是不可能的事，秦瑛没有理由去杀害印程沁，更重要的是，秦瑛也不会用蛊。

算算，究竟是何种人才会对印程沁下手？若是为财为名，那有嫌疑约莫也就是花影月来里惦记印程沁地位的几个老妈妈了，不过瞧着她们一无艳压群芳的能为，二无处理事务的魄力，一遇事就哭哭啼啼的，杀人的胆量应该是没有的。若是其他的原因的话……那这事，便有意思多了，想要印程沁这个西戎郡主死去的人，那自然不是一般人，至少也是王侯将相这一层级的，而这蛊，明显是尚巫的楚国才会有……想要接近楚国的权力中心……如今眼前便有一条捷径——依靠苗九瑶及她的义父了。

再一次意识到自己眼前的世界是处于怎样的浓雾之中，公输启不禁对接下来的楚国之行也有些迷茫，那里，真的有他要找的答案吗？他又能找到答案吗？

嚷嚷了一路的人突然陷入沉默，苗九瑶很快就觉着有些不自在了，她抽空瞥了一眼公输启，这家伙身子都裹在帘后，只露出个脑袋，面色沉重——用他自己的话说就是一脸的苦大仇深。

知道他是心系印程沁之死的真相，苗九瑶有心想说点什么缓和气氛，但她对这事显然是不太擅长，憋了半天，只好硬邦邦地“哎”了一声，将公输启从无边的沉思里给拉出来。

“怎么了？”公输启瞬间又挂上了那副不正经的笑容。

“我有点累了，你来赶车。”苗九瑶一收缰绳拉停马车，把缰绳递到公输启跟前。

“好嘞，姑娘您车里坐着，好生睡一觉，醒来我们就到了——可以休息休息的地方了。”公输启从帘子里钻出来，接过缰绳，学着车夫的口气吆喝道。

苗九瑶却没去车内，只是往边上挪了挪，靠在了公输启身边。见状公输启也没拦着，只是从车里扯了件衣裳给苗九瑶披上，“外面风大，你别着凉了。”

“其实……你不需要一个人的。”苗九瑶闷闷道。

公输启愣了一下。

这话一语双关，他不需要一个人驾车，也不需要一个人来承担这份悲痛。

“有些事情——总要有人承担。”公输启难得正色，眼眸里似有执着的火焰摇曳着，久久不肯熄灭。

“我知道，但是，你有时候，也可以稍微和我说一下的。”苗九瑶断断续续道，末了想到什么，语速又突然加快，“反正我也没什么事，也就顺便帮你分担一下，举手之劳，不用谢。”

“嗯，苗姑娘的好意在下心领了。”公输启忍住笑，“说起来，在下这心里，还真的有一个执念。”

“你说。”苗九瑶一点头。

公输启清了清嗓子，“那天我们在酒肆，喝醉了，好像还有事情没做完呢，你看现在虽不是共处一室，却也是孤男寡女，你看要不，我们找个地方继续？”

“想什么呢你！”苗九瑶佯怒。

“我是说——喝酒啊。”公输启大笑，“那天你叫我继续喝，可是后来我们却没能继续喝了，我还没尽兴呢，哎呀，酒可真是好酒啊——”

知道自己被捉弄了，苗九瑶咬了咬嘴唇，“啪”地在公输启的后背来了一巴掌，正色道，“不行。”

苗九瑶有些无奈，“我发现你真是个正经不过半刻钟的人，本来念叨着能给你缓和缓和心情，没想到刚一开口，你又来了，真没个正形。”

公输启笑笑，也不作什么反驳，他突然又问，“对了，你义父苗半金是个什么样的人？”

“义父他……是个很严厉的人，不过，有时候他也挺有意思的，而且，对我很好。”苗九瑶眼神暗淡了几分，犹犹豫豫道，“听说义父他年轻时吃了很多常人难以想象的苦，所以性格有些阴沉，旁人说他有些……有些……”

“有些滥杀无辜？”公输启接了话头过去。苗九瑶大张着嘴推了公输启一把，“你怎么知道？”

“常理推断罢了，一个人若小时候吃过苦头，大了终会将这苦头施于旁人，控制不了的。”

苗九瑶扑闪着繁星般的眼，“难道不是己所不欲，勿施于人？”

公输启仓皇一笑，“那不过是杜撰出的，或者是圣人才能做到的事，这世上，有什么人是圣人，又有几个人是圣人呢？”

苗九瑶低下头去，搓弄着衣角，“可我还是觉着义父好，虽然总有许多人说他的坏话，可他对我却是极好的。”

公输启意味不明地咳了两声，不愿与她再谈论这个话题，他想了想道，“我们这般赶路，也无甚意思，不若，你讲些楚国的事与我听，好作消遣，比方说风土人情、深宫秘史之类，也好打发打发时间，你知道的，我这回是第一次从桃源村出来，这回和你走的，可真够远呢。”

那苗九瑶倒是个心思单纯的姑娘，想了想也是，这样二人驾车也无甚意思，一路上便将楚国诸事同公输启说了个遍，大抵是些奇闻趣事的。待说到机关师时，苗九瑶目光里，对楚国女帝李长歌是充满了艳羡，大夸女帝如何之英明，重用机关师，带领弱楚，将国力发展到三百年来的巅峰。

苗九瑶用肩膀撞了撞若有所思的公输启，“话说，你也是机关师哎，到了我们楚国，没准儿能谋个什么好差事——”

公输启闭着眼睛，头枕向马车壁，“那机关术虽好，却也不是这般用的。”他干笑两声，“至少，长远看来，不是你们女帝这般用法。”

“嗯？”苗九瑶疑惑，“这话怎么说？”

公输启笑了，“我师父鲁渊为黑水宗前任宗主，机关术可说是当世罕见，可他的机关术，却是为救人用的，而非杀人。杀人者，刽子手也，君子有所为，有所不为。鲁渊师父的机关术，造水车、风车、耕犁……甚至是你现在驾的马车，甚至是活人手脚，令身有残疾者可以重新站起来，这才应是黑水宗的机关术，而非倾尽全力造出什么杀人之物，人非草木，孰能无情呢？机关术是冷冰冰的，可人心是热的啊。而楚君李长歌，则是将机关术带到了一个前所未有的方向，那便是杀人，她需要机关术辅佐她争霸。”

苗九瑶似懂非懂，“那有什么不好吗？”

“这世间，纷争不断。以机关术造好的城邦，又被新的机关术攻破，旧的武器很快将被新武器所替代，水车、风车、耕犁……这般有利于百姓的机关术，又在战火下被碾碎，而这一切，循环往复，又有什么意义呢？不过是以普通百姓的性命，来为王侯将相的野心付出代价。而做这一切，对机关师亦没有什么好处。”

“此话怎讲？”

公输启睁开了眼，轻飘飘地吐出几字，“飞鸟尽，良弓藏，狡兔死，走狗烹。”

苗九瑶瞧他说得那样专注，噗哧一声便掩面笑了，伸手在他圆圆的脑袋上“啪啦”一打，“瞧你，说得跟真的一样，在我面前，瞎嘚瑟个什么？装的好像是学识渊博似的。”

公输启瞧着她那红扑扑的脸蛋，觉着她笑起来的样子当真是好看，于是乎也被感染，爽朗地仰天长笑了起来。那苗九瑶只当公输启是笑话她，气鼓鼓地一阵乱捶，害得二人险险是掉下马车来。

于是这二人便这样嘻嘻哈哈得笑闹着，一颠一颠地，进入了楚国境内。

是夜，圆月高挂，林木森森，月色透过树梢浅浅而下，斑驳淋漓着，宛若绽放了一地的丁香。这真是个秋高气爽的好时节，听着虫豸在草丛里的吱吱鸣叫声，公输启口中衔着一根青草，顿时觉着整个人都轻松了起来。

月色，美人，此间感受，当真可称得上是“一朝风月”了。

那公输启和苗九瑶二人，风尘仆仆地一路兼程，很快便已来到了楚国国都碎月城外，只可惜，到得太晚，那城门都已然关闭了。公输启站在那巍峨的城楼下，抬头望着那“碎月”二字，不由得打趣，“到底是女人当政，这都城名字，都取的是满眼的脂粉气。”

“碎月，谐音‘岁月’，敢情是你们这位英勇无敌的女帝陛下，也像个娇滴滴的姑娘家，怕老啊？果真是‘浮生一片草，岁月催人老’啊！”

公输启口不择言的这话自然就伤到了同为女人的苗九瑶的自尊，苗九瑶瞪了他一眼，撇嘴不屑，“女人，女人怎么了，见了女帝，你还不是得跪在她的面前，恭恭敬敬地给我喊一声王上。”

公输启作势搂了苗九瑶，双目一斜，“呀，女人可不得了呀，像九瑶这样的，小爷我就是甘愿，拜倒在她的石榴裙下，喊一声我的陛下、我的女王！”

自然，这话甫一出口，他整个人就被红着脸的苗九瑶给推了开去。被苗九瑶推开，公输启早已是轻车熟路了，他自然是后退几步，嘴里叼着一根青草，站在一丈远的地方，瞅着苗九瑶哈哈地笑。

但此时此刻此地，摆在公输启和苗九瑶面前的问题是，他们二人如今进不了城，那么就只能在树木丛生的荒郊野外，给凑合着先过一夜了。

公输启还在安抚马呢，苗九瑶就利落地打来了两只兔子，往公输启面前潇洒一扔。好在公输启小时候调皮，烤兔子这种事儿他也没少做，熟练地就把兔子开膛破肚，往火堆上一架，不一会儿，兔子滴油，惹得这二人眼巴巴地垂涎三尺。

苗九瑶坐在一边百无聊赖地拿根木棍戳着火堆玩儿，公输启坐在她身边，昏暗的夜里只有火堆发光发热，苗九瑶的面容在火光的印照下忽明忽暗，显得有些不真实，公输启愣愣地看着，恍然间又产生了那日身处酒肆的感觉。

奇怪，今天并没有喝酒啊，怎的也感觉有点醉?

“这兔子，好了吗？”苗九瑶一句话便将公输启的思绪给拉了回来，而这不经意间，她嗅到烤兔子的香气，便是不自觉地，咽了口口水。

公输启极不自然地应了一声，慌忙去看兔子，好在没有两只都过了火候，一只烤焦了，另一只却刚刚好，公输启自然是把烤得刚刚好的那只递给苗九瑶。

苗九瑶拿着一只整兔手足无措，不知该从哪里下嘴。

公输启扑哧一声，拿出一张油纸，又抽出小刀接过那只烤兔子，三下五除二将其分尸，用油纸包着送到苗九瑶手上。

“……多谢。”苗九瑶用小刀戳了一小块兔肉送到嘴里，突然就瞪圆了眼睛，满脸的惊讶和欣喜，连连点头道，“好吃好吃，看不出来啊，你还真有点用。”

“那是，怎么样，是不是突然觉得跟了小爷我也不吃亏？”公输启得意道。

“你嘴里能有一句正经话吗？”苗九瑶没好气道。

公输启笑了笑，没接茬，自顾自道，“小时候，我和师父住在桃源村，别听着名字觉得是个世外桃源，其实就是个偏僻的山沟沟里，连村民都没几个。我师父呢，对食物的要求又不怎样高，我那时正是要吃饭长身体的时候，经常夜里饿得睡不着，只能自己给自己加餐，我还记得我烤的第一只也是兔子，内脏没清理干净，咬了一嘴不知道什么，恶心得我……”

苗九瑶忍不住跟着低笑，“师父他老人家身体还好吗？”

“应该挺好的吧，反正也没给我托梦，他这人，要是过得不好，那还不得折腾得我死去活来？”

“……抱歉。”苗九瑶险些忘了，公输启的师父，就是她还未见着面，便已经过世了的鲁渊。

“哈，没事。”公输启不在意地笑笑，眼神却黯淡了几分，“都过去了。”

苗九瑶一时不知该怎么接话，只好低头默默地吃着兔肉，那公输启埋头咬了几口兔子肉，又开始没话找话的，大肆夸赞自己手艺，苗九瑶想了想，还是没接这个话题。

“公输启。”她轻声唤他。

“怎么？”

“我觉着所有的不开心都会过去，所以在这之前，你可不能倒下啊。”

公输启愣了愣，刚要开口，却又被苗九瑶打断了，“就算你装得再像，我也知道你不是那么没心没肺的人，至亲刚过世，你不用勉强自己，男儿有泪不轻弹，可你……也不用为难自己笑。”

公输启又啃了几口兔子肉，半晌方开口道，“我知道的，人死不能复生。”

他忽然又笑了，更加没皮没脸地将苗九瑶往怀里一搂，笑道，“想不到，你这人，还挺有人情味的嘛！平时倒是装得凶悍得很！”

苗九瑶拉长着脸不说话，觉着公输启这厮，果然是狗嘴里吐不出象牙，但却是破天荒的，第一回没有将这厮从身上推开。

那晚，星子璀璨，夜空纯净到没有一丝杂云，公输启和苗九瑶就枕着手臂望天，不知道聊了有多久，只记得有无数银铃般的笑声随着夜风给荡了开去。这月，蒙着清亮的银边儿，委实美得令人心醉。

二人就这么聊到最后，到最后柴火都烧得差不多了，公输启还咬着棵青草若有所思，苗九瑶一起身，拢了拢衣裙，“好了，时间不早了，我先回马车上了。”

公输启正准备灭火，“我跟你一起回去啊。”

“你给我坐好。”苗九瑶一声娇喝。“我睡马车，你——睡地上。”

“哦。”公输启悻悻地应了一声，又只好将火加得旺了些。

苗九瑶板着脸回到马车上，然后用手摸了摸自己发烫的脸颊，又捂着胸口叹了口气。外面有些冷，他若是跟自己争取一下，说不定自己心一软就让他上来了呢。苗九瑶想了想，抓起公输启的包裹就给扔了出去。

“……你这是要赶我走啊？”公输启无比郁闷道。

“自己多找几件衣裳穿着，别着凉了，明天还要进城呢，若是着凉了，可有你好受的。”

听着车帘内传来七分清冷三分别扭的声音，公输启抱住包裹，忍不住地偷偷笑了。

翌日清晨，天色刚蒙蒙亮，东方刚露出些许鱼肚白，苗九瑶就把公输启踹醒了，朱唇轻启，只说出了两个字：上路。

公输启打着哈欠驾着马车一路飞驰，不一会儿，二人又重新站在了“碎月”城的城门前。城门处人来人往，公输启站在一旁认真地看着，苗九瑶倒也没怎么催。公输启握着拳头沉默半晌，毅然地迈开脚步向城门走去。

苗九瑶紧追上去，“你……你认识路？”

公输启又猛地顿住了脚步，苗九瑶掩面一笑，衣袂一飘向前走去，“跟我来，我带你去我义父府上。”

第二十七章 墨鸽

楚国，王宫，长安殿，弦月似钩，夜凉如水。

“爱卿，深夜来寻孤，可有要事？”王座之上，那个女子慵懒而玩味地瞧着玉阶下跪伏的男人，目光不经意地扫过，似是看他，却又像是没有看他。

他作揖一拜，右臂微微颤抖，许是那日被黑猫啃噬的伤口，至今尚未愈合。

办事不力，这本就是他应得的惩罚。若非念他忠心，便是一剑杀了他，她也不会有半分心疼——左不过是个棋子。身为棋子，就要有弃车保帅，成为弃子的觉悟。

“微臣听闻陛下，将要在望月台闭关，特赶在陛下闭关前，禀告陛下一个好消息。”他俯首叩拜，头在殿前重重地一磕，恭恭敬敬，同往常一般。

“嗯？说来听听。”李长歌浅浅一笑，眸底玩味之意愈发深了。

“微臣义女，已将鲁渊之徒，带回楚国。现今，此二人正在微臣府邸，等待陛下召见。”

“如此，甚好。”她从王座上站起，缓缓踏下玉阶，停在苗半金身前，“不过，鲁渊之徒，是否有同鲁渊一样的本事，这也难说。”

李长歌幽幽叹了一口气，“爱卿兀自斟酌吧。”

李长歌未说平身，苗半金自然是不敢起身，只跪在冰冷的大理石上，继续道，“恭贺陛下，将得飞云盘，将得归藏玄玉，一统天下。”他如是这般说，似讨得李长歌欢心，也终于听到了那句久违的平身。

“爱卿平身。”她唇角抵着一丝笑，眸中却是清冷，“爱卿方才所说，的确是难得的好消息。只是，孤王前些日子，无意中截了一只飞往你府邸的墨鸽，”李长歌顿了顿，强调道，“是墨鸽，不是木鸢，上面说——”

她微微一顿，欣赏着苗半金紧张狼狈的神色良久，才道，“上面说，姜国杜将军，正散布姜国已得飞云盘之事，而此消息，尚不知真假。”

苗半金一愣，方才站起的身子，忽地又给跪了下去，他额头上的冷汗，频频而下。

“且不说姜国究竟有没有飞云盘，可这归藏玄玉、飞云盘，鲁渊弟子之事，姜国是如何得知？是孤这里出了叛徒，还是爱卿那里走漏了风声？”她语气仿佛商讨，并无逼迫之意，可她眸中杀气，却让苗半金意识到此事不妙。

“待陛下出关之时，微臣必调查清楚，给陛下一个称心如意的结果。”他承诺道。

似是得到了满意的答案，李长歌眉间戾气终于少了三分。

她上前，虚扶起苗半金，敛目笑，“已是秋至了，爱卿还是注意些身子好。千万不要像孤养的那只黑猫，愈发懒散了。”李长歌忽然与他唠起了闲话家常，苗半金一时猜不透其中深意。

“若那只黑猫再这样懒散下去，孤也懒得养了，剥了它的皮，做盏灯笼，送给爱卿，可好？”她笑，笑得温柔良善。

那时，苗半金终于明白——这是一个警告，对他的警告。若归藏玄玉之事再出变数，她要他死，又或者，是生不如死。

“微臣，谢陛下赏赐。”他被惊出一身冷汗，却仍虔诚地跪地谢恩。

怕吗？当然怕。可那又有什么干系？有些人，有些事，值得他甘之如饴，甚至付出性命也在所不惜。

那李长歌似是看透了他的心思，忽又敛目一笑，目光穿过这金碧辉煌的长安殿，望向那不知名的无尽暗夜。她的语气略微和缓了些许，“爱卿也不用太过慌张，那飞云盘，姜国定是没有的。这般散播，也不过是为了引起我们注意，想探探虚实罢了。姜国国君年幼，未能担当大任，至于现今执政的摄政王沈梦沉，孤王还是了解些许的。”

苗半金听她提及姜国摄政王沈梦沉，猛地抬头，神态略显慌张，却对上了李长歌略带柔光的一双眼。苗半金无疑是整个楚国最能揣测女君心思的近臣，此番瞧见了她的目光，不禁心头涌起一阵悲凉。

苗半金从女君的目光之中，瞧见了三分欣赏。那夜，名唤“阿金”的黑猫疯狂撕扯着他手臂的那夜，女君的宣纸之上，赫然绘着的那个男人，不是旁人，正是——沈梦沉！

那么她……欣赏他吗？欣赏自己吗？苗半金没来由地问着自己，他有些晕乎乎的，头重脚轻了，所幸女君今夜心情不错，并无怎样为难他，问了几句话后，便施施然进纱幕后了。

苗半金归府时，已在三更夜，可公输启还躺在房檐上悠闲赏着月亮。

苗半金淡淡地扫了公输启一眼，看这小子也并没有逃跑的意思，心中默默感慨九瑶是真长大了，这美人计竟然用得比烟娘还炉火纯青了，真是难得。作为苗九瑶的义父，苗半金心里头自然是极快意的，或者，将自己心爱的义女，嫁给当世顶级机关师之徒，倒也不算辱了门楣，对力图招揽机关师的女帝李长歌来说，也无疑是一个极好的助力。

一箭数雕的事，何乐而不为？

可是此番，苗半金快意了，可公输启心里却难熬极了。

他也不知是怎么了，来楚国的路上，苗九瑶还和自己有说有笑，知心解语。可这一到楚国，苗九瑶对他便是爱理不理，冷若冰霜。莫不是这苗半金府邸的风水不好，不利于姻缘之事？

莫非，这姑娘对他原就无甚意思，只是为了引诱自己前来此地，为苗半金和楚国效力？公输启念叨着，心里却觉着，这样好，这样也好。到后来，他叼着根狗尾巴草，哼着西戎小调，不断地胡思乱想。他沉思得正深沉时，一只墨鸽扑腾着翅膀，飞过公输启头顶，还留下了点“礼物”，不偏不倚，正好砸中公输启眉心。

这只是墨鸽，真真正正的，有血有肉的鸽子，而非木鸢。

“天呐，如今连鸽子也敢欺负小爷了，可还得了？”公输启吐了狗尾巴草，一个腾空，就将鸽子给捉了下来，“连小爷我也敢惹，今天小爷我就让你知道知道什么叫烤乳鸽。”

公输启最近霉运走得厉害，心上人看起来有些忙，没什么工夫搭理他，他便也只能拿这鸽子撒气。墨鸽象征性地哀嚎了几声，爪子死命扑腾，这点倒是引起了公输启注意。

“哟，你还是只信鸽呢？如今，楚国都喜欢用木鸢传讯，信鸽什么的都给宰杀了，不知你，怎么就留存了下来。”公输启百无聊赖地打趣，“莫非，你是用来传递什么重要消息的？我看你是去过梁国吧？小爷我看你，甚是眼熟啊。”公输启嘚瑟地笑笑，顺手取下了信笺。

信笺上书——中原梁国，战乱已起，一支号称“狼军”的军队，不知从何而来，所向披靡，已取下了国边境诸多依附着的小国。

公输启心里一咯噔，眉头便是狠狠地蹙了起来，狼军？看来是秦瑛，抑或是素未谋面的梅沁梅将军，已经开始行动了。没想到，这样快，不过是半月的工夫，他就已然开始行动了，这让公输启有些意外，这消息，能压一日是一日，不要让它快速地传到南楚才是，公输启如是想着，撕碎小纸条就给吞下了肚去。

这墨鸽看公输启未再提烤乳鸽一事，以为自己逃过此劫，正准备扑腾着翅膀溜走，却不料公输启邪邪一笑，“你这小鸽子，倒是聪明得很嘛，知道出卖消息换自己一条命了。”

墨鸽挣扎了几分，在公输启手中死命地扑腾着，岂料下一秒，公输启迅速变脸，“你这消息，倒是不错。我会为你转达你的主人的，作为回报，小爷我就不吃你了。不过小爷我觉得——你这毛色甚是少见，送给九瑶，她一定会喜欢，这世上，像你般皮毛光滑的，应是不多见了。”

“若是能把你烤熟了送给她，她应该不会不理我了，你说对吧？小鸽子，她那样喜欢我的手艺。”公输启阴险一笑，在墨鸽惊恐的神色中，寻来了些柴火，而后“呲”的一声点燃……为了确保苗九瑶能及时闻见烤乳鸽的香味，公输启特意在苗九瑶屋外，支了个柴火堆。

一个时辰后，如公输启所愿，苗九瑶闻到了烤乳鸽的醉人香气，衣袂飘飘地出了门，但很快，一股焦灼的气味，代替了那一阵馋人香气。

苗九瑶屏息而出，在浓烟滚滚中，看见了灰头土脸的公输启。她一个没忍住，“扑哧”笑出了声。

“你笑了。”公输启痴痴地望着她，潇洒地一甩头，“那就不辜负小爷我这一番心意了。”

苗九瑶笑着上前，用袖子轻轻拭去他脸上的焦炭。“这么说，这只烤乳鸽，是你特意为我烤的？”她挑了挑眉，突然忆起荒郊野岭上，他曾为自己烤过的那只野兔，甚是美味，可如今这个黑不溜秋的鸽子，当真是出自同一人之手？

“这是你的杰作？”苗九瑶疑惑地盯着那只“黑乳鸽”。

“咳咳……你不要误会。”公输启狡辩，“不是我烤焦了，是这鸽子，它原本就是这个颜色。”

“你说什么？你再说一次！”苗九瑶一慌，突然想起义父府上专送急信的墨鸽来，一般的信件，当用木鸢传送，但木鸢容易被拦截，唯有极其重大的消息，方用墨鸽传递……这墨鸽，苗半金他总共只养了三只，一只用于军事，一只用于通信，还有一只，前不久被女帝截下了，一直都未曾归还。

苗九瑶绝望地闭上了眼睛，她盯着公输启一字一句，“公输启啊公输启，你知道我义父请人培养的墨鸽，是有多么的珍贵啊，你……你、完、了！”苗九瑶抖着手，指着公输启，觉着自己是没有勇气去听公输启的解释了，趁着苗半金此时还没有发现，以示这件事同自己没有任何关系，在公输启不注意的当儿，脚底抹油，溜了。

第二十八章 阉人

而至于这极为珍贵的墨鸽的死讯，苗半金是在翌日辰时，才知晓的。

那时，公输启已然得知了墨鸽对苗半金的贵重。本着讨好未来岳父大人的心，墨鸽肉他自然是一口都没敢动，背着荆条就去负荆请罪了。

进了那刷满了黑漆的巍峨殿门，公输启膝头一软，“扑通”一声就给跪在了苗半金面前，那苗半金委实是为了自己墨鸽一事，气得直打哆嗦，可又不能同这鲁莽的小辈多加计较。他抿了一口茶，指腹摩挲着茶盖，良久，不曾置一词。

“这便是，你的诚意？”

公输启一时哑然，掏了掏兜，将最后几个铜板一起给奉了上去，“我、我赔……”

苗半金瞟了他几眼，又瞟了他手头的几个铜板，“鲁家的机关术，再怎样都是名闻天下过的，你又是鲁渊唯一的亲传弟子，是如何落魄到这个地步的？”苗半金沉思，几乎都要怀疑公输启的身份了。

“机关术，我有。银子，我是真没有。”公输启望天，叫天天不应，叫地地不灵，只好诚恳道，“这墨鸽，我杀了就是杀了，死也不能复生，我没有什么银钱，赔也赔不起，但我可以为你制作一只飞得极高的机关木鸢，管保比你这只墨鸽好用多了。”

“没有银钱？老夫给你一锭金子，老夫也不要你打造什么木鸢，墨鸽之事，也可以既往不咎。”

“这这这……不太合适吧，岳……”公输启差点把岳父大人喊出口，“我在您的府上白吃白喝了这么多天，您这还给我金子，不太合适。”话虽是这么说，可公输启的手还是老老实实地给伸了出去。

“听闻鲁家机关术，可替人打造身体残缺部分，如今，这墨鸽，再加上一锭金子，老夫，想请你为我打造一个……”说着，那苗半金从怀中拿出一锭金子。

“好说好说。”这边，苗半金话还没说完，那边的公输启已经上前一步，将那锭明晃晃的金子给接了过来。

公输启将那金子搁在嘴边咬了几咬，方正色道，“事实上，打造人身体残缺部分的机关术，并非源出鲁家，而是出自偃师一脉。机关术之说，源自于三家，墨家、鲁家和偃师一派。墨家柔和，鲁家霸道，而偃师一脉常同巫术结合，略显阴毒。时至今日，三家分得也没有那样详细了，我师父的黑水宗，虽说是鲁家，但也不全是鲁家，他学的比较杂。黑水宗也因为掌门人的关系，较为柔和，同时吸收了墨家的兼爱、非攻之说，故而黑水宗只做能够造福百姓的机关，并且常年隐居……”

公输启说到此处，稍微咳嗽了两声，觉着不太适宜再说下去，因为自南楚国君李长歌得到黑水宗之后，黑水宗便开始变质，诸多门人急功近利，纷纷造出机关武器，使得南楚在争霸战争中所向披靡。这虽使机关术成了当世显学，但在鲁渊的思维中，这是一件欺师灭祖到有辱师门的事，那鲁渊，也正是因此方才宣布脱离黑水宗而隐居桃源村。

公输启由此话锋一转，转移到偃师一脉上来，“古书《列子·汤问》中有载，偃师一脉，缘起于东周，以善造能歌善舞的歌舞伎机关人闻名遐迩。可时至今日，偃师一脉的机关人因同真人太过形似而被斥为阴邪，因而逐渐失传。这偃师一脉的机关人，当世应该也只有我师父能够重现了，但他做此事，并无坏心，而是因为……”公输启低下头去，苦笑一声，“而是因为，他本人就是个残废，他穷尽毕生精力研究偃师一脉，也只是为了让自己能够站起来，像常人一般活得无碍。”

苗半金闻言一笑，方才专注在听他说话严肃面容，此时终于缓和了几分，“那也便是说，这身体部位，作为鲁渊弟子的你，能造了？”

公输启揣揣兜里的黄金，觉着硬邦邦的，分量很重，正所谓拿人钱财，替人消灾。公输启点点头，“能做。”

苗半金嘴角浮现出一抹奇怪的笑容，“看来，老夫这回是找对了人。”

公输启上下打量了苗半金一番，难道，苗九瑶的这位义父，和自己的师父鲁渊一样，是个残废？真可怜。公输启咂摸着，将他周身打量了个遍，看他四肢，健全。十指，皆有。五官，不缺。

这人还想要什么？难道，想长出个三头六臂？

这换公输启纳闷了，纳闷间，却见极苗半金平静地，用手指了指两腿之间的那个极隐私的部位。

“不……不是吧？”公输启大惊失色，面色极其尴尬，他不敢相信自己的眼睛，忙不迭再确认一遍。公输启指着自己的那个部位，尴尬道，“你、你是说这个？男人的这个？”

苗半金平静地点了点头，又掏出一锭金子，“是能做，还是不能做？”

“能、能、能。”公输启飞快地接过金子，没出息地咬了一口，真金白银，没问题。“那个，做是能做，您要不介意，我给您量量尺寸？”

“量尺寸？”苗半金皱眉。

“这个——你懂的，男人那方面，要是和身体比例不协调的话，你用起来，也可能不太协调。”公输启解释得极为尴尬。

这个解释，倒也还说得过去。苗半金合上眸子，由着公输启拿着量尺，对他上下其手。

衣襟被一点点掀开，公输启举着尺子，正准备贴身而量。突然，他瞧见了一个极为扎眼的东西——楚国令牌，和烟娘身上的，和鲁渊死时留下的令牌，一模一样。

他有一刹那的恍惚，之前的种种，仿佛是散落了一地的珍珠，而今，他似乎终于寻到了一根线，一根将所有珍珠线索，串联起来的线。

“怎么了？”苗半金不解地看着他。

此番公输启的思绪翻江倒海，却强作镇定，抬头愣头愣脑地问了一句，“客官，您是想要偏大一点的，还是偏小的一点啊？”

“你说呢？”苗半金瞟了他一眼，反问于他。

“大。”公输启答得斩钉截铁。

那苗半金重新闭上了眼，冷哼了一声不再言语。公输启在心里暗叹，这苗半金，一人之下，万人之上，人前活得风风光光，人后竟然……果真是每个人心中，都有着不可告人的种种，此番公输启委实是有些同情他了，这毕竟是涉及男人的尊严，杀了公输启，他也不愿意被剥夺这样的尊严……

公输启拿着尺子，双手伸进了苗半金衣裳里。苗半金倒也没介怀，毕竟这尺寸，总是要贴身而量，才能精确些。

故而，当苗九瑶意图进屋，想就墨鸽之事为公输启求情时，便看到了这样一幅画面：苗半金端端正正，却衣衫不整地坐在椅上，而公输启，双手极其自然地探进了他衣襟，两人的神情皆甚是投入，竟无人发现苗九瑶从正门进来之事。

苗九瑶就直挺挺地愣在了那里，盯着眼前的这一幕，一时间不知道该做出什么样的表情出来。公输启就“嗖”的一声给缩回了手，尔后尴尬地咳了两咳。

约莫就在他咳嗽的当儿，苗九瑶转身便走，口里暗暗地给咒骂一声，“龌龊！粗鄙！不忍直视！”

那公输启一脸尴尬地想给追出去，他生怕苗九瑶误会些什么，本来到了楚国王宫，苗九瑶便不怎样搭理他，此番再误会的话，只怕就再没有机会了呀。可惜公输启前脚刚跨出，一条胳膊便被苗半金伸手揪住。

“做什么去？”

“九、九瑶她……我、我得去跟她解释啊！”

苗半金眯起了眼睛，声线依旧是不似人类的诡异沙哑，“那你想跟她怎么解释？”

公输启一时语塞，突然便想起了这事儿，还真的不好解释。公输启只好停住脚步，回头面色为难，眼神中写满了无比的同情，“这、这怎么弄的？您、您这玩意儿，是怎么没的？”

苗半金面无表情，简单利落地吐出了一个字，“滚。”

事实上公输启的那句问话问出口以后就后悔了，他自己也觉着这话问得很是没品，于是在下一秒就十分麻溜地给滚了。却在出门的那一刻，公输启脸色一冷，方才在苗半金腰间发现的令牌……那么，由此推断，不止是苗九瑶，连烟娘也都是他的人，那么，在整个大梁国，还有多少是他的人？师父的死……确如苗九瑶言说的那般，她只是到过桃源村，但并未寻到鲁渊那样的简单吗？是她在说谎，还是她被人所骗，还是……而印程沁，究竟是谁给杀的？这一切的谜题，到了楚国之后，似乎已渐露端倪，却又好似镜里花，水中月，蒙了层薄薄的迷雾，看不清，道不明。

此番，夜已经逐渐转深了。

月色冷寒，树影婆娑，满目的微光自树缝中洒下，斑驳了一地，竟像是记忆的碎片，朦胧中愈来愈亮，却又沉湎得越来越深。

公输启从苗半金的宫室中出来，不知不觉就走到了庭院中。

那楚国毕竟是位居南方，风景旖旎得很，家家流水，户户垂杨，即便是到了这般深秋，苗府中亦有无尽的翠色，兀自地弥漫了开去，却看得公输启，心头越来越孤寂了。他原本就是个孤儿，如今便真真正正的剩下一个人了。而亲人的血仇，到现在也还并未有个头绪。

此时的公输启并不知道，在他身后，在那极高的树巅，一个黑黢黢的身影踏梢而立，一袭黑袍飘然临风。风过，掀起他的风帽，依稀露出了那一头银白色的长发，凌风狂舞。

而此人那冷冽到近乎是阴鸷的目光，则是紧紧盯着一地月色下，渐行渐远的公输启。

随后，嘴角向上浅浅弯起，赏给公输启的是一个极端嘲弄的神情。

风，乍起。

那人笑了，诡异的声音低低响起，“公输启，慕容启，终于是将你引来楚国了，你有幸成为本座手中，最重要的一颗棋子，而‘归藏玄玉’这一局，将启了。”

此时，正在庭院里潦倒踱步的公输启亦感受到了背后的丝丝寒意，不由得搓了搓自己双臂。

蓦然回身愣头愣脑一句，“是谁！谁在那里装神弄鬼？”

约莫是太冷了的缘故，公输启就那么搓着自己的双手，嘴里絮絮叨叨地回屋了，还夹杂着不干不净的几声骂意。

第二十九章 凶手现身

云台山巅，浮云如烟，极目所至，翠竹浓荫，不见人烟。而在这葱茏蓊郁的云台山上，矗立着楚国祭司司徒云铎的一幢略微诡异的宫殿。

楚国人尚巫，极其迷信，纷纷相信云台山上有一股自上古以来就埋藏的神秘力量栖居，而法力无边的祭司大人，能够沟通人神魔三界，通过祭祀，便可保国泰民安。

楚国祭司司徒云铎，便担当了这样的角色，他的性格略显诡异，总喜欢将一袭黑袍从头罩到脚，而人又生得极瘦，远远望去，只露出一双清亮的眼眸，神秘而又鬼气森森，而不慎走近了的人，却觉着他周身有无法抵挡的压迫力，瞧着不像一个活物。而此人，唯有楚国女帝李长歌能够寻得行踪，其余诸人，能否遇见则要看缘分，而更重要的是他会在李长歌恰恰需要他的时候，准时出现在李长歌的身边。

司徒云铎似乎是有一种神力，足以将楚君李长歌的一切心思都摸遍，而这点恰恰是李长歌最为讨厌的。和普天下的君主一样，李长歌并不喜欢有人了解自己，解析自己，以至于试图去控制自己，是以二十年的时间里，李长歌也不过是见过这祭司寥寥几面。

云台山，人迹罕至，是足足一方不落红尘的化外之地。

在某日某时，这落满蜘蛛网的落拓宫室里，却突然闯入了一位不速之客。

宫室里，和从前一样的装扮，黑白的墙壁，黑白的地面，黑白的摆设，黑白的一切，而显现出的，却都是不规则的，带着几分残缺的饰物，诡异到，全都带着些旁人看不懂的韵味。

那不速之客的运气自然是极好的，第一次闯入，就撞见了司徒云铎恰恰在这里的时候，抑或说这一切都在祭司的掌控之中，他给她机会，容她面见。是以她推门的时候，司徒云铎就坐在宫殿内中的三脚祭坛上，双目微合。

这女子衣衫褴褛，好似走过了许多的路，她长途跋涉而来，披星戴月的，满脸风霜。

看见了大祭司就踉跄着，“扑通”往下一跪，她双手捂住眼睛，眼泪吧嗒吧嗒地透着指缝往下滚落。

“祭司大人，您慈悲为怀，救我！求您了！”这女子不住地啜泣着，俨然是已经崩溃了的模样。那司徒云铎就赏给了她一个眼神，他的手杖伸得长长的，抬起她下颚，仔细端详了片刻，尔后下了祭坛，以一方小帕，温柔地替她拭去眼角的泪痕和面上的污渍。

他虽然在做着极其温柔的动作，像是一个男子对心爱女子的怜惜和宠溺，但神色清冷，面无表情，尔后唇角微弯，勾勒出的是一抹极为残忍的笑意。

“姑娘你知道吗，我如今，最讨厌看到的就是你这张脸。这副皮囊，这样艳丽，却总让我觉得恶心，甚至于想要折磨它，将它一寸寸撕碎，至此，方觉快意。”

听得他这些话，那女子没有想象中的畏惧，约莫也是豁出去了，她苍凉地一笑，抬起头来，“那就，请您将我杀死吧。”

“起来吧。”

那姑娘闻声便起身了，抬头间，她的容貌，竟是生得同烟娘如出一辙，美目流转，媚骨天成，但观那神态举止，却显然不是烟娘，烟娘极少露出这样凄怆的神情，她是扶芸。

司徒云铎残忍一笑，“苗半金手下的一步艳棋，烟娘。那么烟娘，你可知印程沁是个什么角色，就敢用那样残毒的手段蛊杀她？你杀了她，坏了本座一步好棋，本座佩服你的勇气，你笃定，那苗半金，可保得住你？”

那姑娘拼命摇着头，“不，我是扶芸，不是烟娘。”

“扶芸是谁？”他重新闭了眼去，虽说这句该是一句问话，但语气却平静如斯，听不出任何关于疑问的腔调。

那女子忽然就激动起来，她膝行前去，攥住司徒云铎的衣角，“您都知道，您一定都知道的，您是楚国无所不知，无所不能的神，连女帝，可都要敬您三分呢！”扶芸的头，在地上那么重重地一磕，抬起来时，已有血痕透过额头慢慢地渗了出来。

“您什么都知道，我不是烟娘，我只是烟娘的替身和棋子。如果我是烟娘，您定不会许我进这个门……烟娘打小抱我过来，她用蛊毒将我的容貌变得跟她一模一样，必要时可以替她而死。可是我不想死，但如今我已经走到了不得不死的地步，您知道的，烟娘她杀了印程沁，烟娘现在又失踪了，所有的矛头就都指向了我，印程沁绝不是简单的人物，我知道的，我猜得到。她身后有着多方势力，但是我已经无处可逃。我不是烟娘，可那些为印程沁复仇的人，都会将我当作是烟娘，祭司大人，求您，求您救我！”

“我不想默默无闻地死去，像一个活在阴影里的替死鬼那样，明明是一样的容貌，凭什么她烟娘就可以拥有一切，而我就得永远躲藏在她的身后，我不甘心！”扶芸抬起头来，目光凄凉而决绝，“我曾经想过，拜托姜国的沈梦沉带我出去，带我出那个火坑……”她的眼神逐渐黯淡了下去，“可是，现在我已经来不及等他了……或者，他从来都没有想过，要带我离开抑或是其他。”

司徒云铎静静听着这样凄绝的呼喊，却是丝毫不为所动，甚至连眼眸也不曾转动过半分。扶芸的眼泪就啪嗒啪嗒地落在了那高高的祭坛前，她紧咬着嘴唇，似乎终于放手一搏，她抬起头来，“祭司大人，我有价值。”

“如今烟娘失踪，生死不明，而我就是花影月来的烟娘，同样，我可以利用烟娘的身份，帮您除掉国师苗半金，除掉您在楚国朝堂之上的所有阻碍。”

算来，扶芸这如意算盘，倒也打得不错，她侥幸得知了归藏玄玉的事，笃定苗半金自是不信这样的鬼话，因而会不断阻挠，是以苗半金会成为拦住祭司寻找归藏玄玉的绊脚石，她想靠着这样一张令苗半金极其熟悉的脸，向祭司展现自己的价值，以寻求一个庇护。

那司徒云铎自然也明了，他敛目一笑，居高临下望着身前孤注一掷的女子。

“你倒是有几分聪明，”司徒云铎笑了笑，“不过你想的可太少了，于本座来说，那苗半金算不得是什么阻碍，只是也没有什么价值可言了。”

司徒云铎问，“为了你的这份不甘心，你付出什么代价都愿意？”

被唤作扶芸的姑娘，绝望而悲哀地点了点头，并任由司徒云铎，将一枚药丸放进了她的嘴里。司徒云铎双目诡异而疯狂，内中似有一团熊熊烈火在不断燃烧，“从今往后，忘掉你的名字，本座让你媚骨天成，让你体生异香，本座让无数的男人见到你都挪不动步，从今往后，你就是烟娘，但却是只归属于本座的烟娘。如果你想反叛的话——”司徒云铎的手挑起扶芸的下颚，轻蔑道，“你该知道什么叫作地狱。”

“同样，作为报酬，本座会帮你除掉烟娘，而她，至今还在姜国的杜如仪那里，很不幸地，她还替了你的名字，冒充着你，既然她喜欢，那本座便让她冒充到底，你们互换身份，倒也是件极有意思的事。”

扶芸咧嘴，挤出一个略带仓皇的笑意，断断续续的腔调中，夹杂着那一声极为清晰的，“好”。

扶芸的意识逐渐模糊了，眼前也慢慢看得越来越不清明，万般记忆，千种过往，凝成影像，又倏忽在那一瞬间，全然碎去。而在她最终沦陷的那么一刹那，脑海中浮现的竟然是沈梦沉的一张脸。

多悲哀的事，可是来不及。可总好过，让她知晓真相：那沈梦沉从来都没有打算过带她离去，便这样，留着个念想，那也好。

若说沈梦沉放弃这段“感情”，是因了懂得取舍，抑或说是有些凉薄，他自然不会回过头来寻找她，毕竟同他一夜风流的女子实在是太多太多了。那么如今的扶芸说放弃，就只是为了活下去。她在说出那“好”字的当儿，便有无数雪白的丝线从自她身体的关节处蔓延而出，她嘶吼着，挣扎着，最终眼睁睁地看着周身蔓出的丝线，都汇聚在了司徒云铎的十指之处，而那司徒云铎手指微动，扶芸便也不得不随着他的动作而做出相应的动作。

毫无疑问，她已经是个傀儡了。

这便是偃师一脉，所拥有的，极其阴毒的傀儡之术，以蛊为引，操纵人的躯体，蚕食人的记忆。

司徒云铎居高临下地向她一笑，“我的烟娘，本座准许你残留部分意识。如今本座交给你第一件事，那就是向公输启承认，印程沁是你杀的。”

扶芸面无表情，甚至有些僵硬，她向司徒云铎直挺挺跪了下去，却是朱唇轻启，眼眸中流出的是万种风情，千般情意，最终低头言说了一句，“是。”

此番再来说说这几日在苗府白吃白喝的公输启，正当公输启为了两锭金子，倾尽全力为苗半金打造一个机关做的某“器官”时，苗半金麾下的宣旨公公恰为他带来了楚君李长歌的一纸命令，那便是打造飞云盘。飞云盘？那该如何打造？公输启对这样的东西实在是闻所未闻，甚至听说飞云盘可探归藏玄玉？这形势，公输启委实是越来越摸不着头脑了。

归藏玄玉，如今在梁、楚、姜三国已不算什么秘密了，在沈梦沉的大肆散播下，街头小儿皆已知晓，只是若要公输启动手打造这“飞云盘”，也的确是老虎吃天——没处下爪。

公输启笃定这并不是自己的机关术修炼的不到家的原因，即便是自己的师父鲁渊在世，对这归藏玄玉和飞云盘，也当是丈二和尚摸不着头脑。因而这段时日，公输启便只为苗半金打造好了某个“器官”，而至于飞云盘，不论是苗半金抑或是李长歌都没有见过，所以他便草草地画了一张图纸，令工匠给随意打造了去，事实上也不过是一个司南的改装版，随意指出一个方向，令他们瞎寻足矣！

公输启撒了一个弥天大谎，他谎称自己知道飞云盘的前世今生，而在打造“飞云盘”的这段时间内，他需要找到凶手，找到凶手报了仇之后，他便远走高飞，管他什么飞云盘以及归藏玄玉！

这些日子公输启表面上，虽然做着他全然不在意的模样，可是心里不自觉地都是些惊涛骇浪，每一个无法入眠的暗夜里，他闭上眼睛，眼前出现的都是印程沁最后死去的模样，那样的凄惨，她整个人几乎都被蛊虫吞噬掉了，身上没有一块完好的肉，露出的全是森森的白骨。

到底是怎样心狠手辣的人才能做出此等凶残之事？

那印程沁虽不是自己的亲娘，却是自己的姨娘，是他在这世上唯一的亲人，这么些年她无时无刻不在照料着自己。而这段时日，每逢闭上眼，公输启便会想起那印程沁死时是个什么样子？她死前可有绝望，可有想见他，可有……可有对他抱有期待，可有让他去完成遗愿，让他记得那些早已被遗忘了的——黍离悲。

公输启自然是愧对于她，甚至连见她最后一面，都没有来得及。

而在这段时日里，同一座苗府中，彻夜未眠的不止是公输启，还有苗半金，当然不止是为了他的某个机关“器官”。

苗半金对楚君李长歌，那是又爱又怕，而上回见面时，李长歌几乎都是明示了：归藏玄玉，曾经被视为楚国王族不可外传的秘辛，如今不知怎的，竟传得满世界都是，甚至于连那姜国的沈梦沉都知晓了。而这件事，既是交给他苗半金去办的，那么泄密自然是他苗半金的责任。而李长歌则是干脆利落地给了他一个期限，让他在这段期限里必须调查出真相，否则后果，他承担不起。

若世上有一个宝藏，是一人独享秘密，偷偷窃取，还是将它公诸于世，引世人纷纷来争抢，来得容易？苗半金此番的确愁苦极了，他委实不知道，自己这般严守的秘密到底是通过谁，给泄露了出去？

苗九瑶么，不会，归藏玄玉的事，连苗九瑶都不甚知晓。加之他曾询问过苗九瑶，苗九瑶的说法是，她往梁国一行，并没有寻找到鲁渊，而鲁渊亡故的消息，又不知道被哪里来的木鸢，散播的满世界都是，由此才引来了沈梦沉。苗九瑶的性子他了解得很，这归藏玄玉之事的泄露，那定是通过了……烟娘。

更重要的是，以往常常住在花影月来里的烟娘，此间再派人去打听，传回的消息竟是，那厮突然就人间蒸发，不知所踪了。至此，苗半金理所当然认为，定然是她背叛了自己。

苗半金这辈子，最讨厌的便是背叛。念及此，苗半金委实是气不打一处来，深夜坐在案旁看着飞云盘图纸的他眼神一冷，一个拂袖，就将案上的书籍之类全都扫下，再一个不留神，案上的烛火就倾倒了下去，将这图纸、桌椅，以及宫室里的一切都点燃。

宦官们纷纷扑腾着跪了一地，而没有苗半金一句救火的命令，任何人都不敢起身，以至于那苗半金拂袖出了那宫门，所有人都还是硬挺挺地跪着，任由火舌袭过，舔舐过他们每寸皮肤，他们也是依旧咬牙强撑着，连多余的呻吟声都不敢发出一句。

因为若是惹得苗半金不高兴了，他手中的蛊虫一出，折磨之下，远远比被这火舌撕裂，要痛苦得多。那滋味委实是死不了，也活不成。

苗半金便咧着嘴角，嬉笑着看，看着眼前一片惨剧，看着宦官们在火舌里杵着绝望等死的模样，“叫啊，疼就叫啊，你们怎么不叫啊？不敢叫吗？不敢叫就好，奴才，奴才就该是这模样！让你们叫就叫，不让你们叫，就给我挺着死！”

这场火，烧得无甚意义，火舌舔过，噼里啪啦的，全是木头炸裂的声音，没有哀嚎，没有众人争先恐后救火的纷乱脚步，不甚热闹。苗半金瞧着瞧着，也觉着无趣，便又嘶吼起来，“来啊，快逃啊，我要你们叫，要你们活，要你们逃，要你们挣扎，要看着你们求生不得，求死不能！”

一切都静悄悄的，没有人应他，那些跪地的宦官们早已被活活烧死了，倒在地上，成了一具又一具的干尸。肆虐过的火舌一寸寸熄灭，却已是吞没了他的半个宫室，书籍，摆设，雕花的罗帷，都没有了，唯剩一片焦炭，黑乎乎的，在月光下显得极为落寞和苍凉。

血淋淋的景象在眼前铺开，触目惊心，苗半金就站在那一片触目惊心里，眼神有些空落落的。苗半金喜欢看这凶残的场面，尤为喜欢，好似从那之中能够得到无边无际的快意。人有的时候真是一种邪恶的东西，楚君李长歌那样肆意的践踏着他的自尊，而他便将这份恣意和践踏，成百上千倍地加诸于那些比他还要弱小的人的身上。

有一个刚来的小宦官，被火灼烧到极为严重，却明显还没有死去，他似乎是要经受不住了，在苗半金的靴子迈到他眼前时，不禁“唉哟”了一声。而就在他张口的瞬间，苗半金指间的蛊虫，便从他微张的口中给钻了进去。尔后从他的全身上下涌出，猛兽一般狰狞，恣意地吞噬着他的每一寸血肉。不一会儿，便将这个好端端的人，给啃噬成了一具白骨，月光下白森森的，瞧着特瘆人。

苗半金就望着，嘴角勾勒出一抹若有若无的邪恶笑意。

而不远处，在房屋里酣睡的公输启，被这突如其来的浓烟给呛醒了，他一个激灵醒来，待瞧见苗半金的宫室方向火光冲天时，忙提了几桶水，风风火火地就去救火了。

到底是热心肠的年轻人。

公输启赶到时，那苗半金就站在一片火光舔尽的废墟里，微微侧头，他的表情是前所未有的阴狠，血红着眼睛，像一头凶残的兽，分毫也不像一个人。他敛目瞧着公输启，话说得也十分之不客气，“小子，造不出女帝需要的飞云盘，躺在地上的，可就是你了，而不同的是，你将比他，痛苦上一万倍。”

苗半金临离开了，回头看一眼公输启，阴沉地一笑，再加上一句，“我保证。”

公输启顺着他手指的方向望去，但见蛊虫从苗半金的指尖涌出，爬到了那些不幸的，已死的宦官们身上。他们烧焦的皮肤下，每一寸肌肉都是肉眼可见的纵横交错、扭曲，无数的蛊虫以疯狂的速度在那些尸体内生存、繁衍、吞噬，焦黑的尸体就好似散架了一般，慢慢地被啃成了一副枯骨，白惨惨的。

公输启顿觉心里，有什么东西“砰”的一声给炸开了。公输启直勾勾地愣在那里，眼睛却慢慢地湿润了，这场景，真的太似曾相识，印程沁她也是这么死的，她是被这些蛊虫，活活吞噬掉的，死得比这地上的一群尸体，还要苦状万分。

公输启整个人就像是被海水逐渐没顶一样，那样令人绝望的窒息感层层翻涌，一浪接着一浪。心里头所有的声音都在拼命呐喊，身体中的每一根寒毛都指向了苗半金，“是他！是他！”

苗半金拂袖离去，只留下公输启站在那一片废墟里，他的头低着，长发垂下，遮住了半边脸，良久才发出了一声低低的笑，那声音，沙哑到不似人类。

可明了了这一切的公输启并没有立即向苗半金动手，天知道他是用了怎样的意志去克服自己，方没有在这样的情况下给扑上去。而他恰恰也是明智的，这里是楚国，是苗半金的地盘，单打独斗，公输启没有任何的胜算。

公输启在那废墟里直挺挺地站了很久，目光紧紧逐着苗半金离去的方向，双拳却是狠狠地攥了起来。打造飞云盘？莫说公输启不知道那是个什么玩意儿，就算是他知道，也真的造出了飞云盘，他也断然没有任何可能活着离开这座楚王宫，因为，他知道了苗半金拼尽生命都会去守着的秘密：苗半金他根本，就不是个男人。

这些年，苗半金花了巨大的精力去让这个秘密沉没于海底，因而他出行的时候一直都躲在面具下，始终不肯以真面目示人，而他也吞下炭，让自己声音变成不似人类的沙哑诡异……全都是为了掩盖那渐趋尖锐的嗓音，掩盖那说不出口的真相。

为苗半金造出了机关身体，公输启必将被灭口，就算是不被灭口，这飞云盘他也不可能造得出啊。如今公输启面临的形势，果真是，进一步是死，退一步也是死。

而若印程沁的死，的确是苗半金所为的话，公输启突然想起了苗九瑶来，想起来那日印程沁遇害身亡时，他和苗九瑶蜷在某间小酒馆里，不停地喝酒，不停地喝酒，而苗九瑶恰恰也在有意无意地劝他……劝他一醉方休！

那么苗九瑶，公输启目光一凛——她骗了自己。

美人计吗？

公输启的目光突然就冷了起来。

第三十章 暗箱交易

冷静下来的公输启，思索了有很久很久。可他给不出自己一个理由，一个苗半金杀印程沁的理由。若说那苗半金来寻找鲁渊，是为了子虚乌有的飞云盘，那倒也不是什么见不得人的事，鲁渊若愿意制造，这也不过是一场交易，一手交钱，一手交货罢了。

很显然，活着的鲁渊比死去的鲁渊更有价值，楚国人不是不明白这个道理，公输启给不出自己一个，他们杀鲁渊，抑或是杀印程沁的理由。

而飞云盘及归藏玄玉之说提出的始作俑者，乃是楚国的大祭司司徒云铎，而司徒云铎，此时恰在楚国境内，既是如此，公输启委实是要会上他一会。

这司徒云铎到底是神人，在公输启刚冒出这样的想法，寻思着怎样说服苗半金和女帝，让他去一趟云台山，尚未来得及行动时，司徒云铎便已经自个儿寻上门来了。

那还是个无星无月的夜，清风半起，草木幽深。公输启在苗府里支开雕花的小窗，向外探头望，他面色清冷，望着挺立在不远处的那棵树，将自己在这段时日里遇到的一切，从头至尾的一分分梳理。

一个女子，就红裙猎猎的推门进来了，像是一汪流动着的血迹，她略微抬眸，眼中流动着的皆是数不尽的风情。

是烟娘，许久不见的烟娘，公输启侧眸望了那姑娘一眼，眉头便狠狠地拧成了一个“川”字。

这姑娘的形貌，骗得过旁人，却骗不过他公输启。

偃师一脉，傀儡术。这姑娘是个傀儡，而且将一生都是个傀儡，神仙难救。公输启想要同情她几分，却又蓦地想起，她不是什么好人。可她不是苗半金的人吗？在花影月来里，同苗九瑶勾勾搭搭的，怎就被司徒云铎做成了傀儡？公输启眼珠稍稍一转，苗半金，司徒云铎……话本子里传说的，朝堂争斗呗。

那姑娘敛目欠身，向着公输启欠身行礼，朱唇轻启，“公输公子，好久不见。”

那公输启自然不会和一个类似已“死”了的人废话，他径直望向窗外，“出来吧，楚国祭司，司徒云铎。”

忽听诡异至极的一声咯咯阴笑，那司徒云铎已是站在了树梢处，足踏树枝，轻盈极了，他一头银发，和着这烛火幽微的，耀眼极了。

“不愧是鲁渊的徒弟，这般把戏，竟是瞒不过你。你不仅看到了我，还猜出了我的身份，孺子可教。”

“原来是你。”公输启破天荒地微微一笑，“我见过你。”

算来这话，公输启说的也不假，他的确是见过这黑袍银发的司徒云铎，在印程沁死去的那一夜。

当时，公输启正跪在印程沁的尸体前，双目呆滞，脑子里空白一片，手都不知道该往哪里放。忽然便有着一个蝙蝠似的黑影于花影月来的假山流水中现出，他踩着一地月色，满头银发在月光下熠熠生辉，他望着屋中的那一片血色，说不清道不明的，皱了皱眉头。

公输启抬头，不知为何从那人冰冷的容颜中，嗅到了嗜血的危险气息。

那人神色悲悯地望着公输启，喃喃说出了一句，“你想让她活过来吗，如果她可以活过来，我会让她活过来。”

这话，说得毫无逻辑，可那时候的公输启只是笑，他安静地坐在印程沁床边，垂了眼眸，不言不语，却良久抬起头来，“我该拿什么来换？”

“聪明。”银发人掩面笑了，黑袍笼罩了他的脸，看不清神情和情绪，公输启却本能地觉着，那黑袍之下的神情，应也带着些许荒凉。他伸出一根手指，“我要你，答应我一件事。”

“讲。”

“到时，你自会知晓。”

公输启侧眸一笑，“又是这般把戏，话本子里看多了，是后世之人模仿了话本子行事，还是那些文人写不出多余的东西？”

银发人默然无语，公输启顿了顿，复又道，“死人复生？太过荒谬了，我凭什么信你？”

那人笑了，从袖中拿出一物，公输启只瞧了一眼便是脸色煞白，蓦地给站了起来奔到窗口，公输启认得那小小的东西，是世上极罕见的南山灵铁，鲁渊用来打造机关手脚的那些，而这是鲁渊绝不外传的秘辛。

“就凭我是鲁渊的师兄，你的师伯。”

公输启垂下眼睑，鲁渊归隐的心思极为强烈，他在世的时候，从未和他谈起过黑水宗的家务事，是以至今，他是不是有子女，有兄弟姐妹，公输启都一无所知。

可印程沁死了，死了便是死了。公输启抬起头来，眼中似有火苗灼灼的燃烧着，良久终于说了一句，“好。”

尔后，那人便淡淡一笑，在圆月的光辉下，隐去了。待到了南楚，公输启根据容貌，细细打听，方知晓那人乃是楚国大祭司司徒云铎，归藏玄玉一事的始作俑者。

此番，不知道他又想玩什么把戏。

“烟娘”媚眼如丝，勾向公输启脖颈，公输启径自从腰间拔出一把刀来，侧身一闪，便是飞速的“嗖嗖”几刀，割断了司徒云铎和烟娘当中，那些几乎要瞧不见的诡异丝线。

于是那烟娘就像一条失了脊柱的蛇，软趴趴倒在了地上，鬓发蓬松，一团烂泥样的，狼狈至极。而那樱桃小口却还在一开一合，像直挺挺的僵尸，重复着早就被设定好的词句，“印程沁是我所杀，彼岸蛊是我所放，像我这样罪大恶极的人，你对我想怎样就怎样。”

尔后欠身一跪，衣衫尽逝。

公输启极嫌恶地望了烟娘一眼，忽然间将她抱起，整个人往窗外一抛，冷冷一句，“滚。”那烟娘在地上打了个滚儿，犹自爬起，邪魅一笑，“公输小哥，你当真是看走眼了，奴家可真不是什么傀儡呢，只是祭司大人好心帮你，你就不要不识好歹了。”她忽又大笑起来，像是一个疯婆子那样，将自己的头发揉得纷乱，面容扭曲，时而正常，时而癫狂。

公输启瞧了一眼那疯女人，向司徒云铎道，“司徒云铎，你不是巫士，是机关师吧？偃师一脉，造人肢体，控人心魂，这女子，该是你的试验品吧？”

古书《列子・汤问》有载：周穆王西巡时，碰上一个自愿奉献技艺的工匠，名唤偃师。穆王对他十分感兴趣，便召见了他。周穆王瞧着他身后侍从长得极为俊俏，便问，“跟你同来的是什么人呀？”偃师悠然一笑，“是我制造的歌舞艺人。”

周穆王望着这歌舞艺人，它完全同个真人一般，疾走缓行，俯仰自如，唱歌时，歌声合乎旋律，舞蹈时，舞步符合节拍，动作千变万化，随心所欲。不料这歌舞艺人唱着跳着，竟至眨着眼睛去挑逗穆王身边的妃嫔，穆王为此大怒，当场要杀死偃师。偃师吓得半死，立刻将这歌舞艺人拆散，展示给穆王看，原来它整个儿都是用皮革、木头、树脂、漆和白垩、黑炭、丹砂、青雘之类的颜料制作而成的。

这件事，在当时传为美谈，令墨家、鲁家等机关世家汗颜。千百年后，鲁家后人翻至该典籍时，却独独留心于那歌舞艺人眨眼去挑逗嫔妃一事：这是偃师所示意，还是该歌舞艺人自发所为？若是自发所为，那这事儿，可就有趣多了。是以许多年前的黑水宗内，有师法偃师一脉者，他们常以活人为引，借鉴巫术，造人肢体时，再控人心魂。而这自然是被大加禁止的残毒阴邪之术，连公输启也不过是仅有耳闻，此番乃是第一回见识。

那司徒云铎并没有正面回答公输启的问话，只悠悠叹，“你现在已经是死棋了，飞云盘你根本无法打造，进也是死，退也是死。”

“所以，我得求你？那归藏玄玉是你放出来的幌子，所以行或不行，也不过是你一句话的事。”公输启似又想到了什么，指着烟娘，“你所说的，让我义母活过来，应不会是让我义母像她一样，沦为你的傀儡吧？”

“也说不定。”

司徒云铎话音未落，自公输启指环间射出的银丝已是缠上了他的脖子，那丝线锋利如刀，只消他的手稍稍一动，便足以让司徒云铎人头落地。可司徒云铎不闪也不避，相反倒是极轻蔑地瞥了他一眼，风轻云淡，“印程沁生前一直希望你能成为个明君，却不想是滥杀无辜之辈，慕容启。”

话音掷地，天际突然闪过了一声惊雷，而公输启整个人，就像是被雷劈中一样僵在原地。

“你、你知道？”这本是整个西戎王国残存的部众，拼死保护的消息啊，却如何能被他一眼窥破。公输启蹙起眉头，“你是什么人？你怎么会知道？”

“我无所不知。”

公输启笑笑，松开了缠绕在他脖颈上的丝线，“我还是太年轻了，无意之间便落入了你们的圈套。”他垂下了头去，再不言语。良久，公输启终于问出，“那我义母，和我师父鲁渊，却都是谁杀的？”

“想知道？那你得付出代价，而这代价是，再答应我一件事，同样，我想好了再告诉你。”

公输启敛目，“代价？我不付，我想要知道的真相，自己也查得出，便不劳烦你了。”

公输启大步离开，待走到门前了，突然回头狠狠的一句，“司徒云铎，装神弄鬼之辈，归藏玄玉，只怕是个幌子吧。”

“是真是假，你自己猜。”

“我并不在乎那玉的真假，你们之间的明争也好，暗斗也罢，都与我无关。”公输启笑了，“不过我只想要安安稳稳的生活，你若是敢将西戎狼卫的事情泄露出去。”

“只要我还活着一天，就会天涯海角，追杀你，到底。”他回头的时候，眼睛里血红血红了一片。公输启狠狠地带上了门，“你们，给我滚。”

司徒云铎就指着公输启狠狠关上的门向烟娘，“看吧，他可比你聪明多了，我应该告诉过你，我不是什么好人，你要同我交换就要做好承受千倍万倍反噬的准备。”

那烟娘的目光呆滞着，咿咿呀呀了片刻，看来像是无法言语的样子。

而司徒云铎便咯咯地笑了，他这人虽生得极为俊美，笑起来却如厉鬼一般令人毛骨悚然。司徒云铎就向着那紧闭的房门，轻描淡写，“鲁渊的弟子，当也不怎样蠢笨。”

“有时候报仇和杀人，并非都要亲自动手的，机关师善假于物，楚君李长歌善为权谋，梁国的江山是打出来的，但李长歌的江山则是谋出来的。而善谋之人必善疑……”

自屋内流出的，一段朗声大笑，将司徒云铎还未说完的话打断了。那公输启灭了灯盏，“身为楚人，挑拨楚君是非，也难得楚君不得不疑。”

司徒云铎亦未说话，又在公输启的屋前站了半晌，方转身离去。烟娘披散着头发，一颠一颠地跟在他身后，脚印深深浅浅的。烟娘不解地问，“为何离去？为何我承认了我是杀害他义母的凶手，他却没将我怎么样？”

司徒云铎唇角微微扯过，露出一个看似笑的表情，“那孩子，知道如何去做，想来是不用我们操心。”

第三十一章 偃师傀儡

再说那盛怒之下，一把火就烧了半个苗府宫室的苗半金，如今一人坐在空荡荡的大殿里，心里头也有点空落落的。

苗半金径自从那嵌满金丝的座椅上走下来，展开一张宣纸，铺好、研墨。他提笔想要泼墨——这是女君李长歌极爱做的事情，他将李长歌提笔的模样学了个十足十。草草勾勒过几笔，那张白纸上，一个女子的容颜，便要呼之欲出了，可却在最后一笔收尾的时候，笔尖愣是停在雪白的宣纸前半寸，便再也下不得笔，任由墨汁一滴一滴溅在素白宣纸上。

那个女人，她高坐在九五之尊的金座上，从来都不曾俯下身来，赏他一眼。那女人的眉眼，时至今日，似乎早已逐渐暗淡了。苗半金忽然记起自己许久，都不曾抬眼看她了，他花了半生的气力，只为靠她近一些，再近一些，而待靠得足够近，却依然被那炽烈的光芒，灼痛了眼。

她总是抱着那只黑猫，那只从小就一直都陪伴着她的老猫，她似乎又是极孤独的，她宁可看着那只黑猫，都不愿正眼看他一眼。而他，不敢妄想，更不敢，越那雷池半步。

话说回来，那苗半金为何要叫苗半金呢？这样土气到，毫无韵味的名字。若要刨根问底，那还是得从很久很久的从前说起。

当时，四方征战，梁国出兵苗疆，一击制胜，南下征服了苗疆大小部落。成者为王败者贼，自古皆然，作为苗疆的世家公子，苗半金在六岁的时候就做了战俘，后来又被当作奴隶敬献给了和梁国结盟的南楚。

当时他还太小，诸多记忆都已经模糊了，模糊了也好，反正也不是什么都值得记住的。可偏偏有那一日，苗半金记得极其清楚。

楚国的那些公子哥儿，将他们一群来自苗疆的孩子，驱赶到一片空地，围在中间，他们嘻嘻哈哈地笑着，“听说，苗疆有蛊，可这蛊是个什么东西，生的什么样子？你们都见过没有？”

“听说，是一些能害人的，力量强大的，极其恶心的毒虫。”

“切——”一个公子哥儿很是不屑，“说大话！当真有那么厉害？那为何苗疆还败在梁国手里，被梁国打得屁滚尿流？”

于是所有人的目光，自然就落到了苗疆这群孩子的身上。苗半金被盯得毛骨悚然，整个人都哆嗦了起来，而他又生的极俊，冷不防一个贵族姑娘伸手一指，脸上梨涡一绚，“嘿，你长的真好看，若不是奴隶就好了，说不定还能……”这话没说完，脸上竟没来由地漾起一抹红云来。

那群公子哥儿可就不乐意了，怎么能乐意呢？有心在姑娘们面前显示渊博，却被一个卑贱的奴隶给抢了风头，那奴隶就仗着有点“姿色”，可有“姿色”的奴隶，也还只是奴隶啊。

他们牙一咬，将苗半金狠狠压在地上，强力捏住他的嘴，将那些肥嘟嘟的，极恶心的蛊虫从他的嘴里给灌了进去，“吃吧！”他们残忍地笑着，跳着，拍着手，看着苗半金在地上扑腾的惨样儿。

小孩子真是群可怕又真实的生物，童言无忌，却也残留了人类与生俱来的嗜血和残忍。

痛苦、抽搐、浑身痉挛……苗半金只觉着自己快要被折腾到死掉了。约莫是他的表情太扭曲了，那贵族姑娘看他的目光从欣赏竟到了嫌弃，甚至于残忍一笑，“他们喂给你的，不会伤人性命，听说只是一种令人丧失神智的蛊虫，服下后，会对主人言听计从，是不是？”她掩住嘴，轻轻地笑，她盯着苗半金的痛苦样，对着其余的奴隶们发话，“你们看见了没有，如果不听我的话，下场将会比他更惨！”

一群奴隶小孩，登时噤若寒蝉。

苗半金十分清晰地记得，就在他的眼睛快要失去色彩的时候，一个木偶人吧嗒吧嗒地走到了眼前。循着木偶人来的方向望去，他瞥见了一双穿着珍珠绣鞋的精致小脚，再抬头望去，则是许多年后，仍然烙在心头的，一袭红裙。

那日的阳光，似是太耀眼了。他，看不清她的眉眼。

木偶人旁若无人，载歌载舞地穿过所有人的视线，忽然地回头向着那一袭红衣，叫了两声“主人、主人”，那声音虽有些阴邪，却终究是可爱极了。丝线，从木偶人的每个关节处延伸，最终汇聚到了她十指间的指环上。

所有人的视线，都被这木偶人吸引住了，那贵族少女突然娇嗔一声，向着那些少年们，“我、我想要这木偶人呢！”

那些少年们粗声粗气，开口毫不客气，“喂，李长歌，将你这木偶人，给我们怎么样？”

一袭红衫站住，柔声道，“好。”

那贵族少女上前想要将木偶人拿走，却不料木偶人竟像是有意识般，躲开了。

李长歌微笑，伸出手，木偶人就蹦跳着缩在她怀里，目光阴鸷得望向每一个人。李长歌作势抚慰着它，“你们拿什么来换？”

那贵族少女登时就生气了，整张脸都变得红扑扑的，那些少年似乎是很喜欢她，都瞧着她的脸色做事，上前就对李长歌十分的不客气，“杂种！敢对昌平公主这样说话！你的母亲不过是低贱的宫女，你都不知道是不是王上的种！我们看得上你的小玩意儿，是赏你脸面！”

那一声“杂种”，语气极轻蔑，旁人听了定是要生气的，可李长歌的脸上却看不出什么神情来，她只微微一笑，伸手一指苗半金，“将他给我吧，拿他来换。”

那被称作昌平公主的女子一跺脚，“他算个什么东西？可值得上半两黄金？”

那些人拿着李长歌的小木偶走远了，李长歌方回头望向苗半金，“你叫什么名字？”

当时的苗半金就趴在地上，双眼有些模糊，他咬牙，“苗、苗半金。”

“哈，”李长歌笑了，抬眼望着远处无边的流云，“有志气。”李长歌的笑声很好听，银铃一般，听得苗半金整个人都醉了。他看不清她，只觉着眼前的一身红，像是初升的红日，指引着他一生朝着的方向，延伸至那不知名的远方。

李长歌将蛊虫的解药递给他，苗半金却有些疑惑了，这里的奴隶若不是死，便是大多被用蛊虫控制，终日浑浑噩噩的。因为没有人不喜欢自己的奴隶对自己言听计从，为何李长歌独独对他这样慷慨？

李长歌似是看出了他的疑惑，笑道，“疑人不用，用人不疑，蛊毒不算什么，最难收服者，乃是人心。”

而约莫便是从那一刻开始，苗半金便以仰望的姿态，凝望了李长歌一生一世，苗半金只觉着，她的一袭红裙，便是他的信仰和生命。

那是喜欢吗？苗半金近乎是小心翼翼的，触碰到那两个字，却又在冒出这个念头时，觉着自己可耻，仿佛一说出口，便是亵渎，这样的感情让他低到了尘埃里，他宁愿就这样远远地看着。

那一年，他十二岁。

而真相，岂会那样干净而简单？那时候的木偶人，是李长歌故意让它走过去的，只是单纯地为救苗半金而已，而这样的小恩小惠，整个楚王宫里，李长歌施给的，不只是他苗半金一个人。李长歌走过去，挑起他的下颚，“你这一身好皮囊，是有大用的，死了多可惜啊。”

苗半金喃喃，“只是……浪费了殿下的，木偶人。”

李长歌笑了，“木偶人委实难做，但只要是人活着，就有无数的可能，再制造出无数的木偶人。”李长歌指指苗半金的脑袋，“人活着，得靠头脑。”

苗半金点点头，他对此话极为服膺。那时候的苗半金，尚还是个完整的男人。

此去经年，后来的许多事，在苗半金的记忆里，都似被雨水淋湿和冲散了，渐趋模糊，依稀只记得，后来的他们遇上了一个极难熬过的冬天。

那是什么时候的事了？凉月落了霜，散了一阵寒，从身上，冷到了骨子里，又从骨缝里，给冷到了心里。

而今又有谁能想到，权倾楚国，一人之下，万人之上的苗半金，曾有过那样凄惨的过往。他像一只狼狈的狼狗，被拔了爪牙，逐出家门，可怜而绝望地等待着死亡。那时候，他可以选择的，似乎只有生死。

那样不堪的过往，苗半金原本是不想回忆的，可是那段回忆里有长歌。

是啊，有长歌，那时候的长歌，还没有今日这般的冷冽和雍容华贵，那时的她，还只是一个小姑娘，带着少女特有的活力和美好。于苗半金来说，她是刃上蜜糖，烛心火光。为了她，他心甘情愿，去刀口舐蜜，去飞蛾扑火，直到今天，他足以站在权力的巅峰，却依然卑微得连一条狗也不如。

现在，他连生死都选择不了。他的命，是她的了，他只能为她生，为她死。可李长歌啊，也并没有为苗半金做些什么。

不过是那一年，下弦月，落满了霜。苗半金在宫墙的角落，哆哆嗦嗦，冷得上下牙打颤，饿得前胸贴后脊。其实他也没犯什么错，倒卖宫中珍宝，是旁的侍卫做的事，他也不知怎的，这罪名就落到了他头上。

到底是太年轻，太天真，太过相信别人，也怨不得他被罚了晚膳，守一夜城门。寒冬腊月的天，薄薄一身银甲，被风一吹就成了硬邦邦的，却也只能任由自己这样冻着。

现在想来，当时若不是李长歌，只怕他在当日，便已经被冻死了吧。那时，她就坐在城楼上，遥遥地望着他。城楼上的那个姑娘有心事，苗半金看得出来，可他不想多管闲事，因为他饿得厉害，也冷得厉害，根本就没有力气去管那个姑娘在想什么。更何况，城楼太远，夜色太深，他根本来不及看清那姑娘的模样。

或许只是生命的一个过客，可苗半金还是谦谦君子地说了一句话。“姑娘，城楼上风大，你还是下来吧。”李长歌笑着看了他一眼，没回答，却硬生生在城楼上坐了一夜，等她下来，已是第二日的事了。

那时苗半金站都站不稳了，却隐约记得长歌对着他笑，笑得很是温柔，“你这小侍卫倒是有趣，喊本宫姑娘，又不是没有见过，这可是大不敬的罪。”

苗半金怎么也没想到，与他同守了一夜城的姑娘，竟是她？那个救过他，让他心甘情愿仰望的那个人。他跪下想要谢罪，可冻了一宿，脚一软，便瘫了。

“还未过年，行这么大礼做什么？”李长歌勾唇一笑，“罢了，念在你陪了本宫一宿的份上，本宫也不罚你，还赏你一口饭吃，可好？”

他想谢恩，可咿咿呀呀的话还没说出口，李长歌长裙一翩，便走了。再然后，如她所说，她赏了他一口饭吃，他被调入宫中内楼，虽然还是守门，但守着的是冷宫门，可待遇却比守城门好了许多。

那李长歌从名义上，虽说是个公主，却同她的母亲一直都住在冷宫中，约莫是老君王看她生得聪明伶俐，才破天荒地允许她四处走动。可恁她如何优秀，却依然被排斥在出身尊贵的王子王孙外，怎的也讨不了喜，和苗半金一样，因为出身。

那之后的很久，苗半金都再未见过长歌。但他知道，她再一次救了他。而有些缘分，一旦生根，便注定会发芽破土。他果然又一次遇见了她，在他奄奄一息，将死未死的时刻。

那是楚国王储争得最凶的时候，冷宫中不乏狼子野心的人——比如，李长歌。比如当年的那个废太子。皇储夺嫡，向来凶险，一个不慎，便会落入万丈深渊，自古而然。

苗半金不过是一个守着冷宫宫门的侍卫，他原本不必扯入这样的漩涡中的。可是他知道，这场局，李长歌是要入的。

那么，他也就难以置身事外了。

投诚的方法有很多，可苗半金偏偏选择了最为曲折的那一个。他向来不愿走旁人的老路，旁人听到风声，纷纷主动寻到李长歌以示忠心，可苗半金不愿这样，他最先拜倒在的是那废太子的脚下，他自作主张地，成为她最出其不意的一枚棋子，一枚致命的暗箭。

所以，苗半金选择成为冷宫废太子的杀手，他为废太子杀过许多人。这一做，便是十年，十年的磨炼令他终于成了废太子的心腹，成了废太子手中最利的一把剑。

所以那一日，他接到了一个重大的任务：刺杀帝王。

废太子太急于求成，妄图染指帝王命，他等不及了。而这件事，自然是交给苗半金去做的。

苗半金固然算得上是有勇有谋，可帝王到底是有龙气护体的，天命所归就是天命所归，帝王命不该绝，他失了手，负了伤，最后留存的那点本事，也只够护得他逃之夭夭，极其狼狈地逃之夭夭。

白刃割过脉搏，嫣红的血，一滴一滴地落在地上。

滴答——滴答——一声接着一声。

他似乎是听见了死亡的声音，静谧而绝望。那时的苗半金真的觉得，自己将要这样死去。他不记得帝王身边暗卫是何时以将白刃割过自己脉搏的，跑了几里路，兜兜转转绕了大半个宫殿，才发现腕上致命处，血已成了墨黑色。

帝王身边的暗卫，何其厉害，出手之时，剑下又何曾留人性命。

命之将亡？不甘心啊，不甘心。他好不容易成了废太子的心腹，好不容易能帮李长歌做些什么了，可是她还不知道，更重要的是，他还什么都来不及做。

子时三刻，殷红的血，灼目得疼。他快要失去知觉了，以至于压抑在潜意识里的幻觉，渐渐涌上心头。

——是长歌，李长歌。

他不知道这是幻觉还是真的。朦朦胧胧中，似有什么东西，挑起了他的下颚，逼着他将早已涣散的目光重新聚集。

是李长歌，是真的李长歌。他心心念的——李长歌。

她以足挑起苗半金的下颚，轻蔑而骄傲地笑，“禁宫的侍卫呵，就这点本事？如果我见过你，我没记错的话，你应当是顶厉害的，想要以死谢罪？还真是天真啊。”

“你为谁而死？我不明白。你的主上是哪一位？你这一死，倒是一了百了，可是你死了，任务就完成了吗？你的死，为你的主上，带来了任何好处吗？”

“真是，懦夫啊。”李长歌望向他的目光，带着略微的不屑，苗半金微微一愣。这目光令他如坐针毡，他想，他宁可再受一次蛊虫吞噬，亦不愿李长歌以这样的目光看他。

“我没有以死谢罪，若我死了，只会是为你而死的。”他苍白无力地笑笑，做着无谓的辩解。

而李长歌似乎并没有注意听他的话，“你现在的模样，和以死谢罪又有什么区别呢？明明还有活着的希望，可你却……放弃了求生的欲望。”她点破了他的心事。

苗半金一阵恍惚，再回过神时，李长歌已经不见了。那时，苗半金便明白，李长歌从始至终都没有来过，一切不过是幻象，是他心中的魔障。可就是因为这样的心魔，让他有了强烈的求生意志，终于是撑着回了冷宫，活了下来。

或许，真的还没到死的时候。他都还没有站在她身边，怎么可以死呢？怎么可以就这样卑微地，在黑暗中死去呢？他还没有报她的恩，偿她的情。

他要活着，活到再一次见到李长歌的那一天，活到他可以为她做些什么的那一天。而那一天，来得比想象中更快。

那是废太子的暗杀令，而那要杀的人，便是李长歌。

那夜月色清如许，苗半金三个侧身翻入李长歌的香闺。方才有人给她下过药，彼时的李长歌，如案上之物，任人鱼肉。

他抽出腰上长剑，在旦夕间，逼上她白皙的脖颈。

“呵，成王败寇，动手吧。”她连眼睛都没眨一下。

苗半金微微一愣，“公主不想问问，是何人下的手吗？”

“想杀我的蝼蚁，那么多，本宫何必要一一记得？即便你杀了我，你也不配让本宫记住。”王者的骄傲，宁败不屈。

“我不会杀您。”他放下长剑，望着她，漆黑的瞳孔里，匿藏了汹涌的情愫，“只要，您愿意让我成为您的剑，成为您的心腹。”

李长歌遥遥地打量了他一眼，尔后，发出一声轻蔑的笑，“就凭你，也配？”

“属下，是废太子手中，最好的一把剑。”他倔强地争辩。

“三宫六院，十八阁，七十二楼，每一处都有佼佼者。这天下，从不缺利剑。”李长歌挑眉，直起身子，逼上他剑气，“会伤主人的剑，要来何用？要杀就杀，少废话。”

“我从来，不将废太子当成主人。”苗半金急急收了利剑，剑气反伤了自己。他喉结一动，后半句话，终究没说出来。

他原本是想告诉长歌，他心中想效忠的人，自始至终，不过她一人。从城楼开始，从被逼服下蛊虫开始，从她救了他的第一次开始。他想站在她身边，想成为她手中的利剑，想为她摘星揽月，披荆斩棘。

可是这些话，苗半金到底没说出口。

回了冷宫，因了失手，废太子赏给他的，是七十二道酷刑。他也不知道自己是怎么熬过来的，只记得醒时，身边坐着的，竟是李长歌。

她荡着一双赤足，亦如那时城楼上的温婉动人。

冷风过境，他打了个哆嗦，似梦非梦。苗半金想，他大概是要死了，所以才会梦见想见的人，人之将死，总得做点什么合心意的事。

苗半金那会儿约莫是动了这样的心思，才会那样胆大妄为，什么也不想，什么也不顾，就这样吻了上去。他的吻冰冰凉凉，却也缠缠绵绵，落在李长歌足背之上。

李长歌错愕地望着他，眸底深处，藏着微漠的怜惜，以及兴奋。那是一种，可以轻而易举将人玩弄于股掌中的兴奋。

“你叫什么名字？”

“苗，半，金。”他一字一顿，仿佛一个经年那样漫长。

这个名字，李长歌是熟悉的。这个人的样子，她却没多深的印象。可凡是她救过的人，她心底总是有数的，救命之恩，总能牵扯出不少故事，而李长歌总是若有若无，有意无意地施恩于人，总有一天，会是有用的，不是么？可无论是怎样的故事，她李长歌，总是最受益的那一方，而她似乎并不愿花费心思去记住。

“你，喜欢我吧？”她笑，肆意而轻蔑，根本不需要他的回答，“替我杀了冷宫的废太子，我不喜欢无用之人。”

她没许诺过他任何东西，可是苗半金，应允了。

刺杀冷宫废太子的计划很简单。废太子行事谨慎，也不同人太过亲近，李长歌没有机会下手。可苗半金不同，他是废太子手中最利的一把剑，原本就是亲信。

可当他这把利剑生了锈，将钝未钝时，废太子会亲自将他磨利，抑或是，亲自解决了他。而那时，也是苗半金下手的最好时刻。于是他故意弄砸了几桩任务，惹得废太子大发雷霆，亲自问责。

那夜冷宫下了极大的雨。疾风骤雨，如露如电。

刑具落在他手臂之上，他原本是可以反抗的。但是他没有，非但没有，他还诚诚恳恳地望着废太子，道，“属下忠心，日月可鉴，若太子不信，尽管用刑。”

暗夜中，废太子冷声一笑。

苗半金也是笑，在剧痛之后，掰下利刃，割过废太子的咽喉。一击致命，比暗夜中的电闪雷鸣还要快。

血溅三尺，是一场惊心动魄的结束，亦是另一场刻骨铭心的开始。

第三十二章 何人不可杀

李长歌召苗半金来的那个夜晚，无星无月，亦无风，也仅仅只在苗府失火的一个月之后。

李长歌的召见太过突然，苗半金甚至来不及准备，就被带到了大殿之上。明晃晃的大殿上，只有他们两人，和那一支堪堪燃尽的烛。这大殿太干净，干净得让苗半金想起了一句话——世人，总是一无所有地来，又总是一无所有地离去。

彼时，李长歌足踏白玉阶，背对着他，似已等候多时。她没有转身回眸，却也清清楚楚地知道是他来了。

毕竟，他陪在她身边那么多年了。这么多年了，苗半金为她做过的事太多太多，她想忘也忘不了。

楚国丁酉年，戊申月，是他蛰伏冷宫，赌上性命，暗杀了东宫的废太子，替她扫清了夺嫡的隐患。

戊戌年，甲寅月，是他跪伏于地，折下脊梁，迎她一步步登上那权力的巅峰。

己亥年，丁卯月，还是他刀口舔血，背负一身骂名，为她诛杀了楚国半数叛臣。而今，支撑着楚国发动战争的机关武器，又是他一手主持制造，在那不断试验的期间，空耗了那么多的无辜性命，烽火起时，哀鸿遍野，血流漂杵。机关武器所向披靡的过程中，碾碎的是多少无辜的生命，其中的哪一个，不曾镌刻爱恨以及恩怨情仇？而今，世人憎恨着制造机关武器、兴起战乱的机关师们，而在楚国，这一切的骂名，也都是他苗半金一肩担起。

诸如此类的事，太多太多了。她的生命，她的王位，镌刻了太多太多他的痕迹。是他以一骨一血，一筋一脉，浇筑了她的权力，成就了她的野心。

这一切，她又怎么忘得掉呢？

“卿家，来了？”她合上眸，不再去想，转身刹那，再换上了一副浅笑盈盈的模样。

“陛下。”苗半金恭恭敬敬叩拜，望着她的笑，心底却有了一种不好的预感。这样的笑，苗半金是记得的，许久许久以前，李长歌也曾这样笑过，那一次，她笑着问他是不是喜欢她，却也是同样笑着让他杀了当时冷宫的那位废太子。

“卿家，可还喜欢孤？”她负手而立，一步步朝他逼近。

“臣，不敢。”又是那样的问题，咄咄逼人，而又令人欲罢不能。

“不敢？”李长歌一声轻笑，“孤没问你敢不敢，孤问的是，你喜欢，还是不喜欢，又或者说，是喜欢到了什么地步？”

她顿了很久，依然是没等到他的回答。她不必听他亲口说出那几个字，有些故事，有些情愫，李长歌不说，却不代表她不知道。他为她做了那么多事，义无反顾，理所应当。可这世上，从来就没有理所应当的感情与忠心。若不为权力，不为利益，那便只余下爱了。

爱，这个苍凉却又炽热的字眼，却足以吞噬一个人的一切。

“臣，愿为陛下摘星揽月，披荆斩棘，至死不渝。”他顿了顿，平静的眸子下汹涌着澎湃情愫，将将呼之欲出，浓烈灼人，“无论您想要什么，无论我有没有，我都会为您取来。”

他又重复了一遍，换了身份，换了称呼，可那深深镌刻在骨髓心脉的情愫，却丝毫未变。

“何以为证？”她突然这么问，朱唇畔仍是那浅浅笑意。

“以吾身，吾命，吾魂，吾魄。”他深情而执着。

苗半金深情而执着的眸光，让李长歌有一刹那的犹豫。或许，她可以不必这么着急要他的命，或许，他还有比换取飞云盘更大的价值呢？可这一切，都只是或许啊。她是高高在上的楚国女帝，没有必要为了一个“或许”，放弃她的计划。

帝王心意，自古不可逆转。

“得卿家如此，孤，无以为报。”李长歌浅笑，唤内侍呈上一樽酒，“这杯薄酒，敬卿家。”

她端起水酒，递到他掌心。

苗半金稳稳当当接过。

“卿家可知，一寸鹤顶红，有何用？”她笑得少有温柔。

“顷刻致命，杀人于无形。”苗半金如是说。

“这酒里，掺了足足三寸鹤顶红。”李长歌笑。

苗半金手一抖，微微晃出几滴水酒。

“君要臣死，臣不死不忠。”苗半金缓缓将酒递到唇边，到底是抬眸，“只是，陛下，为什么？”

“公输启说，要拿你的命，来换他手中的飞云盘。爱卿，你是知道的，归藏玄玉，须飞云盘方可寻。”理所当然的理由，残忍至极的借口。

苗半金似有一刻恍惚，是公输启要他的命，可他想不通也想不透，那公输启为何要他的命。

“可是陛下说过，归藏玄玉，得之亦可，不得亦可。”他做着最后无谓的挣扎。

“可是，孤想要啊。”李长歌敛目，“爱卿方才还说过，只要孤想要，无论你有没有，你都会为孤取来，是吗？”她笑笑，指甲触了触酒樽，示意他喝下。

他握着酒樽的手微微一颤，却到底，没执拗过李长歌目中潋滟。

是啊，只要她想要，无论他有没有，都会给她的——一条贱命而已，反正他的生死，早就由不得他了。人终有一死，能为她而死，死而无憾。

“臣，领命。”他举起酒樽。

“爱卿，若还有什么未完的心意，又或是还想要什么赏赐，此刻可与孤说，孤定当满足。”这是她待他，最后的仁慈。

“不必了，陛下，已经给了臣最好的赏赐。”苗半金举樽一笑，望着李长歌，将毒酒一饮而尽，“臣，多谢陛下赏赐。”

他不敢闭眼，不，甚至是连眨眼都舍不得。一寸鹤顶红足以杀人于无形，何况这酒里掺了三寸。他担心，哪怕眨一眨眼，从此，便再见不着她了。有刺目的红，在毒酒入喉的刹那，从唇角缓缓流出。苗半金张了张口，仿佛想说些什么，可终究什么也没说。

来不及了，也没有必要的。

他喜欢她，她是知道的，不仅知道，而且利用得非常彻底。不过，他心甘情愿，甘之如饴。

“陛下，可否为臣留个全尸？”缠绵的语句，兜兜转转，却成了这句话，“臣听闻机关术中，有可控傀儡之法，留臣残躯，纵然身死，或可再为陛下做些什么……”

李长歌站得很远，她只是望着他笑。

风过，轻纱起，将这二人缓缓隔开，李长歌转身，听得身后一声“扑通”倒地，唇角便蜿蜒出一丝说不清道不明的笑意。

到底，是连最后的一点价值也榨光了。而对李长歌来说，苗半金，他不是第一个，却也永远都不会是最后一个。

第三十三章 报仇雪恨

这边苗半金的身躯，颓然倾倒在长安殿冰冷的台阶前，那边的公输启则是鼻头一痒，足足打了个喷嚏。此番他并非在那金碧辉煌的苗府，而是被丢在了天牢里。公输启极无聊地刨了刨身下的杂草，又被那发霉的味道熏得掩上了鼻子。公输启本就不是个讲究人，倒也随遇而安，他悠闲闭目，听见楚王宫中，由远及近响起来的钟声时，便唇角上扬，勾勒出一个若有若无的笑意。

这是丧钟，足足有十八声，那是唯有权贵亡时，才有的祭奠。而楚国王宫，配得上此殊荣的，约莫也只有李长歌和苗半金两人。

如此，公输启不必猜也知，多半是苗半金没了。没了好，没了也好，那家伙，怎的都是咎由自取，即便是他和印程沁之死无甚关联，在督造机关术时，滥杀无辜的勾当，苗半金可没少干，杀人人杀，极自然的事，博不了什么同情。

且说，这公输启原本是好端端地待在苗半金府上，锦衣玉食的不愁吃穿，只待做出那个子虚乌有的飞云盘交差，怎的就给混到牢里去了呢？

来南楚，约莫已经有三个月的光阴了，来时枫红似火，如今凛风寒冽如刀。所幸南国较为温暖，并未有北方那般刺骨，即便是冬日，也难有那般白雪皑皑的场景，披件单衣便足以御寒了。来此三个月，晃荡许久，若还无法打造出飞云盘，只怕那位金座上高坐的女君，也慢慢要失去耐心了。

于是早在半月前，公输启就真的交了个“飞云盘”给女君。那飞云盘通体透亮，金丝为嵌，其中有飞花做成的云朵为饰，晶莹剔透的，精致得更像是姑娘家在手里把玩的小玩意儿。

其实也不过是个改装后的司南，同归藏玄玉之类，无甚关系。南楚女君李长歌，得“飞云盘”三日后便召见了他，这都是公输启意料之中的事。

觐见李长歌的那日，却不知为何的，湛蓝湛蓝的天，忽然间长风乍起。公输启在那气势恢宏的长安殿，九五至尊的金阶前抬眸一望，就瞧见了一袭红衣的苗九瑶。公输启心头一动，九瑶……九瑶她平时都是不穿红衣的，抑或是相识不久，他不曾见过她红裙猎猎的模样。

公输启走近她身侧，瞧着她，干干一笑，不由自主就又回到了那副吊儿郎当的模样，挑眉道，“怎么，傻站这儿干吗？不进去？”

苗九瑶低头不语，倏忽又咧嘴笑了，“我义父说，女君有威严，不甚好说话，你可得小心……”

公输启挺直了腰杆，玩笑道，“你看，我有没有威严？”

“美得你呦！”苗九瑶打了下他的手臂，“你实话跟我讲，那飞云盘你到底会不会做，鲁渊他有没有教你？”苗九瑶牵住他的衣袖，语气几分认真，“这些日子，我也听了许多的流言，那归藏玄玉之说……真伪不辨，你又何必趟这一趟浑水？”

公输启苦笑一声，“连你也知道，那便算不得是什么秘密了。”

“九瑶你若要听实话，那便也实话告诉我，我义母印程沁是不是苗半金杀的？”

苗九瑶瞬间就脸色苍白地愣在了那里，公输启瞧见她的脸色，亦是愣住了，他回身指了指苗九瑶，“那天，你还拉着我喝酒来着？”

公输启盯着苗九瑶的眼神，此时让她觉得十分惶恐，长风起时，她没来由地一个哆嗦，直觉着那阵风就穿透了她的身子，直寒到了骨子里，她清楚地看见那似乎是一头狼的双目，双目上布满了艳红艳红的血丝。

公输启面色狰狞，“是的话，我一定会杀了他！”

该说的话都说完了，公输启和苗九瑶擦身而过，苗九瑶整个人都直挺挺地愣在那里，良久方才反应过来。“公输启！公输启！”她提着裙摆向前追去，却见那朱红色的长安殿的门，在她眼前慢慢关上了，而公输启的身影就慢慢消失在了门的那头。

长安殿，长安殿。公输启微微地念着，嗤鼻一笑。位居北方的姜国，国都便名作长安，而位居南方楚国女帝，宫室亦名长安。公输启笑，“好狂的口气，好野的心！”

楚君李长歌坐在长安殿的金座上，侧倚身子，十分慵懒的模样。身侧侍从，捧着公输启前些日子进献给他们的飞云盘，而那飞云盘也只是随意地搁在那里，李长歌连一个目光都不曾赏给。

公输启拱手行礼，抬头间李长歌已将那所谓的飞云盘掷在了他的脚下，“哐当”一声，摔得粉碎。

“小聪明，你以为孤会喜欢这等玩意儿？”

“不敢。”

“这不过是个司南改装的小玩意儿，你真当孤王看不出来吗？在楚国，任务失败的机关师，是要千刀万剐的。”李长歌笑了，嘱咐身侧侍卫，“按楚国律法办。”

公输启不发一语，任凭那些突兀而出的刀斧手将他捉住，向后拖走。这回，倒是换李长歌惊讶了，“你，没什么话说？”

“欲加之罪，何患无辞，而我，又作甚解释？”

那李长歌走下金座来，敛目一笑，“今日说也奇了，清早起来，便有喜鹊叫了那两三声，孤心情大好，且听听你的解释。”

公输启推开了刀斧手，摇头道，“我从未听说过什么飞云盘。”公输启的目光环视一周，“飞云盘一说，乃是贵国祭司司徒云铎所提，信手拈来，真伪不辨，而我的确不知晓。我相信这世上除了他，亦无人见识过那飞云盘。这个道理，想来王上您也明了的。飞云盘若为假，司徒云铎罪至欺君，当杀；飞盘若为真，这世上除了我，亦无人再能重现，若王上请我前来只是为了杀人，那何不在梁国，就杀我于当时？”

李长歌笑了，“我若将司徒云铎寻来助你，这飞云盘，你是能造，还是不能造？”

公输启拱手，“我若不能造，这当今世上亦无人能可为之。”说罢，他突然抬起头来，目光灿灿，似夏夜星辰，“而公输启，愿为王上倾力一试。”

“你想要什么？”

“贵国国师，苗半金的项上人头。”

李长歌闻言一愣，嗤笑一声，“口气不小，难。”良久，李长歌又敛目，“原因。”

公输启咬牙切齿，“我义母印程沁，为苗半金所杀。”

“没有。”李长歌盯着他摇头，一字一句，“印程沁，孤王是知晓的，梁国风月地的当家，苗半金同她并无交集，他没有杀印程沁的理由，也断不会杀印程沁。孤王说没有，就是没有。”她站在那高高的金阶前，居高临下，“孤王，便是证据。”

话说完了，李长歌稍稍地一挥手，旁的刀斧手便一拥而上，左右擒住公输启双臂，李长歌瞧着他，戏谑样，“公输启，”她朱唇轻启，却是念出了一个让公输启听起来都心惊肉跳的名字，“慕容启。”

“西戎太子，慕容启，果真是久远的名字了，二十年了，无人提起，孤王都快要忘记了。”她悠悠地叹，而面前的公输启，早是如经了晴天霹雳般，面如死灰。

“想来这段时间你应也收到消息了，西戎国老将，定北将军梅沁从遥远的大漠以北现身梁国，携其子秦瑛，已率众拿下梁国边境一十三座城池，大战将起了。”李长歌微微一笑，“而他们的少君你，又恰恰落在了孤的手里，你猜，秦瑛他，会用多少座城池来换你的尸体？”

“我原只当你是机关师，却不曾想，你的身份，倒送了我一样大礼。”

李长歌拎裙回到王座，手指在玉案上敲了两敲，“以你的尸体来换些许城池，这倒是一桩好买卖。”

被刀斧手死命按在地上的公输启，此番拼命露出了个头，他挣扎嘶吼着，“这不是什么好买卖，不是！”

李长歌走到他身边，珍珠小鞋儿踩在他眼前的地面，笃笃的一声声，似敲在他的心上般。

她叫人取下公输启手上视若珍宝的青铜指环，在掌心掂了两掂，“是不是桩好买卖，我们拭目以待。”李长歌如是说，回身拂袖，“先押下去，放出消息，择期，问斩！”

那公输启就这样被五花大绑，推搡着出了长安殿。出殿的时候，苗九瑶红裙猎猎地等在那里，公输启挺不好意思的，梗着脖子到她身边干干一笑，“没事的，我没事的，你不要……”

“快入土的人了，还废个什么话！”刀斧手一记手刀劈在公输启脖颈，劈地他头晕目眩，只得被逼着，一颠一颠的，被推搡着踉跄前去了。

苗九瑶瞧着他略带落寞的背影，就鼻子一酸，她愣了半晌，忽然发了疯般向苗府跑去，她不知道那公输启是怎样开罪了楚国女君李长歌，她只知道自己的义父苗半金位高权重，约莫可以为这不知天高地厚的混小子在女帝面前说上几句话，救他一命也不是没有可能。

可当那苗九瑶拎着裙摆，十万火急地赶回到苗府时，苗半金却并不在府上，拦住下人打听，听说苗半金是往碎月城郊的青岩村去了。

且不论他匆忙赶去青岩村是因了什么事，苗九瑶寻他，却是真有要事。苗九瑶拎着裙摆，跨了一匹马，缰绳一勒，马蹄嗒嗒的，又奔向那城郊的青岩村而去了。

而当苗九瑶嗒嗒的马蹄踩上这片曾蜿蜒过青山绿水的土地时，她几乎都要认不出那是青岩村了！

上回在梁国，鲁渊所住的桃源村里，苗九瑶见过烈火焚烧过的村庄是什么模样，如今再见这青岩村，应是第二回了。

明晃晃的刀光，刺痛了人的双目，弥漫在空气里的浓烈血腥味，走近一步都令人忍不住俯身作呕。

倾颓的房屋、烧得焦黑的尸体、略带诡异的血腥味、血色、哀嚎……苗九瑶只觉着一阵天旋地转，似陷烈火地狱。

苗九瑶不是没见过死人，也不是没见过苗半金杀人。可她却从来没有见过，苗半金亲自动手，去杀害那些手无寸铁的百姓！她以为，他杀的，都是那些该杀之人，比如滥竽充数的机关师，比如罪大恶极之徒……

苗半金从往日坐着的乌黑轿中走下来，手执长剑，一剑就贯穿了眼前孩童的身子。孩童的母亲护着他，跪地拼命求情和号哭，而他径自拔剑，艳红的血溅了她一脸，一身。那失去了孩子的母亲发了疯般扑将过来，又被利剑刺中，惨叫一声，扑倒在苗半金的剑下。

苗半金麾下的将士，无一不在重复着相同的事，这是一场极惨烈的屠杀。苗九瑶见状扑上去，抱住苗半金的手臂，“义父，义父，您、您这是……在做什么啊！”

苗半金回过头来望她，那眼神惊得苗九瑶心里“咯噔”一跳，下意识地放开了手去。

这、这是发生了什么？青岩村的村民们，可是因了什么事，惹到了苗半金？

不远处，一个略大些许的男孩踉跄着站起，他似乎是豁出去了，指着苗半金恶狠狠地咒骂，“死太监！没屌用的东西！”

听了这话，苗半金明显是气急了，他飞起一剑，就从那男孩的右眼窝里刺了进去，他惨叫着倒地抽搐，口中犹是骂骂咧咧的不止不休。

苗半金的眸子，是深不见底的漆黑，他上前一脚踩住那男孩的脸，

“你再说一句试试？”

“没屌用的东西，真不知你是怎么伺候你那嫁不出去的女帝……”

苗半金抬起脚，诡异一笑，向后吩咐道，“将他带回去。”而不待旁人们前来，苗九瑶已是抢先一步，飞起一剑，将那男孩当场格杀，也免得落入苗半金手中，平白吃一场苦头。苗半金回头望向苗九瑶，“怎么，你也知道了？”

这话听得苗九瑶心头一凉，她满眼震惊地望着苗半金，难道那孩子说中了，难道苗半金他真是……

苗半金提剑向苗九瑶走过来，开口的腔调十分之诡异，火光明灭，照出他扭曲的一张脸，“如果你知道了……那你，也就一起，下地狱吧！”说完了，他又向着旁的人咯咯笑着，“凡是知晓这个秘密的人，今儿，一个也别想活着走出青岩村！”

苗半金将利剑在空中拼命地挥舞着，踉跄着兀自高喊，“别想走出，你们一个也别想走出！”苗九瑶觉着苗半金多半是疯了！苗九瑶向他嘶吼，“这些人！你又如何能杀得完？”

苗九瑶回身，抢了一匹马，她疯了般向来时路上奔逃，一路上跌跌撞撞，这、这都是出了什么事啊！三个时辰前，一切不都还好端端的，不过片刻的工夫，怎么就……

第三十四章 明争暗斗

惊慌失措的苗九瑶纵马赶回碎月城下，城门口依旧是从前的老样子，百姓们鱼贯而入，又被守城的将士吆喝着挨个盘查。那些将士们瞧起来趾高气扬的，遇上了达官贵人的车马，又难免要点头哈腰一番。

弃马前行的苗九瑶只觉着自己是做了一场梦。

距离碎月城不远处的数棵青松下，三五成群地聚着些年轻人，看装束，应是读书人，青衫长褂，眉清目秀的，似乎正在交头接耳些什么。

苗九瑶走过去，就听见了些“太监”“宦官”“当政”之类的字眼，还夹杂着几声若有若无的，略显暧昧的轻笑。

有人伸手扯住苗九瑶，不管三七二十一，朝她怀中塞了些书写得极为工整的小册子。

苗九瑶低头看去，声声句句都是慷慨激昂的血泪控诉，不满宦官当政，不满苗半金当政，苗半金滥杀无辜，搜刮民脂民膏以肥自身……之类的话语。

甚至于有些杜撰过分的，还胡编乱造出了女君李长歌和苗半金不堪入目的过往情事。

胆子的确是有些太大了。苗九瑶有些糊涂，为何一夜之间，她那权势熏天，一人之下万人之上的义父，便成了落水狗，几乎是沦落到人人喊打的局面？

而他，当真是太监吗？当真和女君李长歌……

城下的一个读书人嗤鼻不屑，“给她做甚，一个妇道人家，可是识得字的？这些家国大事，可是适合说给她听的？”

苗九瑶不想生事，只管低头前行，冷不防被人一把揪住衣领，美如画的容颜登时暴露在了众人面前。他们瞧见，更是嬉皮笑脸了开去，“呦，这不是苗半金那厮的义女吗？”

“什么义女？太监养义女顶个屁用？我看哪，八成是姘头！”

这下，可就有人不解了，“太监也有姘头？需要有姘头？”

“唉，这你可就不懂了，人家做那事，是用……”一人指了指自己的手指，原本便浪荡的笑，此番显得越来越猥琐了。

苗九瑶闭上眼，忽见一道白惨惨的剑光闪过，来不及听得一声惨叫，数人人头已坠地，骨碌碌滚着，粘了一层的灰，躯体倒落时尚在抽搐，血淋淋的，在那黄沙之上开出一片凄艳。

这似乎，还是苗九瑶她第一回动手杀人，远无想象中的愧疚与恐惧，蔓于内心的，全是疯狂泄愤的快意。

侥幸没死的几个年轻人，鬼哭狼嚎着瑟缩，“这是事实！你杀多少人都没用！你们就是再厉害，我看你们还能拔掉天下人的舌头，砍掉天下人的头颅！”

苗九瑶目光一冷，那些侥幸残存的几个，就屁滚尿流地逃走了。

天际，落了些微小雨，砸在苗九瑶的脸上，湿湿凉凉，带着些泥土芬芳的味道。

苗九瑶没来由地就想起了那日，她为公输启烤熟报信的墨鸽一事上殿寻苗半金求情，不慎撞见苗半金和公输启在做着极为令人遐想的事情：苗半金正襟危坐，公输启将手伸进苗半金的衣衫……约莫便是在那刻，公输启知道苗半金是个不完整的男人的。苗九瑶似乎又想起了长安殿外，公输启那血红的一双眼，“我一定会杀了他！”他说得斩钉截铁，恍若立誓一般。

而苗半金……苗九瑶低下头去，再细想当初苗半金传讯让她拖住公输启的机关木鸢，再加上烟娘的彼岸蛊，苗九瑶似乎已是笃定，印程沁是苗半金下令杀害的。若如此，那……苗半金身体有残缺一事，当也是公输启泄露出去，并遣人大肆宣扬的，这是公输启的报复！那公输启定是因做下了此等事，而开罪了女帝李长歌！

“可恶！真是下作！”苗九瑶低低地咒骂了一声，飞速向那关押公输启的天牢跑了过去。

可话说回来，这揭人疮疤的下作事儿，还真不是公输启干的，苗九瑶委实是高估了公输启。他顶多也便是在女帝面前做个交易——以飞云盘来换苗半金的命，而这交易，他显然是没有做成。没有做成不说，反倒被李长歌捉住了把柄，将自己搭了进去，明日午时三刻，公输启就将要被问斩了。

话分两头说。

这一边是被戳穿了秘密的苗半金，发了疯般发誓要将所有知晓此事的人全都灭口，另一边是苗九瑶心心念念着如何去救公输启的性命，而现今的形势是：南楚女君李长歌，已将公输启判了死刑。

天牢里的公输启日子过得倒是舒坦，除了伙食略微差了点，他这个“将死之人”似乎并不担心李长歌会将他大卸八块。

怎么可能嘛！

躺在杂草堆里的公输启寻思着，那李长歌已称霸南疆二十五年有余，又怎会短视？活着的鲁渊弟子比死去的有用，同样，活着的西戎王子也比死去的有用多了。是以公输启分毫也不担心。昔年李长歌能舍下三分之一的西戎领土去换梁国的机关门派黑水宗，怎的说来都是大智慧。

印程沁在世的时候，为了逼公输启读些史书，学些权谋，可谓是不遗余力，什么手段都使上了，可那时的公输启就只顾着逃走，没怎样用心。如今来南楚也不过是四个月的工夫，便寻了史册，将二十年前，尘埃掩埋下的所有此去经年都烂熟于胸。

若印程沁知道了，定是会十分欣慰的吧！只是，可惜了。

此番公输启的确料得不错，李长歌也不过是吓唬吓唬他，矫正矫正他吊儿郎当的姿态，分毫是没动要他性命的心思，李长歌又不傻。

是以那日，她将从公输启手上扒下来的青铜指环，连夜就以八百里加急的速度，送到了大梁边境，夜煌城中。

西戎郡主印程沁不明不白地客死异乡，西戎少君公输启前往南楚，远居漠北的西戎国定北将军梅沁实在是坐不住了，心急如焚地赶到了梁国，会同秦瑛，集合众位复国军将士，正式向大梁国宣战。到底是西戎狼卫，所向披靡，一举拿下了梁国边境一十三城，定夜煌为西戎国都，梅沁自行摄政。土地虽小，终究也是位居中原的一块立足之地。

南楚的使者将公输启手上的青铜指环递给梅沁时，他面色清冷，看不出任何神情，亦未遣人伸手去接。倒是那秦瑛有些沉不住气了，他上前一步，吃惊不小，“这是公输兄弟的东西！我见过的，他曾用它当作武器来着，而公输兄弟此番的确告诉我，他要前往南楚，如今这是怎么回事……”

秦瑛脸色一变，“你们这是什么意思？”他一把揪起那使者的领口，通红着眼，“说，你们将公输兄弟怎么了？快说！”

那侍者被秦瑛大力摇晃到头昏脑涨，也的确是被他这副凶悍的模样给吓到了，他梗着脖子，“两国相争，不斩来使！两国相争，不斩来使！”

梅沁嘴角，忽地现出一抹冷笑，他不经意间抬手，示意秦瑛不要为难。

梅沁叫人呈上指环，在掌心掂量了片刻，“机关术？哈，这倒是个好东西。”话音未落，他目光一冷，倏忽就将那指环扔在了地上，再抬脚一踩，指环“啪嗒”碎了，碎到彻底。

“十九年前，我西戎帝国先王已率所有王族战死安阳，据我所知，王上并无骨血遗世，哪里来的竖子，敢随意冒充我国王嗣，这般信口雌黄，混淆视听，其罪，当诛！”

末尾几字，梅沁说得很是愤怒和慷慨激昂，他又顿了顿，换上笑来，“还望楚国女帝，能够替我等铲除这一逆贼，我西戎国定当感激不尽。”

这话说得，使者有些不明就里，分明是李长歌派遣他前来商谈合作，怎的被梅沁这样一说，就全变了味道呢？使者还没有反应过来，那梅沁已是悠悠然甩袖，“老夫年迈，不胜寒风，便先行离去了，”他抬手示意诸位使者，“各位远道而来，请便吧。”

该说的话都说完了，梅沁转身向里屋而去。而此番除了这些不明就里的楚国使者外，同样糊涂的，还有秦瑛。

秦瑛尾随着梅沁匆匆进了里屋，良久讪讪开口，“父亲，您所说的，该不会是真的吧？”

梅沁打案上提起一杯茶，呷了一口，“什么真的假的？”

“拒绝救少君，甚至让南楚，除掉少君的事。”

梅沁将那口茶吐了出来，眉目一敛，“少君？你见过？你认？”

“见过，我认。”秦瑛点头，重誓一般，“我认他是少君。”

“那印程沁随便抱一个婴孩，说这是少君，你也认？”

秦瑛涨红了脸，“郡主绝不会信口雌黄。”

“到底是跟在印程沁身边多年，为父一不留心，就让她将你给教坏了。”梅沁意味深长地笑了，他略带慈祥地指了指秦瑛，“这话可是你说的，但并不代表为父我认，也不代表什么真相。那印程沁昔年也不过是个深宫中娇生惯养的贵族丫头罢了，我同她却是不熟的。”

听得此话，秦瑛委实是愣了半晌。秦瑛愣着的时候，梅沁又喝了一盏茶，他走过来，拍拍秦瑛的肩膀，“放心吧儿子，你担心的那小子，楚国女帝可不会轻易杀了他呢，相反还会拼尽全力地保护他，即便是现在，我当真想杀他，也难了。”

秦瑛抬头看着自己的父亲，这些年，他日夜操劳，实在是衰老了许多，一不留心，两鬓的霜发便已那样多了。他望着自己依旧在笑，而那笑容，却没来由地让秦瑛觉着遥远和不真实。父亲他……似乎对公输启并不怎样满意呢。

秦瑛低头笑，公输启这厮的浪荡模样，从复国这档子事来看，的确是不能让人满意呢。

秦瑛恭敬地道一声安，临出门了，却听梅沁不经意间问了一句，“印程沁死后，花影月来那边，怎么说？”

秦瑛苦笑，“复国军兄弟们群龙无首，正在等着……”

梅沁搁下茶杯，在玉案上“咚”的砸出一声脆响，“那你，就去做他们的‘首’！”

“我毕竟年轻，花影月来那边的复国军兄弟大抵都是暗部出身，都直接听命于郡主，我实在是……”

“瑛儿你今年二十又三，已不再年轻了。”那梅沁干干地冷笑了一声，似是深吸了一口气，“自己的军队不听命于自己，往后，就不要再让我听到类似的话了。”

梅沁的后面一句话，仿佛是重锤一般，擂在秦瑛心上，直令他满面羞惭，躬身退了出去。

第三十五章 扑朔迷离

苗半金死了。

听到传彻楚王宫上下的整整十八声丧钟时，躺倒在天牢里无聊数稻草的公输启是一蹦三尺高。他拍手称快，“死得好！死得好！”

这结果果真是大快人心，却……也未免让他死得太过轻易了。鲁渊受烈火焚烧而亡，印程沁于蛊虫千撕万咬方毙命。而他看在苗九瑶的情分上，只是同女帝李长歌做交易，取了他的命，还让他承此祭奠殊荣，委实是太便宜他了。

事实上，这天牢公输启是不怕的，他只是觉着朝堂斗争，太过复杂，太过风起云涌，自己也的确不想，掺和进这样的故事。公输启只觉着，那是一个自己从来都未知的世界，而在自己正想踏入时，却发现，已有那样多的人，在暗中观察了自己多年，一如自己的身份，祭司司徒云铎知晓也便罢，他本就是一个装神弄鬼的，此番连楚国女君李长歌都知晓了，实在是令人惊心。

这像是平静海洋中突来的漩涡，公输启没来由地便被拽入这样的旋涡里，随波逐流，却又泥足深陷。正如此番潦倒在楚国天牢里的公输启，并不知道楚君李长歌已遣人拿着他的青铜指环，暗中同西戎国的定北将军梅沁做了交易。

天牢里的伙食不甚好吃，公输启实在是撑不住了，便眼巴巴地扒着那栅栏，像一个真正的囚犯那般念叨，“放我出去，放我出去……”

而此番看守天牢的兵士们，全都聚集在一方小桌子前喝酒划拳，还吃着香喷喷的羊肉，这委实让公输启的心像猫抓一般的痒痒。那些兵士们颠三倒四地喝酒，喝醉了就大声吐着衷肠，骂着上司，公输启翻着白眼思考，恍惚觉着人生，也并无那样的有意思，也无非就是大口吃肉，大口喝酒……

公输启眼珠一转，作势“扑通”一声，歪倒在天牢里，“啊呀，我肚子疼，我肚子疼，我快要死了……”

他装得还真是像，他捂着肚子在那些霉臭的稻草上打滚儿，仿佛真的登时就要死去一样，面色都瞬间煞白了起来。

兵士们撇嘴看了他一眼，嚷嚷道，“明天就要见阎王了，今天还叫什么叫。”

公输启不搭理他们，心想，老子就算明日果真要见阎王，今晚也宁可做个饱死鬼！他径自“唉哟唉哟”地疯狂叫着，那些兵士们被吵得实在是受不了了——人吃得正开心着呢！怎就被这丧门星不住的打扰？兵士过来骂骂咧咧一声吆喝，却不慎踩在了公输启早就丢好的弹珠上，“哎哟”一声跌倒了，而公输启顺势一伸手，就神不知鬼不觉从他们腰上勾走了钥匙，这种小伎俩，轻车熟路。

那兵士骂骂咧咧的，狠踹了公输启好几脚，“咋的，也不疼死你！叫什么叫！”

而等他们前脚一走，公输启便咔嚓咔嚓地用钥匙打开门，嗖嗖地就溜出去，顺道埋伏着劈手一个手刀，将那方才踹他的人打晕，再扒下衣服换上，就这么大摇大摆地出去了。

公输启逃出了南楚国的碎月城，此间恰是深夜，他又蹑手蹑脚的，尚无人知晓，亦无追兵。

天际有些微落雨，湿湿凉凉的，落在公输启的脸上，眼上，但公输启此时还不打算逃离楚国。听说那些叛逆之人死亡后的躯体，都是丢在城北乱葬岗上的。而在楚国来说，在楚君李长歌的定义下，苗半金他的确是个叛逆，而那“叛逆”的尸体，的确是该丢弃在乱葬岗上的。

算来李长歌这人也真是奇了，一笔圣旨写下，残忍要了苗半金的命，剥夺了他所有的荣誉，却又说感念他过往功绩，鸣丧钟十八响以示敬意。朝堂之上，虽有诸多反对，而此事，却到底是李长歌的一意孤行。

也便罢了，丧钟鸣几声，鸣过也就鸣过了，百姓不知，大臣们也将遗忘，亦不是什么要紧的事。

却说那女君李长歌，定然是不会为了想要得到公输启的“飞云盘”便损失一员苗半金这样的得力助手，她怎的，都不至于迷信和昏庸到那般地步。

逼杀苗半金，李长歌已到了不得不为的地步。苗半金是阉人的事情，他费尽心机地瞒了几十年，甚至于李长歌也替他压了几十年，此间在这个当口，不知是通过谁就给泄露了出去，一时间闹得满城风雨，国都碎月城内，谣言满天飞。

而不论是在李长歌抑或是苗半金，乃至于苗九瑶的眼中，这谣言的始作俑者，定然是公输启，因为唯有公输启知晓那件事。而这件事恰恰是苗半金的硬伤，抑或是每一个正常男人的硬伤。

这无疑是刺到了苗半金的逆鳞，让他性情变得越来越凶残诡异，整个人也变得越来越歇斯底里。是以在楚国国都碎月城内，但凡有嚼着舌根的黎民百姓，定然会被苗半金的麾下捉去，百般折磨，折磨到生不如死。

苗半金他是个凶残的人，往日在主持制作攻防机关时，便已是滥杀无辜，甚至于对老人孩子都不放过，惹得百姓怨声载道，为人又极为诡异孤傲，平日极少同王公贵族们来往，人缘、名声都不怎样好。

此番为了掩盖自身缺陷而肆无忌惮地杀人灭口，但那些流言仿佛是有人幕后操纵似的，赶不尽，杀不绝，一波未平，一波又起，而他苗半金，再怎样权势熏天，都不可能杀尽天下人。

这般为恶，以青岩村的惨剧为始，百姓们纷纷走上楚王宫门口长跪不起，要求严惩那凶手苗半金，而李长歌的态度一贯十分的鲜明：睁只眼闭只眼，随便百姓们怎样言说，她自是岿然不动，这摆明了是袒护。

这就是做说一不二的帝王的好处，袒护又能怎样呢？

这时，突然之间又有一个新的谣言流传了出来，现在都已经编成了话本子，街头巷尾，小儿皆能传唱，纷纷言说的都是女君李长歌和国师苗半金的跨越二十年的情史，那话本子编得惟妙惟肖，竟和真的一样。

一个太监，一个没有生育能力的男人，和一位位高权重的女帝，怎的说起，都让人觉着浮想联翩，下层民众常聚集的勾栏瓦肆之中，自然是怎样粗鄙便怎样来了。而今的形势发展，似乎也正是坐实了那样的谣言：苗半金疯了般四处屠村，犯下了天人共戟的罪行，而那稳坐金銮殿上的女君，竟打算不了了之。

这就是女子为帝，女子为尊的不甚方便之处，一旦有了感情，有了所谓的“爱”，便将被从那高高在上的神坛上拉下，便将被踩入泥里，什么也不是，什么也不存。

这谣言一出，楚君李长歌委实是有些坐不住了，这么些年，李长歌最不爱听的便是这话。坦白说来，在李长歌心里，苗半金是她一生的污点。所以她极少允许苗半金靠向自己太近，即便是他真的很能干，她愿意给他一人之下万人之上的权力，也不过是权力而已。

许多年前，在那场杀人不见血的夺嫡暗战中，李长歌以女子之姿走到了九五至尊的地步，自然是经历了常人难以想象的血腥以及残酷，背叛以及分离。

而在当时，身边最能让她放心的人便是这苗半金，旁人皆可背叛，唯有他苗半金不会。

当时约莫是真与苗半金走得有些近了，而被对手们借题发挥，其中包括他同父异母的哥哥们，竟众口一词地指责她同一个卑贱的奴隶，也就是苗半金行那苟且之事。

这场阴毒的戏，他们做得十分逼真，太逼真了，堪称完美。从太医的诊断，到李长歌的侍女，所有人无一不是被买通，众口一词，众口铄金。好端端的李长歌，就没来由地被诊断出了身怀六甲的消息。这无疑是让整个王族蒙羞的事，不仅足以要掉李长歌和苗半金的性命，更让他们一生都背上了无法卸下的包袱。

这便是人性的卑微及残忍之处，李长歌那样骄傲的人，自然是看不上苗半金的——他算什么，一个奴隶，一个连姓名都不配拥有的奴隶，即便他日后平步青云，即便他可以一手遮天，却永远也卸不掉那打小就背负上的壳——他是个奴隶。

李长歌极厌恶，和这奴隶搅在一起，却又忍不住地想要利用他，想要榨光他身上的，最后一点价值。

那时，天际落了一场小雪，天地都化作了白茫茫的一片，那是个极为苦寒的冬日。苗半金为了救她，为了证明她的清白，不惜挥刀自宫。而就在苗半金挥刀自宫后不到三日，李长歌便主导了一场极迅速，也极凶残的政变，她杀光了整个楚王宫中所有为此事嚼舌根的人，甚至于弑父。她踩着无数亲人的鲜血，黄袍加身，一步步地登上了九五至尊之位。尔后轻飘飘的一道圣旨，将那些设计陷害她的兄弟姐妹，关在一个地窖里，任凭他们活活饿死，相互蚕食。

此后多年，未敢有人再提此事。如今却在这个当口，同样的谣言，同样的把戏，再度沸沸扬扬了起来，无疑是揭开了李长歌内心深处的疮疤，这让李长歌十分的不舒服，也十分的恶心。

于是，苗半金死了，死得悄无声息，死得大快人心。

谋反。李长歌说他试图谋反，不过是一个莫须有的罪名，恁是想除掉谁，都可以这样的说上一句，而在那“莫须有”的背后所掩盖的，是也好，非也罢，千载之后，也都无人再提。

秋，真是个极其恼人的季节，每每总是来得这般猝不及防。

秋一至，炎炎夏日散去得迅速，好似就只是那么一瞬间的事。秋日里的人们，若是再因了什么事荒废上些许日子，恍惚推窗时，蓦地便能见草尖上养出的露珠晶莹剔透，看着它们用力攀爬着又向下坠去的一瞬，方惊觉，原来秋意，已是这样深了啊。

南楚，碎月城附近，人迹罕至的云台山，竹林掩映，云雾缭绕，枫红遍布，流水潺潺，如诗如画，如同仙境一般。

此间白日，阳光正从云霞里努力地往外探头，司徒云铎满头的银发，融于云霭中，方显得不那么耀眼。此番，他坐在悬崖边上，在那李长歌为他建造的宫室之外，悠悠然生了一堆柴火。是柴火，非是炊烟。他可不是公输启，随便打来一只野兔或是鸽子，烤一烤就能狼吞虎咽，他宁可去吃这山间的果子，喝这小涧的溪水……似乎活着活着，便有些不食人间的仙人韵味了。可他司徒云铎自认不是仙人，也不愿去做什么仙人。

司徒云铎烤着火，向着屋里温柔一声，“烟娘。”从屋里走出来的女子，左手按着右手搁在身前，礼貌极了。抬眼望去，那是张生得同烟娘一模一样的脸，但观姿态却显然不是烟娘，是扶芸。

司徒云铎这番以蛊虫控人心魄，打造偃师一脉机关人的试验好似出了些许差错，那女子目光涣散而呆滞，整个人也显得痴痴傻傻的。

司徒云铎望着她，罕见地笑了笑，“你这模样，脑子像是被蛊虫吃掉了，我看你是真的傻了，你若再这样下去，我便唤你傻妞了。”

“啊——啊——”她口齿不清地咿咿呀呀着，不知道想说什么话，却是坐在他身边，十分灵巧地，往那燃烧的火堆里添了些柴火。

司徒云铎望着那扑闪跃动的火苗，目光复又落向身前的无尽深渊，“你知道吗，有的时候，我倒挺讨厌人类的，也越来越不太愿意跟人类交流。”

“钩心斗角，为了自己目光所及之处的蝇头小利，钩心斗角，他们人类沉醉在这样无意义的事务中，忘记了自己的本心。在我看来，这实在是幼稚，幼稚极了。”

他身旁的女子依旧是咿咿呀呀着，侧头摆弄着自己松软的头发，眼神恍惚，不知道是听清了没有，抑或是听进了几分。

司徒云铎笑道，“我倒是极愿意看着他们这样一来一回地争斗，就像个真正的神祇那样，看着，守望着。”

“李长歌受制于自己内心逃不过的梦魇，狠下心来杀了始终对她忠心耿耿的苗半金，傻姑娘苗九瑶又为了苗半金的死，将一切怨气倾倒在公输启的身上，而真正逼死苗半金的，又恰好不是公输启，李长歌不点头，就没有人能动得了苗半金，可偏偏，我让李长歌点头了。”

司徒云铎用根小木棍，狠狠戳了一下烈火，火苗顺势，又熊熊燃烧了几许，他咧开嘴一笑，目光在火苗的映衬下显得更加灼灼而诡异，“而那印程沁，恰恰也不是苗半金杀的。”

“这回倒是委屈了那苗半金，想想，我也不算是什么坏人，不过是在恰当的时机就这么的给添了一把柴火，让这世事的烈焰燃烧的更加火热，让这即将兴起的战乱变得更乱而已，比方说揭了苗半金和李长歌的疮疤，比方说……”

司徒云铎突然沉默，他回头望向那不断摆弄着头发的姑娘，“你说，我是个坏人吗？”

“坏，坏……”

傻子果然真诚，可是真诚的人往往讨不了什么好。

司徒云铎眼神一冷，便揪着这可怜姑娘的头发，将她的头狠狠按在那团熊熊燃烧的火苗上。火苗滋滋的，舔舐过她半张绝美脸庞，混合的烧焦的诡异香味，那姑娘不住地哀嚎着，脸上卷起的皮逐渐变得焦黑，高温之下，连血液也蒸发不见了。

她疯狂地挥舞着手臂哭喊，眼泪不待流出便已被蒸发，眼皮也烧毁得差不多了。那司徒云铎却是淡淡一笑，伸手抚过她已被烧得不成人样的脸颊，像是看着一样极其心爱的玩偶。他为她拭去眼角清泪，以极其宠溺的语气安慰道，“你哭什么呢？一会儿我帮你再做出一张脸便是，比你现在用的，还要美丽十分。反正你这张脸也不是自己的，又有什么在意的呢？”

而恰在此刻，一阵风起，“咯吱”一声脆响，是人的脚步，踩在秋季落木上的声音。那人轻巧拨过挡在眼前的树木葱茏，露出一张极为熟悉的俊美容颜，是姜国的摄政王，沈梦沉。沈梦沉敛目微笑，“好久不见，司徒云铎，老友。”

司徒云铎放开了那女子，站起身来，他脸上的笑容客气而疏离，“好久不见，沈梦沉。”

那女子瞧见了沈梦沉，呆滞的眼睛里突然有了亮光，她好似看见了希望一样，挣扎着想要扑将上去，却被司徒云铎一个伸手，死死拉住。

“靠得那么近，你要做什么？莫要脏了摄政王的衣衫。”作为主人的司徒云铎如是说着，那女子自然也不敢造次，只得瑟瑟缩缩地退后去了。

“那样凶她做什么？你又虐待下人了？”沈梦沉折扇一打，唇角漾起一抹温润的笑意。

“她不是个人。”

“哈！”沈梦沉笑了笑，“既不是个人，那恰好，也就随你折腾。”

“千里迢迢来此，何事？”

“关于你所关心的花影月来，以及公输启。”

“哦？”司徒云铎哑然失笑，“我关心？”

话已说至此，沈梦沉便也不再绕弯子了，径自开门见山，“花影月来，要没了，公输启也要完了。”

“哈。”

沈梦沉眼珠一转，云淡风轻，“关于归藏玄玉，司徒大人若能指点一二，或许……”

司徒云铎侧眸一笑，拂袖便离开，而他此刻的位置是在悬崖边上，稍稍向前一迈步，竟是从那万丈深渊，直挺挺地给坠了下去，这委实令沈梦沉吃惊不已。

深渊之下，忽有木鸢冲天而起，其翼大可蔽云，细细看去，那司徒云铎已是立于木鸢上，白衣胜雪，眉眼如画。

地上的沈梦沉却也敛目一笑，“既然如此，那梁国的事，便随我折腾了？”

木鸢冲天而起，司徒云铎回身，只留于他一个淡淡的，说不清意蕴的眼神，以及轻描淡写的二字，“请便。”

尔后，一人、一木鸢，成了粘在天边的黑点。

司徒云铎他离开了，离开得那般不经意，那般令人觉着窝心。

沈梦沉在那一瞬间，没来由得感觉有些挫败，他曾经听潜伏在楚国的眼线说起过司徒云铎对鲁渊及公输启的注意，他曾以为抓住了那司徒云铎的半分心思，却不想所有的一切，都只是他以为。那人……似乎对什么都不在意，又似乎是什么都在意。

沈梦沉折扇轻摇，“人这一生，怨憎会，爱别离，求不得，总有一样，是死穴，是软肋，若捉住了，便能让他一入彀中，永不翻身，可司徒云铎……”

“司徒云铎，那些足以令你欲罢不能的一切，又是什么呢？”沈梦沉望着那印在天边的黑点，眼神忽地一冷，“本王拭目以待。”

沈梦沉回身，却发现不远处的朱门轻掩，那个被毁了容貌的痴傻女子，此番正透过门缝怯怯地看着他，沈梦沉笑了笑，或许这傻姑娘，可以作为眼线，埋藏在司徒云铎身边也说不定呢。

第三十六章 反目

此番再说那沦落在楚国，侥幸逃出天牢，但并不打算就此远走高飞的公输启。

这日的天有些阴沉，朦朦胧胧地落了零星几点小雨，并不怎样大，但毕竟是深秋时节，秋雨落在脸上，怎的都是寒到了骨子里。

公输启冒着落雨来到城北乱葬岗，他来寻找苗半金的尸体，印程沁死得那样凄惨，周身的每一片血肉都被蛊虫啃噬干净了，她经历了那样深的绝望，凭什么作为杀人凶手的苗半金却能得留全尸，凭什么？公输启怎样都觉得不甚公平，他无法接受这个结果，他怎的，都要提着苗半金的人头回到花影月来，来祭奠印程沁。

公输启就是在阴森诡异的乱葬岗旁，看到失魂落魄的苗九瑶的。

苗九瑶直挺挺地跪在那里，面对着一具尸体，想也不用想，那自然是苗半金。苗九瑶的相貌十分颓然，她双手捂住脸，全身都在哆嗦，哭得十分伤心，她依然是穿着同公输启初见时分的一袭蓝衣。

死去的那人，再怎样罪大恶极，也到底是她的义父，是养育她长大，教她成人，教她琴棋书画的义父。如今他死了，死得这样凄惨，她自然是过不了自己心里的这一个坎，但公输启站在那里，同苗九瑶相对，他丝毫也不觉得愧疚，相反，他觉着理所应当。

这件事，本就是苗半金他最先挑起的，若他不碰那印程沁……

苗九瑶抬起头来，恰恰就看到了公输启，她不知道此时该做出什么样的表情来，便只说了一句，“公输启，我以为你明天要被处死了。”

公输启干干地笑了两声，“你，希望我死？”不等苗九瑶回答，公输启便接着再说，“那如果我明天就要被处死了，你会来救我吗？抑或是你会为我落下一滴泪？”

听了这句话，苗九瑶忽然就号啕大哭了起来，公输启从未见过这姑娘流泪，她一贯都是那副浅笑吟吟的样子。公输启突然心里发酸——他早知道这个结局，但却未意料到，当这一切真实的发生在眼前时，他的心，会有这样的酸。

苗九瑶发疯似地冲了过来，揪住公输启的衣领，劈手就是狠狠的一个巴掌，而公输启并没有似往常一般躲开，他生生受了下来，任凭自己一个趔趄。以公输启的性子，他平日里不可能白白挨打，但关乎于她，总是不受控地存了几分心软。苗九瑶忽然就脆弱了起来，她在雨中哭嚎着，歇斯底里，“是你杀的义父，对不对？你不要告诉我是你杀的义父。”

公输启甩开苗九瑶，一把尖刀从腰间抽出，登时就要将苗半金尸体上的头给割下来。

苗九瑶拦住公输启，“你、你要做什么？”

“你让开！”公输启咬牙，“我要将他的头带回去，祭奠我的娘亲。”

此番苗九瑶就站在落雨里，她面色平静地盯着他，良久喃喃一句，“是不是你借故杀的他？他没有生育能力的事，是不是你给捅出去的？是不是？”

公输启苍凉一笑，“那我干娘被杀的事，你便没有参与吗？我问过你多少次？”公输启他终于是问出了那句话，这些日子，他不是没有过怀疑，他只是不敢想，其实关于事实，他的心，早都如明镜一般了，只是不想点破，只是想要他们之间这若有若无，若即若离的关系，维持的长久一些，再长久一些。

而行至终点时，方发现一切，原来都只是自欺欺人。命运捉弄下，二人这般纠葛萦绕眼前，这场故事，到底是尚未开始，就已注定要结束了。

听得公输启这样说，苗九瑶直挺挺愣住了，而关于印程沁，她永远都没有办法跟公输启交代，她低下头，攥着拳头低吼出声，“我早都告诉过你了，我不知道会这样，我当真不知道！”

“我也说过，我信你。”公输启一把拨开了挡在面前的苗九瑶，顺手在她脚下掷下两个东西，他回头微微一笑，“所以，这段时日，我从不曾为难过你。”

那还是苗九瑶第一回见识，原来公输启的机关术已精湛到如斯地步，她的脚下，突兀出现了藤蔓样的铁条，不断地向上蜿蜒，片刻工夫，便已是爬上了她的小腿，令她无法再前行一步，亦无法再上前阻止公输启半分。

公输启就当着苗九瑶的面，举刀狠狠地割下了苗半金的头。没有血，没有什么诡异的场面，就像是随意切下一个物品那样。

突如其来的雨，泼了苗九瑶一身，让那些轻薄的蓝衣都贴在她的身上，勾勒出玲珑曲线。苗九瑶终于声嘶力竭，“你说过你爱我的，那天我们一起喝酒的时候，你明明说了，你明明说了！”风雨里，她捂住脸号哭着，“你说你爱我，为什么你不能为了我，不能为了……”

公输启笑着打断她的话，“原来你都听见了，可是那天我什么都没有说。”

“我也没有喜欢你。”

说完了，公输启脱下长衫，将苗半金的头颅包好，打点成一个布兜，提着转身。苗九瑶便“嗖”地抽出一把尖刀，苗九瑶以尖刀指着公输启，一字一句，“公输启，纵然我有对不住你的地方，可你若将义父的头拿走，我必将追杀你到天涯海角。”

公输启没有回身，只是稍稍侧头一笑。他仿佛又回到了那年痞痞的样子，“呦，这么可怕？那，来呀——”

那场雨，突然下的很大很大，瓢泼一般，哗啦哗啦的，汇成小溪，蜿蜒过这二人脚下。

苗九瑶突然就笑了，说，“公输启你就是想逼我。”

“逼你怎样？”

“逼我杀你。”

公输启冷笑了两声，不置可否，苗九瑶微微侧身，袖子中有光芒乍起，突然向天发射出一物，那物体亮堂堂的，在雨幕中突兀燃起了巨大火光，天际霎时出现很大一片红云，遮天蔽日地，而方圆十里的楚国兵士，见此信号，皆是马不停蹄地赶来，乌泱泱的一片。

这是在南楚，不是在大梁，公输启他没有任何一个可以逃离的机会。

九瑶泪流满面地对公输启说，“公输启，你知道吗？我第一次放出这样的信号，是在王寡妇的地窖旁，我召唤这些人来救你，可是现在……”

无数兵士，冷冽着一双眼，长枪戈矛，纷纷指向的，都是公输启一个人，公输启就那样冷眼看着，不发一语。而在那群兵士的尽头，慢慢地响起了手杖敲击地面的声音，众人回头望，那一袭红衫，就这么一步一步地出现在了眼前，以居高临下，而又雍容华贵的姿态。

是楚君李长歌，手握权杖，一步一步走了过来，身后跟着的是黑袍白发的祭司司徒云铎，他极细心地，为她撑着一把竹伞。

苗九瑶不得不向李长歌屈膝行礼，虽然很多时候，她为苗半金觉着不值，她十分清楚地知道，义父苗半金，便是死于李长歌之手，死于她赐下的一盏毒酒。而她也无能为力，她知道，苗半金愿意为李长歌而死……可这摆明了，是一场算计！公输启的算计！

李长歌侧头对苗九瑶说，十分欣慰的模样，“九瑶，干得好。”

苗九瑶心里一个咯噔，这件事分明同她没有任何关系，她不过是召唤旁的兵士来帮忙，她并不知晓，为什么楚君李长歌会出现在这里。

苗九瑶回头望向公输启，公输启面无表情地站在那里，或许是他误会了什么。苗九瑶从来都没有想过伤他性命，只是，义父的头颅，不得不夺回。

司徒云铎侧头对李长歌说，“陛下，您料想不错，以苗半金的尸体为饵，的确能吸引到诸多一心想复仇的人。”

李长歌微微一笑，不置可否。

公输启手中，苗半金的头颅就突然落在了地上，打了几个滚儿，又被雨水淋得十分狼狈。就在众人都以为公输启将要死战一场时，没想到他竟是伸出了自己双手，“你们逮我回去吧，我一定打不过你们，还不如安安分分，老老实实，上路之前，给我口饱饭吃。”

这话一出，南楚的兵士有些傻眼了，面面相觑，纷纷觉着，这小子怎么就这么的怂？原以为鲁渊的弟子，能是个什么当世英雄呢。

李长歌笑了，朱唇轻启，“识时务者为俊杰，聪明。”

司徒云铎眼眸微微一动，几个兵士就径自上前，将公输启五花大绑给捆成了个粽子。

公输启被押送着走过苗九瑶身边，公输启梗着脖子道，“看来我明天是真要被斩首了呢，你会来救我吗，你会为我掉几滴泪吗？”

苗九瑶极其仓皇地站在哪里，竟觉着公输启望向她的目光，隐隐含了几分，得意。难道不该是恨，不该是误会，不该是责怪，责怪自己的莽撞，将他害到这步田地？

李长歌走到公输启面前，那苗半金的头颅就咕噜咕噜滚在了她的脚下，双目不闭。

李长歌蹲下身子，将他未瞑的双目合上，笑了，“爱卿，莫要怪孤。孤到底是没能答应你，没能留你全尸，因为孤不缺傀儡机关人。”

那时的李长歌又如何懂得，苗半金临终时说的那句话，与其说他甘愿成为机关人，倒不如说是，他只想陪在她身侧，无论生前死后，沧海桑田。

苗九瑶突然就哭了，风雨里，苗九瑶大声地哭喊，“为什么？为什么我义父的赤胆忠心，要蒙上这样的污名，叛逆，您说他是叛逆，可他怎么可能是叛逆！您心里最清楚的不是吗？”

旁的一个兵士上前，狠狠地抽了苗九瑶一个耳光，将她打得扑倒在雨里。

她忽然就想明白了什么。赤胆忠心啊，义父真的是赤胆忠心地成了叛贼，赤胆忠心地为她献上了这条命。真是讽刺的——赤胆忠心。

“别打她！”

被捆成了个粽子样的公输启跳起来怒吼一声，想要阻止，自然是被一脚踹在了地上，骨碌碌地滚到了苗九瑶身侧。

李长歌看也未看这二人一眼，一袭红衣，转身。这二人就被推推搡搡的，带了回去。

临行时，倒是那司徒云铎，有些意味深长，看了公输启一眼，也不知是个什么意思。

第三十七章 权者谋局

公输启和苗九瑶二人，就这样被推搡着，丢进了天牢里。约莫是吸取了上回不慎让那公输启逃跑了的教训，这回囚禁他们二人的“天牢”，明显是特意为他们制造的。

此天牢是一个大约有三丈深的井，井壁被打磨得镜面般光滑，想要攀爬亦无处下脚，没有梯子和绳索，是断然没有任何可能爬上去的。

苗九瑶和公输启分别缩在那天牢的两头，苗九瑶抱着腿，将头埋入双膝之间，也不知是不是在哭，总之，此时此刻她不想同公输启说话。

公输启闭上眼，将头靠在天牢壁上。如若明天，他就被真的捉过去咔嚓问斩的话，那公输启这一辈子，可真是无时无刻不在倒霉，无时无刻不在想方设法地逃跑。小时候贪玩，被那粗声粗气的鲁渊捉着，关进地窖里。后来长大了，好不容易溜出去玩要一番，却又被印程沁逮住，关在那花影月来的小黑屋里，抓住读什么史书。得，这回溜到了极远的南楚，所过的日子，竟还是被丢进了牢房里——还是看来没有任何可能逃出去的天牢。

苗九瑶良久才闷闷地开口，“我没有想过，会害你至此，我只是想夺走义父的头颅，我不知道女帝她……”

“如果李长歌想要捉住我，在楚国，我逃到哪里，她都一样能捉得住我，同你，没有什么关系。”公输启睁开眼睛，定定地望着她，“同样，李长歌想杀苗半金，即便我不做出什么事，她也一定会杀苗半金，这只是个时间的问题，而即便我真的做出了什么事，李长歌不想杀苗半金，她不点头，也没有人能够动得了苗半金。”

“我知道，义父这两年为女帝主持制造机关武器，滥杀无辜，百姓们早就怨声载道了，”苗九瑶低下头去，忽然就红了眼眶，“女帝她真是个寡情的人。”

公输启干干一笑，“称孤道寡，王也。”

“你倒是想得深。”苗九瑶低着头，忽然又担心起来，“那，那你怎么办？女帝，她一定要杀你。”

“我，贱命一条，有什么杀不杀的？”公输启很无所谓地一笑，瞟了苗九瑶一眼，正色道，“你该担心的是自己，九瑶。”

这话一出，倒是将苗九瑶给弄糊涂了，在她眼中，她不过是语出不当，得罪了女帝李长歌，这样的小罪，不过是小小的惩戒了事，应是还没走到要被杀头的地步。

公输启说，“这段时日，你应也听说过了，我是西戎国的王子，西戎国王室最后的血脉，李长歌断不会杀我，她留着我有用。”

苗九瑶愣了愣，有些惊诧，“我并没有听说过，什么，你是王子？”苗九瑶摇头道，“不过，那都是二十年前的事了，到如今，谁还听说过西戎呢，连青史都不会怎么记载，你一个名不见经传的王子。”

公输启面色忽然一暗，道，“我自然是不想当什么王子的，人生得意须尽欢嘛，但是你想想，李长歌她为什么要把杀害西戎王子的祸水，转移到自己身上呢？”

“我这人，虽说没什么太大的用处，但挂着‘王子’的身份，部下也该是有一些的，我若死在南楚，至少也给了西戎一个出兵的借口，李长歌不会愚蠢到去做这样的事。”公输启看了一眼苗九瑶，“倒是你，九瑶，苗半金是李长歌的污点，知道她太多太多的事，她是不可能留下他的。”

“而你，又是苗半金的亲信，更重要的是，你当众拂了她的面子，说着被她定义为叛逆的人，赤胆忠心。”公输启咧嘴一笑，“你说，你是不是同党，该不该死？”

苗九瑶突然觉着后背阴恻恻的，似有冷风袭来，面上不禁露出了惊恐的神色。公输启瞧见了，扑哧一笑，拍着胸脯保证说，“没事，有我呢！”

苗九瑶赏他了一个白眼，公输启嗤笑一声打趣，“怎么，难道是因为太感动了，禁不住要以身相许？”

苗九瑶依然是白他一眼，冷哼一声，“即便是死，我也不需要你来救！”

公输启摇头，完全不予理睬，这小妮子，脾气真倔啊。再望一眼，那苗九瑶不声不响的，竟是蜷缩在墙角，抱着双腿睡着了。公输启瞧见了，又难免一阵心热，忙再脱了件衣衫，将苗九瑶裹好了，方望着夜空天寻思，要怎样逃出去，毕竟待在这天牢里，也不是办法。

是夜，天气由雨转晴，月亮升得很高很高，洒落了一地清辉。这看似没有任何可能攀爬上去的光滑天井，公输启瞅着瞅着，眼眸一转，计上心来。他从鞋子里掏出了一把小刀，这刀看起来同旁的刀没什么区别，但触到上面的一个凸起时，那刀锋便是飞快地旋转起来，不一会儿，就在竖直的天井中，切割出了大小不一的凹处。那公输启倒也麻溜，趁着夜深人静的时候，踩着那些凹处就“嗖嗖”地爬了出去，将熟睡的苗九瑶一人留在那天井里。公输启回头笑得极温柔，“等着我。”

此番再说说那安居长安殿中的女帝李长歌，阶前金座，帘幕间烛火幽微，她在宫室里踱来踱去，翻来覆去地睡不着觉。西戎国残部逃至漠北，二十年来都蛰伏得很好，这回突兀出现，当是做足了准备。梁、楚、姜三国之中，国力最强的梁国与其交战，连战连败，竟至连失一十三城，当真令人头疼。而这还不是最可怕的，最可怕的事情是：以机关术为各种战斗武器的楚国，若对上西戎，那西戎国的少主便是黑水宗宗主鲁渊的亲传弟子！

这两国，若真的交战，那么在李长歌的心目中，这仗……完全没法打。如何不令人头疼呢？

是夜，长安殿中，李长歌抚了抚额头，有些乏了，许多事，明日再想也不迟。她剪灭烛火，准备歇息，却听得外面，冷风乍起，恍惚中有利箭破空而出，李长歌一个皱眉，闪身将那利箭攥住。

而在那攥住的一瞬间，箭头破开，一枚精巧的银针袭出，李长歌没有料到这一招，可她的武学底子实在是太好了，一个退后，险险地将这招躲过去了。

“是谁？谁在哪里？”

一个人影，自夜色中淡出，观那身形明显是公输启。李长歌瞧见他，脸上并没有什么怒气，只微微一笑，“你已经是死囚了，现在过来，是想提前去阎王那里报到吗？”

公输启笑，“你不会杀我。”

他捡起落在玉案上的银针，径自往口里一塞，竟是堪堪地将它吞下去了。

“好吃。”公输启嚼了嚼，笑道，“这是我送陛下的糖呢。”

“机关术不错，不愧是鲁渊的弟子。”

“赞谬了，不过我的确可以更不错。”

“深夜前来行刺孤王，可真是够有勇气。”李长歌眉目一敛，提裙上了金阶，“你当真不怕死？”

“死，当然会怕，但王上您已经判了我死罪了，横竖都是死，那就没有什么好怕的了，您还能让我死两次？不过……”公输启眼珠转了转，“我赌王上您不会杀我。”

“你哪里来的自信？”

公输启笑了，“自信在我。”

“听闻陛下厚待机关师，而我又是鲁渊唯一的弟子，传承了他老人家一辈子的机关术，万里挑一。而再说飞云盘，真假难辨，这到底是不是一个幌子，您心里是有判断的，不论归藏玄玉是真是假，至于飞云盘，如果我打造不出来，那当世就没有人有这个能力了。”

“而再说到西戎国王子这个身份，那您就更不能杀我了。”

“此话怎讲？”

“陛下心里清楚。”

李长歌微微垂了眼眸，是，公输启说得对。她的确不能杀他，因为太不划算，也没有这个必要。此番局势，三国鼎立，任何一国都有着想成为霸主的野心，可惜实力均等，时势不到。而她最初利用机关术，一跃成为强国时，这样的做法已被各国纷纷效仿，时至今日，楚国的发展业已遇上了瓶颈，但目前还有一条路，那就是：扶植当年的西戎国。当时的南楚，虽然有出兵，但并没有侵占西戎的一土一地，同西戎关系算是还不错的，此番如果可以暗中扶持西戎，将祸水往中原引去，那么楚国就能够再和平安定一阵子，尽最大可能得保存实力，最少也可以坐山观虎斗，渔翁得利。楚国的确没必要，趟上这一趟浑水。

公输启倏忽一笑，“陛下，要合作吗？”

“你倒是，知孤心意。”李长歌微微一笑，于长安殿中，逼视公输启那双晦暗不明的眸子，“如此，甚好，你倒是个明白人。”

“好。”公输启同样笑了，回视李长歌的眸光。

那李长歌闻言便自金座上走下，悠悠然一句，“公输启，不，如今孤该称你作慕容启，同孤合作，你的确很有勇气，但明显你没有这个实力。你猜得不错，孤的确看重你的机关术，也不愿搅西戎的这一趟浑水。但孤需要的是投诚，要的是忠心，要的是归顺，而不是什么合作。”李长歌稍稍理了理裙摆，摇头道，“若以合作来看，你所能提供给孤的利益，不够，还远远不够。孤是这南楚之主，说一不二，给你的许诺都可以兑现。而你不过是个毫无实权的战败国王子，即便是你有实权，以你西戎如今的国力——如果西戎还算是国的话，你想要同孤平起平坐的合作，分量的确是不够。”

“你应是听得够清楚了，孤要你的忠心和臣服，以一个属下应有的归顺姿态。”李长歌的手在玉案上敲了两敲，公输启瞧了瞧李长歌，此番话她说的倒是诚恳，看不出有什么其余的韵味，而自己……的确也无甚同她谈合作的资本。李长歌顿了顿，再道，“如今孤放你离开，你可前往梁国，前往西戎，也好好地思索一番，这局势，未必有你料想的那般简单，到最后，你会发现，孤比任何人都能更庇护你。”

李长歌笑了，“你若归来，孤要看见你的诚意。”

“王上想要什么？”

“孤要西戎狼卫三分之一的兵力，孤还要西戎前王后，也就是你生母留下的……”李长歌缓缓走下金阶，向公输启轻轻耳语出二字。公输启听不甚清，只觉着她的声音如天籁一般美妙，让他得耳朵都变得酥酥麻麻的。

“什么？”

李长歌回身向他笑，“届时你便知晓了。”

也罢，她不愿明说，公输启亦不想知道，便仓促问，“苗九瑶怎样办？”

“留在南楚，孤王照应。”

“那岂不就是作为人质？”

李长歌在悠然喝着的一盏茶，忽地变得难以下咽。她心里寻思，在这诸国博弈中，很多事情，彼此心知肚明就好，可偏偏这公输启，他就是要将实话给讲出来，而很多时候，将实话讲出来后，所有人也都处在一个很尴尬的位置。

也到底是他年轻。

“苗九瑶本就是我南楚人。”李长歌的手，将那茶杯晃了两晃，“你说是人质，那便是人质吧，说是人质，那也要看她在你心中，有没有这个分量。”

公输启向女帝拱手毕了，于暗夜中转身。

此时长安殿中，一个暗卫自金座背后现出身形，“王上，您就这样放他走了？只怕纵虎归山……”

李长歌悠悠地笑，“他会回来，而且他也不是什么虎，顶多是只耍小聪明的狐狸罢了。”

那暗卫低头不再言语，眸中似有狐疑之色，李长歌复又加了一句，“他也不得不回来，天下之大，四海之广，除了我南楚，将不会再有公输启的容身之处。”

彼时，山雨欲来风满楼，这天下局数，将变未变。而远处，一地的明月清辉中，忽然的，便有大风起兮。

却说那公输启此回再来到大梁的国都锦凉，抱着的却是同往日不一样的心情。

此番大仇得报，情况也并未如自己原先设想的那样糟糕——他并没有因此而失去苗九瑶。南楚一行，过程虽无比艰险，但从结局来看，却也是合了公输启的心意。

那么再回大梁，公输启竟隐隐有些衣锦还乡之感，桃源村没有了，印妈妈也没有了，此番他真的无处可去，而苗九瑶还作为人质被押在南楚，需西戎狼卫三分之一的兵力来换，这真是一件极为难的事，复国军如何会答应，抑或说，他公输启如何说服复国军答应——为了一个女人。

而除了秦瑛，公输启并不认识复国军中的任何一人，可他认识秦瑛便够了，如今，主宰西戎局势的，便是秦瑛的父亲——梅沁。不管怎样，此刻的公输启就只想做一件事，那便是：寻秦瑛这厮喝酒去！两杯酒下肚，销得万古愁！

只是……不知道现今秦瑛落脚哪里？花影月来吗？印程沁死后，西戎复国军花影月来的联络点还在吗？公输启突然觉着自己是个门外汉，早知如此，当时将印妈妈拿给他的那些典籍好好地看上几遍不就可以了？

公输启一面这样想着，一面哼着小曲儿来到了昔时的花影月来。

公输启站在那花影月来曾金碧辉煌的招牌下，却是直挺挺地愣住了。

他看见了什么？公输启不敢相信自己的眼睛！

数十个一人多高的十字架矗立在花影月来门口，其上钉着一具具被风干了的尸体，血从那些尸体上淋漓而下，流到公输启脚前，又被纷乱的脚步踩得泥泞不堪……瞧着装束，有花影月来里的姑娘，有西戎的复国军将士，那些人无一不是被挖了眼，又活生生地流尽鲜血而亡。

秋风起了，公输启就和那些血淋淋的尸体面对面，那些缺失了眼球的黑洞洞的眼眶，死死地盯着公输启，让他没来由的一阵心惊。

又有梁国将士装束的人，从花影月来里拖出一个黄衫的姑娘，将她钉在十字架上，巨大的铁钉一寸寸嵌入纤纤玉手，血淋漓而下，她挣扎着，号叫着……

“西戎复国军在哪里？说！”皮鞭狠狠地抽在那姑娘的衣衫上，撕裂衣衫，在皮肤上划下一道血淋淋的色彩。

“我不知道，真的不知道……”

一时间的挣扎声、叫骂声、惨呼声不绝于耳。

这是……出了什么事啊！

公输启不禁寒毛一阵倒竖，他牙关都几乎要咬碎了，他想冲上去阻止，可是理智告诉他，不能！他不能！梁国人发现了花影月来，他们在拷问着复国军的行踪，至少现在他不能！

花影月来周围，同往常一样乌泱泱地围了许多看客，以往是来看花姑娘的，如今全都是看戏一般地指指点点。

“好好的生意不做，支援什么复国军，西戎？你听说过？”

“西戎，听我父亲讲，那可不是什么好东西，烧杀抢掠的野蛮部落，甚至还吃人哩！”

“没想到，销声匿迹十九年，如今竟死灰复燃了，真是该死啊，该死。”

“哎，听说最近边境打起仗来了，就是和西戎在打，你们听说了吗？”

……

公输启只觉着头脑一阵发懵，炸裂似的疼痛，这是出了什么事？他不在的这短短四个月，怎么就成了这个样子，这可是印妈妈的毕生心血啊。花影月来不是还有秦瑛坐镇吗？秦瑛他，公输启咬牙，秦瑛他是怎么看顾的！

公输启实在是不忍再看，裹了风帽，转身便往小巷里走，小巷里应是相对安全一些，不会被人轻易认出来。而当公输启甫一进入小巷，便有四个黑黢黢的人影围了上来，看来是跟踪公输启多时，方才闹市里不好下手，此间才寻到机会。

宽大的衣衫遮住了他们的容颜，逆光里公输启看不清晰，却本能地嗅到了危险气息。

“少君，我们恭候多时了。”他们开口。

公输启悬着的一颗心终于落了下来，原来是自己人啊，明说就是，何必穿这一身诡异装扮呢。公输启颓然靠上墙壁，“自己人啊，好说好说。”

却突然，其中一人一柄弯刀就袭了上来，冲着公输启狠劲一砍！公输启一个激灵，踉跄着侧身闪开，“你们，你们不是自己人啊……”

“自己人，你还真有脸说啊。”那人在地上狠啐了一口，刀锋相向，“出卖印程沁郡主，出卖花影月来，出卖整个复国军暗部，你还有脸说是自己人！”

公输启丈二和尚摸不着头脑，边战边退，“你说什么？你把话说清楚。”他气得直跺脚，“我怎么会出卖印妈妈啊——”

可没有人听他解释。

图书在版编目（CIP）数据

机关师之玄玉归藏 / 白拂，宸烟词著. -- 南京 : 江苏凤凰文艺出版社，2018.1

ISBN 978-7-5594-1348-2

Ⅰ. ①机… Ⅱ. ①白… ②宸… Ⅲ. ①长篇小说－中国－当代 Ⅳ. ①I247.5

中国版本图书馆CIP数据核字(2017)第272862号

书　　名　机关师之玄玉归藏
作　　者　白　拂　宸烟词
策划出品　惊池文化
出 品 人　王肃超　李格
责任编辑　姚　丽
责任监制　刘　巍　江伟明
出版发行　江苏凤凰文艺出版社
出版社地址　南京市中央路165号，邮编：210009
出版社网址　http://www.jswenyi.com
印　　刷　北京富达印务有限公司
开　　本　880毫米×1230毫米 1/32
字　　数　200千字
印　　张　9.5
版　　次　2018年1月第1版　2018年1月第1次印刷
标准书号　ISBN 978-7-5594-1348-2
定　　价　42.00元